Lycoris Recoil
Ordinary days
Novelize
JN073763
Lycoris Recoil

MENU
もくじ

Presented by : Asaura　Illustration : Imigimuru

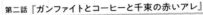

アサウラ
Asaura

［ILL.］
いみぎむる

［原案・監修］
Spider Lily

リコリス・リコイル
Lycoris Recoil

Ordinary days

■イントロダクション1

徳田《とくだ》和彦《かずひこ》、バツイチ、子供なしの二八歳、雑誌ライター。

雑誌ライターなどと言えば聞こえはいいが、実際は体《てい》のいい何でも屋のモノカキである。

どんな注文《オーダー》もおまかせあれ♪　と、調子良く仕事を引き受けては、早い締め切りと安い原稿料に頭を抱え、日々口《のり》を糊する、そんな人間だ。

そんな徳田《とくだ》は今回、懇意にしている編集部に企画を持ち込んでいた。基本受け仕事がメインである彼にしては珍しい事だった。

理由がある。

それは先日、一軒の喫茶店との偶然の出会いのせい。

それはまるで、世間から隠れるようにして存在し、未《ま》だテレビなどのメジャーメディアに登場した気配もない知る人ぞ知る、そんな店。

自分が紹介したい、世間に広めたい……そう徳田《とくだ》は思ったのだ。

別にそれで原稿料以外に何か得られるものがあるというわけではないが、自分が見つけた、自分が紹介した、そう胸を張って言いたい。

そのちょっとした承認欲求に類する何かが、彼に行動を起こさせていた。

場所は東京の東部、墨田区錦糸町。駅から少し歩いた先。そんな静かな場所にある喫茶店だ。

その地を知る者なら誰もが、折角の錦糸町なのに喫茶店を紹介するのか？　と、眉根を寄せる事だろう。

そう、確かに〝西の歌舞伎町、東の錦糸町〟と呼ばれるほどの、東京でも上位の歓楽街、少し行けば吉原《よしわら》まである土地だ。

しかしながら、この街はそれだけじゃない。

夜の店の多くは現在南口側に集約されており、あの破壊された旧電波塔を望む北口は再開発が行われ、今や子供連れも安心して過ごせる街になっているのだ。

特に駅を出てすぐの場所にある錦糸公園にでも出向けば、子供達の明るい声——というには元気過ぎるが故に、動物園の如《ごと》き叫び声が常に響いているのが確認できるだろう。

徳田《とくだ》が見つけた店——『喫茶リコリコ』もまた、そんな北口側の店だった。

錦糸町駅北口を出て、少し行った所。静かな下町の一角にはいささか不自然に佇《たたず》む洒落《しゃれ》た木造建築がそれだ。

まるで観光地にでもありそうなモダンでありながら落ち着いたデザインの店構え。ステンドグラス調の窓、手入れの行き届いた草花が飾られているそこは、その魅力故に、通りかかった誰もが思わず足を止めてしまう事だろう。

そして、そこに喫茶と書かれた看板があれば……自然と扉に手がかかる。

そう、今の徳田《とくだ》と同じように。

ただ、今日は明確な意志——企画を抱えているが故に、彼の足取りには少しばかりの緊張が混じっていた。

●

扉を開ければそこに取り付けられたベルが鳴り、店内からいらっしゃいませの声、そしてふわりとしたコーヒーの香りが迎えてくれる。

喫茶リコリコはコーヒーを出すものの、店構えは和風だし、甘味もそちらを中心としていた。だからだろうか。店長を始めとした店員達は皆和風の制服に身を包みながらも、勘違いした観光地よろしくの、押しつけがましいジャパーン感はない。

店舗自体はモダン、店員は気さく……というより、いい意味で気楽な雰囲気であり、心地よさはこの上ない。

幸いにも他に客がいないのを確認すると、徳田《とくだ》はお気に入りのカウンターのど真ん中の席に陣取る。

いつものようにアメリカンを注文しようとすると……。

「いつもの、でいいですか?」

安心感を抱く、深く落ち着いた声。いつもカウンターの中にいる店長のミカだ。徳田《とくだ》は了承するように頷《うなず》いた。

この〝いつもの〟というのが使えるようになるのは、殊の外、嬉《うれ》しいものだ。徳田《とくだ》もようやく先週ぐらいから言ってもらえるようになった。

徳田《とくだ》はカウンターの奥でコーヒーを淹《い》れ始めるミカの姿を見つめる。

国内で北欧系の夜の店が最多と言われる錦糸町だが、それでも黒い肌に和服を纏《まと》った大柄の男性が営む店というのは、あまり他では聞かない。カフェとなれば尚更《なおさら》だ。

コーヒーと和テイストの甘味という組み合わせが基本であるこの喫茶リコリコをそのまま体現しているかのような人だと徳田《とくだ》は思う。

眼鏡の向こうの優しい眼差《まなざ》しや、大人の雰囲気……。そして、彼の大きいくせに繊細に働く指先はどこかしらセクシーですらある。

「平日の昼間からいいご身分じゃなーい。徳田《とくだ》さん、お仕事、何してたっけ？」

カウンター席の片隅に座った女性店員が、本をパラパラとやりながら、そんな事を言う。

中原《なかはら》ミズキだ。

今日はさすがに違うが、ごく稀《まれ》に営業時間中であろうとも一升瓶片手に酒を飲んでいる姿を見かける彼女。ここまで来ると気さく、気楽というよりフリーダムに近いが、足が悪いミカに代わって、店を切り盛りしているのは実のところ彼女だったりもするので、案外何かしらの権力を持っているのかもしれない。

今、彼女が読んでいるのはブライダル雑誌のゼクツィだ。

ゼクツィ——夢見る女の愛読書。バツイチである徳田《とくだ》からすると呪いの書だ。あの手のものにはおぞましい記憶しかなかった。

そんなものを読んでいるミズキだが、以前話してくれたところによると、まだ決まった相手はいないらしい。「女を見る目を持った男がいない」と彼女は嘆いていたが、これは単純に選定ハードルが高いせいだろうと徳田《とくだ》は思っている。

実際、いささか野暮ったい眼鏡こそしているが、ミズキは紛れもない美人だし、体は無理なく健康的で美しいラインをしている。胸などなかなかのものだ。

その気になれば引く手あまたのはずで、徳田《とくだ》も過去に結婚で痛い目を見ていなければ熱を上げていたに違いない。

しかしながら今時、結婚に夢見る女性というのも珍しいと思い、一度それについてポロリと徳田《とくだ》は尋ねた事があった。すると彼女は大人びた笑みで「そういうのがいてもいい時代じゃない？　古風な女なの」と答えてくれた。

昔と違う、価値観は変わった、多様性のある時代、結婚が女の幸せの全てではない……そんな言葉にいつの間にか洗脳され、昔のままである事を古いと否定するようになっていた——その事に徳田《とくだ》は気づき、自分こそが古い考えの人間だと恥じた。

徳田《とくだ》は自己弁護するわけじゃないにせよ、と一言置いて、思う。

一〇代二〇代なら誰もが抱くであろう今風でなければならないとする強迫観念すら意に介さない彼女の生き方《スタイル》は、本当に自由《フリーダム》で、素敵だ、と。

「……ん？　どうかした？　徳田《とくだ》さん……あ、言えないタイプのお仕事か」

人気連載をいくつも抱えていたりするならともかく、徳田《とくだ》のような代表作を持ち得ないタイプのモノカキは得てして名乗りにくいものだ。

興味を引かれ、いろいろ訊《き》かれて答えるも、その後にリアクションに困ってしまうという、誰も幸せにならない結末が待ち受けるのである。このパターンは何度も経験していた。

だが、今日は言うつもりだった——のだが……。

「ミズキ、やめとけ。デリカシーがないぞ」

徳田《とくだ》が答える前に、そんな横槍《よこやり》が入ってミズキは黙ってしまった。

窘《たしな》めたのはミカではない。店の奥から駄菓子をポリポリやりながら出てきた小さな女の子。

一〇代前半……ヘタをしたら一〇歳未満に見える子だった。

クルミである。店長曰《いわ》く、〝ちょっと預かってる〟らしい。

これこそセンシティブな問題なので、あまり深くは踏み込めない話題である。

北欧系の血筋を持っているのか、白い肌、ウェーブがかった長い金髪に碧眼《へきがん》を持っているものの、どこかしらアジア系の顔でもある。日本語に堪能《たんのう》、以前迷い込んできた観光客相手にネイティブな発音の英語で喋《しゃべ》っていたので、少なくともバイリンガル……まさに国籍不明の正体不明、ある意味ではこの錦糸町らしい子だった。

学校に行っているかどうかもよくわからないが、妙に頭の良い子で、たまに大人の会話に交じって経済の話をしていたりもするし、ミズキにしたようにどこか子供らしからぬ物の言い方もする。徳田《とくだ》にとって本当に謎の存在だった。

クルミは小上がりとなっている座敷《ざしき》席の卓に着くと、ボードゲームのセッティングを始めた。この後、常連客とのゲーム会があるらしく、その準備らしい。

ミカが近づいて来ると小さく頭を下げてくる。

「ゲーム会は普段閉店後にやるんですが、最近は若い子もいて、たまには日中にやろうと」

へぇ、と思わず徳田《とくだ》は声が出た。

「子供はデジタルなゲームの方が好みだと思ってましたけど。少なくとも僕はそうだった」

徳田《とくだ》の言葉に、ミカは何やら含みのある横顔を見せる。

「今の子にとってデジタルなものはあまりにありふれたものなのではないか、と思います。だから、逆に、リアルで人と触れ合いながら遊ぶアナログゲームの方が特別に感じるんでしょう。……特にあの子、クルミはそうだ」

なるほど、と徳田《とくだ》は思う。今は一周回って、というヤツなのだろう。デジタルが普及しすぎてアナログに価値が出ているのか。

「徳田《とくだ》もやるかー？　今の予定だと、あと一人入れるぞー」

クルミに言われたが、遠慮しておいた。嫌いじゃないが、今はダメだ。

今日は、楽しむためだけにリコリコに来たわけではないのだ。

「あの、ミカさん。実は大事なお話が……」

「なに⁉　告白的な何か⁉」

何故《なぜ》かミズキが食い付いてきて、徳田《とくだ》は思いのほか困惑した。

百歩譲ってそうだったとしても、真っ昼間の彼の職場で、周りに人がいる中いきなり告白はないだろう。

ミカはやれやれといった様子で、ミズキを窘《たしな》め、アメリカンのコーヒーを出してくれる。

徳田《とくだ》はそれを一口すすって、気持ちを落ち着ける。

「それで、実は――」

――カランカラン。

ベルが鳴る。客かと思ったが……入ってきたのは、かわいらしい制服のスカートを揺らす女子高生の二人組――この店の看板娘達だ。

「店長、買い出し終わりました」

そう言って店の奥へと入っていくのは、黒髪美しい、井ノ上《いのうえ》たきな。立ち姿や身のこなし方が静かで、綺麗《きれい》で――引きつけるというのではないが、一度その姿を認めるとついついそのまま見つめてしまうような、そんな不思議な魅力を持った子だった。

「あれぇ〜、トクさんいらっしゃい。何か話してた？　あ、邪魔した？」

たきなに続いて入ってきたのは、錦木《にしきぎ》千束《ちさと》。光に輝く美しい金髪寄りの白髪、その左サイドに彼女のチャームポイントである赤いリボンを付ける彼女。

千束《ちさと》はカウンターに手を突くと、ミカと徳田《とくだ》の顔を交互に見やってくる。そこにミズキが差し込んだ。

「徳田《とくだ》さん、ついに店長に告白！」

「マジで⁉　ご熱心だとは思っていたけど……くぅ！　相変わらず先生は、もー、やり手なんだから！」

まるで親戚のおばさんが甥《おい》っ子に言うような口調と表情で、千束《ちさと》はカウンターをバンバンと叩《たた》く。

誰彼関係なく喋《しゃべ》り、せわしなく動き、早口で喋《しゃべ》る姿はまるで匂いを嗅ぎ回る子犬のよう。たきなとは逆に、彼女ほど人の目を引きつける子はいない。

若い頃、千束《ちさと》のような友達がいたら、きっと楽しい日々だったのだろうな、と、そんな事を思わせてくれる子だと徳田《とくだ》は思う。

「……千束《ちさと》、少し落ち着きなさい。多分、そういうのじゃない」

ミカが窘《たしな》め、千束《ちさと》がきょとんとした。

そういえば、と徳田《とくだ》は思う。

ミカの事を千東《ちさと》だけは先生と呼ぶ。それは何故《なぜ》なのだろう……？

「あ、じゃ、何だろ？　……え、意外と仕事、とか？」

「あ、実は……正解です」

言い当てられ、思わず徳田《とくだ》は苦笑いを浮かべてしまった。なんで千東《ちさと》がわかったのかはわからない。そういう空気でも出ていたのだろうか。

「急ぎのやつ？　……あ、たきなちょっと着替えるの待って、ストップ、カムバック、カモンベイビー」

奥に行きかけていたたきなが立ち止まると、千東《ちさと》をジト目で見る。

「一回言えばわかります。……仕事ですね」

何故《なぜ》か……店内の視線が徳田《とくだ》に集まる。ボードゲームの準備をしていたクルミすら、こちらを注視していた。

この店らしからぬ、妙な緊張感と静けさだった。

「お話を伺いましょうか」

ミカに促され、徳田《とくだ》はやけに緊張しつつも、口を開く。

「実は……雑誌でこのお店を紹介させていただきたく思いまして」

沈黙、静寂、変な間——の後に、何故《なぜ》か全員がフッと笑って視線を逸《そ》らす。

「えー、なになに、そういう話なの？　もーやだもー、ピリッとしちゃったじゃーん」

うぇーい、と笑いながら千束《ちさと》が徳田《とくだ》の肩を小突き、たきなが静かに奥へと消え、クルミがボードゲームの準備を再開する。

「……え、あの……え？」

何だろう、今の間は。

まるでここが喫茶店ではない、もっと別の仕事を受ける場所のような……そんな——。

「あれ、徳田《とくだ》さんって、もしかして、出版社の人？　あー、だからかぁー。……ふーん、なるほどねぇ……外見は悪くない……」

ミズキがゼクツィを閉じ、値踏みでもするかのような顔で徳田《とくだ》を見る。

「あ、いえ、フリーのしがないライターで、懇意にしている編集部にカフェ特集の企画を提案していまして、それでこちらに……」

「大手出版社の正社員とかじゃ？」

「ないですけども……」

ミズキは再びゼクツィの読書へと戻っていった。……こんなにもわかりやすく興味を失われる事ってあるのだな、と徳田《とくだ》は新たな人生経験を得た。

ちなみに大手出版社の正社員ともなれば四〇代で都内に家を持てるレベルの収入だが、フリーのライターにとってはそんなものは夢のまた夢である。

「ねぇねぇトクさん、その雑誌の企画ってどんなやつ？」

千束《ちさと》だけが興味を持ったまま徳田《とくだ》を見つめてくる。

「錦糸町のカフェ特集で、僕としては是非ともこちらのお店を中心に紹介したいなと思ってます」

「えー、いいじゃんいいじゃん！　アレでしょ？　おいしいコーヒーと和のスイーツ、そしてかわいい店員がーって感じで……ヒュー！　最高！　お客さん増えちゃうなー！」

ニッコリと笑う千束《ちさと》は、まるで夏のひまわりのようだと徳田《とくだ》は思う。生命力に溢《あふ》れている。周りの人間まで笑顔にさせてしまうような、そんな力が彼女にはあった。

本当はミカを中心とした、少し不思議で、シックな大人の記事にしようと思っていたが、彼女の言うように、看板娘をメインに置くのも悪くないかもしれない。

「やったね、先生！　撮影は？　カメラマンとかが来ちゃう感じですぅ？」

「はい、許可をいただければご都合の良《い》い日に手配させていただきます」

「やだもー、美容院予約しとかなくっちゃ！」

「あ、じゃ許可は……？」

「そりゃもちろん——」

「お断りさせていただきます」

ミカがさらりと述べ、数瞬前まで笑顔で話していた千束《ちさと》と徳田《とくだ》は固まった。

「当たり前だろ、千束《ちさと》。この店を人気店にしてどうする」

クルミが千束《ちさと》達を見る事もなく、そんな事を言う。千束《ちさと》が座敷《ざしき》席へと飛んで行った。

「だ、だって……人気店になった方がいいじゃーん！　経営的にも、私の人生の満足度的にも！　ファンが、全国にファンができるかもしれない！　ねぇ、そうでしょ？　ク〜ル〜ミ〜」

「だから、それがダメだろ。仕事がしにくくなるだけだ」

すみません、とミカが苦笑する。

「お気持ちは嬉《うれ》しいのですが、うちは取材を受けないスタンスでして」

「で、でも、……こちらはSNSとかもやられていますし、秘密のお店というわけではないのでしょう？」

「あれは……どちらかといえば常連さん達のため、あとは……あの子がやりたがるので」

ミカはまるで親のような視線で、座敷《ざしき》の上で、紹介してもらった方がいい！　とクルミへ熱弁を振るう千束《ちさと》を見やった。

「……ダメ、ですか。残念です。こんなにいいお店なのに」

「そう言っていただける事を嬉《うれ》しく思います。そして、だからこそ……目立たず、静かにやっていきたいと思うのです」

「まー、一番の理由は他にあるけどねー」

ミズキが雑誌から視線を上げもせずに言った。それに、徳田《とくだ》はミカを見やるが……特に説明はなかった。聞こえなかったかのように、彼はキッチン作業を始めてしまう。

何か人には言えない秘密があるのだろうか。おおっぴらにできないような……。

んなわけあるか、漫画じゃあるまいし、と徳田《とくだ》は頭を掻《か》きつつ、コーヒーを口にする。

軽やかな風味のアメリカン。コーヒーをお湯で薄めたタイプではない、きちんと浅煎りの豆を使ったアメリカンコーヒーだった。

今の徳田《とくだ》には、この軽やかさがまるで慰めのような味わいに感じる。まぁ気楽にいこうぜ、とでもいうように。

ふと、徳田《とくだ》の鼻が、胸がすくような香ばしい匂いを捉《とら》え、耳がパチパチと小さく軽い、何かが弾《はじ》けるような、そんな音を拾う。

見れば、カウンター内のキッチンでミカが網に載せた何かを炙《あぶ》っていた。

そこからはあっという間だ、徳田《とくだ》が何をしているのだろうと思う間もなく、ミカは手早くそれにあんこを挟んで皿に載せ、徳田《とくだ》の前に出してくれる。

炙《あぶ》り立てのモナカが二つ。詫《わ》びの気持ち、との事だった。

「取材を断った以上、もう来てはいただけなくなりますかね」

「まさか。僕が素敵なお店だと思ったので、誰かに教えたくなってしまったんです。だから……今後も、来させていただきます」

「それは良かった」

ミカが微笑《ほほえ》む。それを見ていると、徳田《とくだ》はまるで自分が少年になったような気になってくる。子供時分に大人に褒められたような、何か許しを得たような……それでいい、と言ってもらえたような、そんな気分だった。

——カランカラン。

また、ベルが鳴る。新しいお客の来店。

ミカ達の視線がそちらに向けられる中、徳田《とくだ》はいただいたモナカへと手を伸ばした。

円柱状《スティック》のそれ。表面は熱く、きつね色。ところどころがわずかに焦げ茶色のアクセント。手作りならでは。

口元に持ってくると、まるでマフィア映画の悪党が咥《くわ》える葉巻のようだ。モナカではあまり見ない、面白い形である。単なる洒落《しゃれ》っ気《け》にも思えるが、口に運んだ時にその形の意味がわかる。

普通モナカは、齧《かぶ》り付《つ》いた際に口《くち》の端《はし》にどうしても砕けた皮の粉が付着してしまうもの。かといってちびりちびりとでは最初と最後の数口は皮だけでバランスが悪いし、何よりまどろっこしい。

けれど、この円柱状《スティック》なら……。

きっと女性のアイディアだろう。ミズキか千束《ちさと》かたきなか……クルミではあるまい。錦糸町だから、案外、夜の店で働くお客かもしれない。

何にせよ、気が利《き》いている。

そしてそういうものほど、食べる時の期待は高まるもの。

徳田《とくだ》はプレゼントの箱を開けるような気持ちで、モナカを口にした。

――バリッ、パリパリ。

齧《かぶ》り付《つ》けば、得も言われぬ香ばしさが鼻に抜ける。炙《あぶ》り立ての力、炎の残滓《ざんし》だ。

続いて唇と舌に感じる熱。けれど咀嚼《そしゃく》すれば、冷たさが顔を出す。

熱くバリバリとした気持ちの良い歯《い》触りのモナカに、冷たくしっとりとしたあんこ。

二つの温度、二つの食感。そこに小豆《あずき》が躍《おど》り出す――粒あんだ。

それらは徐々に混ざり合い、絶妙な温度、食感に至り、そして甘味がゆっくりと現れてくる。

「お？　……ははは」

徳田《とくだ》は思わず笑ってしまう。

味よりも先に香り、温度、食感……。たった一口で何とも面白い。そして当然のように味はこの上ない。

いいモナカだった。

食べるに楽しい、何よりおいしい。

どれ一つとってもここの店は、一手間、一工夫が入っている。

ああ、いいなぁ。

店構え、店員、そしてメニューさえもいい。
自分の手で紹介できない事が残念でならない。本当にそう思う。
それなのに、そんな気持ちがあるのに……それでも笑顔にならずにはいられない。
甘いものの魔法か。それともミカの？　どちらにしても、悪くない。
コーヒーをすする。
和菓子とは意外なほど、よく合っていた。

■第一話『閉じ行く人生にスイーツを』

──カランカラン。

入店と同時にその男──土井善晴《どいよしはる》は〝しくじった〟と思わず舌打ちしそうになった。

錦糸町を中心に長く働いてきたが、こんな下町の住宅街に隠れるように喫茶店があったとは知らなかったと、思わず入ってしまったものの……どうやら、自分のような五〇を過ぎた男が一人で入るような店ではなかったらしい。

洒落《しゃれ》た店内には女子供ばかり。小上がりとなっている座敷《ざしき》席で客なのかこの店のオーナーの子なのかわからない小さな子供がボードゲームを広げ、その脇ではどこぞの制服を着た女子高生がだらけている。

店員もキャバクラ上がりか何かわからない二〇代後半の女と、キッチンにいる店主らしき肌の黒い男だけ。

他には、カウンター席でモナカに囓《かじ》りつく若い男の客が一人。

とても自分のような人間が腰を落ち着ける場所ではない。当然、喫煙所もないだろう。そういう店ではないのだ。きっとネットに写真を上げたがるような、そういう人間がメインの客層なのだろう。

それを示すように、店主の男こそまともに着込んでいるが、女の店員はその和服の着方からしてどこか甘く、全体的にだらけた印象になっている。所詮はコンセプトカフェだと表しているようだ。

土井《どい》は店員達に悟られないように口の中で消えてしまうほどの、小さなため息を吐いた。自分の嗅覚も鈍ったものだと土井《どい》は思う。

さて、どうしたものか。気持ちとしてはさっさと退散したかったが、そうも行くまい。適当に茶でもすすって退散しよう。

土井《どい》は店を今一度見渡す。カウンター、小上がりの座敷《ざしき》席、そして中二階となった場所にはテーブル席もあるようだが……。座敷《ざしき》席には子供がいるし、空いているのにわざわざ中二階席を使うのも……。

となれば、無難にカウンターだろう。

客が来ても立とうともしない女店員とは反対の端の席に、土井《どい》は腰を落ち着けた。

「初めての方ですね。今、メニューを……。ミズキ、働きなさい」

店主がやけにしっかりとした声で言うと、ミズキと呼ばれた彼女はハイハイとようやく面倒臭そうに席を立つ。

「店長、わたしが」

店の奥からもう一人の店員が姿を現す。青い和装に黒く長い髪を左右二つに分けて結んだ少女。高校生ぐらいに見えたが、ミズキに比べると服の着方に隙がなかった。立ち姿も美しく伸び、目に愛嬌《あいきよう》こそなかったが、それ故に洗練されたものを感じる。

あと一〇年もすれば素晴らしい美人になるのは間違いないだろう。今はまだ、どうしても子供だ。

彼女がメニューを持って来てくれると、土井《どい》は早速目を通す。なんだこりゃ、と驚いた。

甘味はパフェなどもあるようだが、和菓子中心だ。それはいい。問題はドリンク類だ。

和菓子中心だというのに、飲み物は茶も一応あるが、基本はコーヒーらしい。和洋折衷とでもいいたいのか……しっちゃかめっちゃかだ。

普通、カフェ自体の造りや皿、カップ類が和風だとしても、出すものはコーヒーにケーキというのが普通だろう。

ただ、これはこれで悪くない。茶は単体では注文しにくく、甘味の一つでも付けるべきかと思っていたが、コーヒーならそれ単体で十分だろう。

「あー……じゃ、ブレンドを一つ」

「承りました。他にご注文は？」

「いや、結構だ」

「少々お待ちください」

黒髪の店員はその姿に負けず、濁りのない綺麗《きれい》な声をしていた。

あの子がもう少し早く生まれ、自分がもっと若ければ声の一つもかけただろうに。そんな事を想《おも》ってしまう。

彼女が離れて行くと、ベルが鳴った。来客だ。土井《どい》からすると意外なことに南口辺りにいそうな強面《こわもて》の中年の男。彼は店員達と軽く話すと、子供を「クルミちゃん」と呼び、その子の用意していたボードゲームの卓に着く。馴染《なじ》みの客らしい。

それからというもの、驚くべき事に次々と大人の客――明らかに土井《どい》より年上の老いた男や乳児を連れた主婦、液晶タブレットを小脇に抱えた妙に疲れ顔の中年女性、あまりこの辺では見かけないセーラー服の女子中学生などなど……まさに老若男女《ろうにゃくなんにょ》という客が訪れ、皆がクルミの卓へと慣れた様子で着いていく。

「ブレンドです。……少し賑《にぎ》やかになります。すみません」

店長がカウンター越しにコーヒーを出してくる。

「いや、それはいいんだが。……思っていた店とは違ったようだ」

わかります、とカウンター席に座ってモナカに喰《く》らい付いていた男が笑う。

「僕も最初そうでした。これは洒落《しゃれ》た隠れ家的なお店だ。ですが、入ってみたら……賑《にぎ》やかで、気さくで、いい意味で雑多なお店でしたね」

そんな事を話している間に、店には続々と年代様々な客が入ってきて席を埋めていく。カップルもいれば土井《どい》のように一人でコーヒーを飲みつつ競馬新聞を読む昔ながらの者も、そして若い子達も訪れ、スマホでスイーツの写真を撮るなどしていた。

さっきまで空いていたのはたまたまだったらしい。

座敷席《ざしき》にいた女子高生も店員だったらしく、にわかに忙しくなってくるなり素早く和装に着替え、フロアを走り回っていた。

気がつくとそれほど居心地の悪い場所ではないのだと知れてくる。混み合い始めた頃合いに店を去っていった、あのモナカを食べていた男が言っていた意味が段々とわかってきた。

誰が来てもいい店、誰にとっても気さくで居場所のある店なのだ。

各々《おのおの》が卓でコーヒーを飲み、甘味に舌鼓《したつづみ》を打ち、はたまた店の一角ではボードゲームに興じる老若男女《ろうにゃくなんにょ》、そして働く店員達。

している事は違えど、誰も彼もが笑顔で、楽しげな雰囲気。

少し前まで見下していたこの店が、そして客達が、土井《どい》には眩《まぶ》しく見えてくる。

自分はどうだ？　カップに残るコーヒーに映る自分の顔。昔は芥川龍之介《あくたがわりゅうのすけ》に似ていると言われたが、今は少しばかり贅肉《ぜいにく》が付いて輪郭が丸くなり、あまり似ていなくなった。

何より太ったのを差し引いても、彼より二〇年近く長く生きている事で、印象も遠ざかっただろう。

老《ふ》けている。年相応以上に。働いていた三年前より明らかに、そして三年以上に老《ふ》けている。

疲れ、だろうか。

おかしな話だ。特に何をしているわけでもないのに、疲れていると感じる日々だとは。

暗い雰囲気に包まれれば、当然のように笑顔はない。だからそう見えるのか。

早期引退《アーリーリタイア》してこれから自由を謳歌《おうか》するのだと意気込んでいたが、気がつけば、散策とは名ばかりの徘徊《はいかい》や、さして興味のない映画とテレビで時間を潰し、一日を無理矢理終わらせるために酒を喰《く》らう日々。毎日夜が無駄に長い。

働いていた頃——若かった自分も、彼女達のように輝いていたのだろうか。そうだと知らずに、彼らのように笑顔で何かに熱中できていたのだろうか。

わからない。思い出せない。そうだったかもしれないし、そうではなかったのかもしれない。

ただ、一つだけわかっている事がある。

それは、この先の自分の人生で、彼女らのように輝く時はもうないのだ、という事だけ。

1

千束《ちさと》は走っていた。

現代の日本、若者が街中《まちなか》を走る理由はさほど多くはない——そう、遅刻である。

こうした状況に陥ってしまった理由はいくつかある。

前髪がうまく決まらなかった事……。

下着の上下がバラバラにしか見つけられなくて必死に探した事……。

朝食をパンではなくお客さんから新潟のおいしいお米をもらったのでご飯を炊いて塩鯖《さば》を焼いた事……。

そして昨夜にハリウッドの名作お馬鹿アクション映画にして一五年のブランクの末に登場した待望の続編『ダイナマイトポリス2』のＢＤ《ブルーレイディスク》が届いたので早速視聴した事……。

そして、その前作も見たくなったので急遽《きゅうきょ》2を観《み》た後に1を観《み》たりした事……。

果たしてどれが遅刻の直接的原因であったかは皆目見当も付かないが、何にしても致し方のない事、言ってみれば不可抗力、不運が重なった結果の事故のようなものであった……と、少なくとも千束《ちさと》は思っている。

果たして見えてくる喫茶リコリコの店舗。住宅街に隠れるようにして建つそれ。

愛《いと》しの我が職場。千束《ちさと》は何ら躊躇《ためら》いなく表口の扉を開ける。

「皆さんお待ちかね、千束《ちさと》で——す！」

「待ってんのはアタシ達だけよ！」

拍手喝采、沸き起こる歓声、舞い上がる座布団《ざぶとん》に花束、紙吹雪……。さすがにそこまで期待したわけではなかったが——いや、少し期待していた気もするが、ともかく、思いの外辛辣な口調の言葉が飛んで来た。発したのはフロアをお盆を手に走り回っているミズキだった。

あれぇ？　と、思い、千束《ちさと》は店内を見渡す。ものの見事に満席。その客達の間を、花々を巡るミツバチのようにミズキ、たきな、そして駆り出されたらしいクルミまでもが動き回っていた。

なお、動きながらもミズキは怒り、たきなは冷たい視線、クルミは助けを乞《こ》う顔で千束《ちさと》を見ている。

「あはは……ごめーん」

「千束《ちさと》、早く着替えて来なさい」

千束《ちさと》をちらりと見やりもせずに、カウンターでコーヒーを淹《い》れ続けるミカだ。

普段なら裏口を使えと言われたりもするが、こうも忙しい時だとそんな言葉も出ては来ない。

千束《ちさと》は「はーい」と了承すると、店内にいる常連客に挨拶しつつ店の奥へ。年齢も様々だ。

セーラー服の中学生であるカナから、そろそろ年金支給が見えてきている後藤《ごとう》まで多種多様。

しかし、その誰にも同じように千束《ちさと》は軽く、明るく、大音声《だいおんじょう》で挨拶していく。

相手がどんな人で、何歳であろうと、千束《ちさと》にとってはみんな最高のお客さん達なのだ。

途中、最近よく来てくれるようになったカウンターの隅っこの席を居場所とする土井《どい》にも声をかける。

彼は顔を上げるといつものように暗い顔のまま、千束《ちさと》に応じ、そしてまた俯《うつむ》く。まるでそこにあるコーヒーに顔を映して見つめているかのようだった。

更衣室に入ると、フロアの方からドンガラガッシャンという盛大な音と共に、わちゃわちゃした声、笑い声が聞こえてくる。

気配からするにクルミ辺りが配膳中にやらかしたのだろう。

くひひ、と千束《ちさと》は笑う。今のフロアのてんやわんやを想像するに笑顔になる。

着ていたファースト・リコリスを示す赤い制服を脱いでいると、ムスッとしたたきなが更衣室に入ってくる。和装の制服がコーヒーで濡《ぬ》れていた。

「あら、しくじったのはたきなだったかー」

「違いますよ。クルミが転びそうになったので助けに入ったら……コーヒーがわたしに」

たきなはきびきびと制服を脱ぎ、予備のそれに着替えていく。

「それより千束《ちさと》、気づきましたか。土井《どい》さん、また来ていますね」

「すっかり常連になったねぇ。嬉《うれ》しい嬉《うれ》しい」

和装に身を包む千束《ちさと》を、チラリとたきなが見やってくる。

「いつも暗い顔して、ブレンドしか注文せず、ただ何かに耐えるように黙って座っている……何ででしょう？」

「あれでしょ、何かでドカンって儲《もう》けて、隠居生活入った人だって、ミズキ言ってたけど」

ちなみに金という一点のみの魅力だけで、ミズキは一度土井《どい》にジャブを打ったらしいが、まったく相手にされなかったそうだ。

「だから、お金の使い道で悩んでいるとかじゃない？」

「……そうでしょうか。もっと、こう、違うような……」

何だか納得のできない、不満げな顔で俯《うつむ》き、たきなが漏らした。

「……ん？」

千束《ちさと》はたすきを締めつつ、たきなの不可解な様子に小首を傾《かし》げる。

「ちょっとー、千束《ちさと》、たきな、まだー⁉ こっち手が足りないんだけどー⁉」

「はーい、ただいまー！ たきな、先行ってるね」

千束《ちさと》は少し気になるものを感じながら、一人、更衣室を出た。

2

「たきながおかしい？」

ミカが驚いた顔をする。

閉店後のリコリコで、千束《ちさと》はようやくこの数日間もの間、一人抱えていた疑問を打ち明けた。

たきなは今日、健康診断のために早退していたので、ここしかないと思ったのだ。

ミカは洗い物の手を止め、カウンターに座る千束《ちさと》の前に立つ。

「おかしい、とはどういう意味だ？ 千束《ちさと》」

「元からおかしいでしょ」

閉店作業中だというのにすでに一升瓶とグラスを用意しているミズキが言うと、座敷《ざしき》で寝転がりながらノートPCを見ていたクルミもそれに同意した。

「というか、リコリスは基本的にあまり普通の奴《やつ》がいない印象だな。たまに店に来る乙女サクラ……だったか？　アレとかは割と普通に見えるが」

ミカが苦笑する。かつて訓練教官としての過去を持つ彼だ、何か思い当たるフシがあるのかもしれなかった。

「んもぅ、そういうんじゃなくて。……ポロッと漏らしてくれたんだよね。ひぃ、ふぅ、みぃ……えーっと、ちょっと詳細は忘れたけど、何日か前に私が遅刻した日に」

「ボクがミスってたきなにコーヒーかけた日か？」

「その日！」

「何を漏らしたっていうのよ？」

言って、ミズキがぐいっと透明な液体の入ったグラスを呷《あお》る。

「土井《どい》さんが気になるって」

店内の空気が、そして千束《ちさと》以外全員の動きが固まった。

直後、グラスを手にしたままのミズキ、そしてクルミもまたカウンター席に座る千束《ちさと》のもとへと素早く距離を詰めてくる。

「……お金目的かしら？」

「ボクが思うに、たきなはそういうタイプじゃないだろ」

何故《なぜ》か悪い事を話すように顔を寄せ合い、小声で話し始めた。

密談にミカも寄ってくる。

「たきなが、か……。意外、というと失礼だな。しかし……恋をするのは悪い事ではない」

「あ、でも、土井《どい》さんが気になるっていうより、暗い顔している土井《どい》さんが心配って感じだったけど」

「暗い男なんて今の時代ゴマンといるわ」

「常連にもいるだろ、ほら、作家の、米岡《よねおか》」

クルミが言う米岡《よねおか》は、何とか食えてはいるが、いつもいろんな意味でギリギリの四〇の作家の男だ。来る日の七割は元気な男だが、残りの三割は絶望的な顔で現れては朝から晩まで居座ってキーボードを叩《たた》いている常連客である。

ある時、風の噂《うわさ》で〝作家が居座るカフェは潰れる〟というジンクスを千束《ちさと》が聞きつけたのを切っ掛けに一騒動あったのだが……それはまた別のお話。

何にしても、その時たきなは、千束《ちさと》が覚えている限り〝放っておけばいい〟というスタンスでいた。

「という事は、年齢？　ストライクゾーンが実は五〇代とか？」

ミズキの仮説に、ふむ、とミカが顎に手を当てる。

「言われてみれば、店の常連で五〇代となると……意外と少ないな。後藤《ごとう》さんは六〇を過ぎているし山寺《やまでら》さんでも四〇代半ば」

「ね、ね、ね、私さ、よくわかんないんだけど、年齢だけで人って恋しちゃうものなの？」

「すんのよ!!　世の中にはね、結婚相手は二〇代前半がいいというクソみたいな男がいるのよ!!　相談所に行ってみなさいよ!!　それこそゴマンと居るわよ!?」

何やらよくわからない地雷を踏んだらしい。それを察した千束《ちさと》は、さすがにたじろく。

まぁ待て、とミカが腕を組んだ。

「早計は良くない。何より人は好みだけで恋に落ちたりはしない。好みだから気になる、その程度だ。逆に、タイプとは全然違う相手であっても、気がつけば……というのが、本物の恋だとも言える」

「ふむ。……まさに恋に落ちる、か。まぁいい、少し調べてみよう。……よっと」

クルミは床に座るとノートPCを素早く叩《たた》き、何やらデータを引っ張り出してくる。千束《ちさと》が覗《のぞ》くと、モニターには何やらよくわからない文字列と数字が並んでいた。

「土井善晴《どいよしはる》、五五歳。墨田区太平のマンションに在住。結婚歴はなし。元々は飲食店を複数抱えていた経営者だが、三年前、事業関係を売却して、実質的な引退。……えーと、記録を見る限り、多分、株か？　とにかく何かで一発大きく当てたな。現在の資産は現金で一億ちょっとと不動産、株もまだ少しあるっぽいな」

「……アンタ、明日の天気調べる感覚で個人情報を引き出すわね……」

ドン引きしたミズキの言葉に、クルミは得意げな顔をする。

「真っ当な納税者は調べやすくて助かるよ。……ふーん、マズイ犯罪歴もなさそうだ」

クルミのモニターをミズキものぞき込むが、千束《ちさと》と同じくよくわからないようだ。眉根が寄っていく。

「……マズくない犯罪歴ならあんの？」

「あー……駐禁と速度違反が何回か。かわいいもんさ」

千束《ちさと》はモニターを解読するのは諦め、腕を組んで天井を仰ぐ。

「んー？　仕事は引退、お金はある、まずい過去もない。……悩む事なんて何もないのに、何であんな暗いんだぁ？　……先生、何か聞いてない？」

「はっきりと聞いたわけじゃないが、まぁ人間、歳《とし》を取るといろいろと……な」

「五五でしょ？　全然若いじゃん！　今から大冒険して世界の一つや二つ救ったっていい年齢なんだし。ね、ミズキ？」

「……何でアタシに訊《き》く？」

「同じぐらいの年齢だと思ったんだろ」

それだけ言うとクルミは素早く立ち上がり、ノートPCを持って逃げていく。待ちなさぁい！　とミズキが追い掛けて行くのを千束《ちさと》とミカは見送った。

まぁなんだ、とミカは仕切り直す。

千束《ちさと》はまだ若い。だからわからないだろうが、歳《とし》を取ると自分の〝可能性〟が減っていくのを如実《にょじつ》に感じるものだ。舞台に緞帳《どんちょう》が下りるように、静かに、そして完全に、何かが閉じていくのを……嫌でもな」

「……えっと、どういう……？」

「要は、できる事やれる事がどんどんと減っていくのがわかるんだよ。特に三〇を越えた辺りから」

「そんなのおかしーよ。だって、土井《どい》さん五五なら……えーっと、平均寿命まで二〇年！　仕事引退してるならぐっすり眠れるし運動もできる、って事は健康的に過ごせるからもっと長生きできるかも！　それだけあるんだったら何だってできるじゃん！」

ミカは眉を八の字にしつつも、笑顔を作る。千束《ちさと》を見る細めた目はどこか、眩《まぶ》しそうだった。

「一〇代からの二〇年と、五〇代からの二〇年を比べるのは少し横暴だが……考え方は嫌いじゃない。だが、そう言える事こそが若さの――」

「先生がこの喫茶店を始めたのだって、一〇年前だよ？　最初の頃はヘッタくそでアレだったけれど、今は先生のコーヒーが美味《おい》しいって人が集まって来るぐらいになった。やれるよ、何だって」

真剣な眼差《まなざ》しで見つめてくる千束《ちさと》を前に、ミカはそっと微笑《ほほえ》んだ。

「……一本取られたな。そうだな、その通りだ。だが、可能性が減っているのは間違いないんだ」

千束《ちさと》は理解ができない、というより、不満な顔をする。

「そういうもん？」

「そういうもんだ。千束《ちさと》もいずれ……そうだな、うん、歳《とし》を重ねたら……わかるかもしれない」

ミカは不意に言い淀《よど》む。

だからこそ、千束《ちさと》は手を銃の形にして彼を狙い、キザな口調で、舞台染《じ》みた台詞《せりふ》を放つと共に微笑《ほほえ》んだ。

「いいね、素敵だ」

ミカはしばし千束《ちさと》を見つめ、その運命を想《おも》うように瞼《まぶた》を閉じた。

「……老いる事は素敵、か。そうだな、本当は、誰であってもそうなんだろう。だが、普通はそれがわからない。老いる事はマイナスでしかないと思ってしまう」

「格好良くなったりもするのにね？　先生の顔とか、私、昔より今の方が好きだな」

ミカは笑い、また千束《ちさと》を見つめる。

今の彼のそんな目が、千束《ちさと》は好きだった。

昔の彼は千束《ちさと》を見る時、一緒に他の何かをも見ているような目をしている時が多かった。

自分を見ているはずなのに、焦点が自分だけに定まってくれていない。そんな気がしていた。

それが、今は間違いなく自分だけを見てくれていると感じる。その変化はきっと時の流れ、一緒の時間の積み重ねによるもの。少なくとも、千束《ちさと》はそう思っている。

だからこそ、時の流れは素敵だと感じる。素晴らしい事だ、と。

「まぁ……その、なんだ。年齢があるにしても、土井《どい》さんの場合はそれに加えて、やるべき事がなくなった事も大きいと思う。働きづめだった人……つまり、やらなければならない事に衝《つ》き動かされてきた人が急に暇になると、何をしていいかわからなくなる。それがまだ若い内ならすぐに〝次〟が見つけられるだろうし、金銭的な理由から強制的に見つけなければならなくなるが、土井《どい》さんの場合は、ある意味で一段落ついてしまっているからね」

「要は、暇を持て余している、歳《とし》を取るとそれの解決がキツい……って事か」

「いや、違う」

店の奥から、頭を撫《な》でつつ不満げなクルミが戻って来た。何やら一発喰《く》らったようだ。

「違うって？」

「そもそもの話題はたきなの様子が変だ、という話だ。土井《どい》のクオリティ・オブ・ライフの話じゃない」

「言われてみれば、その通り。……けども！　けれどもだよ？　たきなが気になるのは当然としても、常連さんが暗い顔している……そうっ！　何かを抱えて悩んでいるというのなら、これを明るくしてあげたいと思うのも良きカフェ店員の仕事じゃない⁉」

「業務外だろ」

「あーん、クルミぃ～、切れ味が鋭いぃ～」

千束《ちさと》が泣き崩れるようにして小柄なクルミにもたれかかった。

「料理漫画よろしくコーヒーと甘味で人生変えられるわけじゃない。放っておく他にないさ。それよりたきなだろ」

「そう、たきな！　たきなです！」

バネ仕掛《じか》けのオモチャのように千束《ちさと》が立ち上がると、カウンターをダンッと叩《たた》く。

「たきなの様子が変なのは土井《どい》さんへの恋じゃないのかね、ワトソン君？」

またも芝居がかった口調の千束《ちさと》に呆《あき》れたのか、ミカはキッチンへ戻って洗い物を再開させる。

「かもしれないが、決めつけは良くない。ただ心配しているだけかもしれない」

「心配する、気に懸けるっていうのは、嫌いな相手にはしないものではないのかね？　……つまり、恋なのだよ、ワトソン君！」

誰からも応答がない。ホームズのネタを二回連続で使ってみたがスベったか。しかし、それはそれとして、と、千束《ちさと》は続ける。

「って事で、明日からみんなでたきなをフォローする感じで……ＯＫ？」

何か言ったところで千束《ちさと》の中で答えが決まってしまっているのが伝わったのか、誰も何も言わない。何より……もしかしたら本当にビンゴかもしれないと、うっすらと感じてはいるのだろう。

たきなが他人に興味を示すのは希有《けう》だ。見習うべき技能を持った相手か、障害になり得る強敵か……その程度である。

だからこそ、恋というのもあながち間違いではないのかもしれないとも思えるし、そうであったらいいとも思っているはずだ。そして、もしそうなら……千束《ちさと》同様、皆たきなの淡い恋を応援してあげたい気持ちを持つぐらいの関係にはなっている。

だから——。

「人の恋路を応援するぐらいなら自分の恋に集中するわ」

店の奥から、そんなミズキの声が聞こえた。

千束《ちさと》達は何とはなしにお互いの顔を見回した。

よくよく考えてみれば、全員独り身だった。

確かに他人にかまけている場合じゃないかもしれない、と千束《ちさと》は少し思わなくもなかった。

3

もうすぐ昼時という時刻、空《す》いている店に、土井《どい》が来た。

もはや指定席のようになったカウンターの隅に座る前に、ミカは手早くブレンドの準備を始める。注文にブレがない事に加え、頻繁に足を運んでくれるからこそだ。もはや〝いつもの〟という言葉すら不要だった。

決まり切った大人達のルーチン。けれど、それでもたきなはいつもお盆を胸に抱いて土井《どい》のもとへ注文を聞きに行くのを千束《ちさと》は見逃さない。

「ご注文は?」

「あぁ、たきなちゃん。今日もブレ……あぁ、いつも悪いね、マスター」

カウンターに置かれるカップに、土井《どい》は少し嬉《うれ》しそうにミカへと微笑《ほほえ》む。

それとは裏腹に、土井《どい》のもとを離れるたきながどこか不満げに見えるのは、千束《ちさと》の思い込みなのだろうか。

「ねぇ、たきな。土井《どい》さんの注文っていつも決まってるんだから、聞きに行かなくてもいいんじゃない?」

「……仕事ですから」

声にトゲがある。千束《ちさと》はそれを感じた。

やはり恋か。恋なのか。というか、恋だろう。恋に違いない。恋以外の何だというのだ!

そして思う。何気にミカが障害なのではないだろうか。

土井《どい》はいつも暗い顔をしているが、ブレンドが差し出された時だけ、笑顔を見せる。

ミカに、だ。

ミカは魅力的な大人の男である。それは否定のしようがなく、喫茶リコリコをやり始めてからの一〇年間、どれだけの人間がミカの魅力にやられた事か。かつて、ストーカーすら出たぐらいである。

ミカが障害だというのなら……ならば、いっそ土井《どい》を店から連れ出してみるか。

「ね、たきな、今日って確か買い出しの予定あったよね？」

「そうですけど、何です？」

「私も実はそうなの」

「……千束《ちさと》は違うじゃないですか」

「買い出し係なの！　いいからいいからとりあえず着替えちゃおう♪」

「え？　ぇぇ？　ちょ、ちょっと千束《ちさと》、買い出しにしたって、まだ時間が……」

千束《ちさと》はたきなの背を押して、半ば強引に更衣室へと押し込んだのだった。

「どーいさん♪　元気ですかー？」

相も変わらず暗い顔でブレンドの表面に顔を映していた土井《どい》に、リコリスの制服に着替えた千束《ちさと》は、たきなを引き連れて明るく声をかけた。

土井《どい》は顔を上げ、千束《ちさと》達を見ると口元に笑みを浮かべる。ニヒルと言えばそうなのだろうが、単に無理して笑っているように見えた。

これは重症だな、と千束《ちさと》は改めて感じる。

「どうかしたかな」

「お昼ご飯食べました？」

「いや……」

「それはいけない！　おいしいご飯、何か食べないと！　人生損しちゃう！」

「この歳《とし》になると、別にそんなに食べても食べなくても……」

「どっちでもいいなら食べましょ、そうしましょ♪」

あぁ、と千束《ちさと》の背後で何か得心したようにたきなが声を出す。

「急に何かと思ったら……千束《ちさと》、土井《どい》さんにお昼を奢《おご》ってもらおうとしていません？」

「違《ちが》わい」

何故《なぜ》この千束《ちさと》様の優しさ、気の遣いようがわからんのか。そう思うが、当然口にはしない。

そんな事をすれば、ざる蕎麦《そば》につゆをぶっかけるようなものだ。

結果的には同じようなものかもしれないが、何事も作法というものがある。

「何だ、ははは、君達、お腹《なか》が減っていたのか」

こら千束《ちさと》、とミカが止めに来たが、千束《ちさと》がアイコンタクトで〝これはたきなの恋愛応援プロジェクトの一環だから！〟と伝える間もなく、土井《どい》が止めてくれた。

「店長、いいよ、お昼ぐらい。……何か食べたいものはあるかい？」

「やった♡　……んーっと、たきなは？」

「わたしは別に……」

「おっけ、じゃ、土井《どい》さん、好きな食べ物って何ですか？」

「え？　何だろうね……寿司《すし》とか？」

「なるほどー。奇遇ですねぇ、この店によく来てくれる駅前のお寿司《すし》屋さんの大将がおりましてね？」

「そうか、じゃ、出前でも取ろうか。代金は出すから」

アカン。予定では昼食はリコリコから出る理由でしかなく、結果的にデート的な何かになれば良いと思っていたが、出前という行き届いたサービスまでは千束《ちさと》も想定していなかった。

――ならば！

「っていうのは今度にしましてぇ……。実は！　お寿司《すし》といえば、オススメのがあるんですよ！　それもいなり寿司《ずし》！　どうですか？　……お好き？　それは良かった！　幾つかオススメはあるんですが、一つは旧電波塔のお膝元、業平《なりひら》にある『味吟』さんで――」

「あぁ、あそこか。うまいよね、昔ながらの甘塩《あまじょ》っぱいジューシーなお揚げで」

しまった。よくよく考えたら土井《どい》はこの近くに住んでいるのだ。近隣の昔からある店はすでに知られている事だろう。お隣両国、そして近隣に住んでいれば必ず行くであろう浅草周りもダメだ。

できれば彼が知らない店がいい。

たきなの恋を応援するのは第一目標ではあるが、土井《どい》の人生における新しい〝何か〟をもプレゼントしたかった。そして自然とそれがたきなのおかげとすれば……輝かしい未来は約束されたも同然となる。まさに一石二鳥だ。

——ならば！

「亀戸天神前《かめいどてんじん》の『花いなり』さんは、どうです？」

「聞いた事があるような……ないような……？」

あぁ、と、たきなが何かを思い出したように声を出す。

「確かに、あそこのおいなりさん、おいしいですよね。前に食べた時は、梅が入ったものが凄《すご》くおいし——」

「そう！　こちらの井ノ上《いのうえ》たきなさんイチオシの『花いなり』！　土井《どい》さん、どうですか⁉」

「あぁ、いいんじゃないかな。そこは出前とかって？」

「まったくやってません！　なので、一緒に行きましょう！」

「……天神前だよね？　少し遠くないかい？　電車かバスかな？」

「うちからでしたら歩いた方が早いですよ」

「じゃタクシーだね」

「歩きです、運動です、天気もいいですし、お散歩楽しいですよ？　さぁ！　土井《どい》さん、たきな、出発だ！」

「え、ちょ、え……待って、あ、コーヒーがまだ……」

「千束《ちさと》、本当に行くんですか？　仕事……」

「いいからいいから二人とも行くよー。あ、コーヒーは飲んでからで！」

その後、千束《ちさと》は半ば強引にたきなと土井《どい》を店から連れだし、一路亀戸《かめいど》へと向かった。

4

フロアに残されたミズキとミカは呆《あき》れた様子で千束《ちさと》達の背中を見送った。

「……アイツら、ここの仕事どうする気よ？」

「混んできたらリスの手でも借りるさ」

「……はた迷惑な子ね」

「今日は空いてる、何とかなるだろう」

「土井《どい》さんに対してもよ。ぶっちゃけ迷惑じゃない？」

「いや、案外本当にいい刺激になるかもしれない。何事も試してみるのは悪くないさ」

「たきなに対しては？」

「さてね」

それはばかりはきっと誰にもわからないだろう。もしかしたらたきな自身、わかっていないかもしれない。

自分の胸に湧いた感情が何であるかなど。

初めての恋というのは、案外そういうものだ。

ミカは口元に笑みを作る。

遠い昔を、そして自分の恥ずかしい若かりし日々を思い出すように。

5

「……で？　どうだったんだ、土井《どい》とのいなり寿司《ずし》デートは？」

営業時間を終えたリコリコの座敷《ざしき》席で、千束《ちさと》らが土産として買ってきたいなり寿司《ずし》のパックを開封しながら、興味があるんだかないんだかわからない口調でクルミが訊《き》いてくる。

千束《ちさと》はシーッと指を立てて黙るように伝える。

リコリコに戻った後は普通に働いていた事もあり、たきなは今更衣室で着替え中だが……絶対に聞こえないとも限らない。

千束《ちさと》も座敷《ざしき》へと上がると、卓へと着く。

「まぁそれなり？　何かいろいろ話してたよ。花いなりさんは食べる所ないから、天神を回りながら食べたりできたのも良かったかな。……あ、クルミ、私のオススメはコレ。コレコレ。梅味」

千束《ちさと》はパックから一個取って見せる。

「それで梅味だけ妙に多いのか」

梅、ゆず、ゴマ、ガリ、プレーンと味の種類があるものの、クルミの言うように千束《ちさと》の意見が強く入ったがために一六個入りの内、実に七個が梅味だった。ミカは今日、町内会の集まりですでにいないが、帰ってきた時に少し食べられるように多めに買っておいた。

ここのいなり寿司《ずし》は一つ一つがフィルムに包まれている。そのおかげで、小ぶりなこのいなり寿司《ずし》はハンバーガーのようにして手を汚さずに気楽に食べられるので、皿や箸を用意する必要もない。千束《ちさと》は手にしていたそれを開封し、パクッといく。

齧《かぶ》り付《つ》けば、まずはいなりの大本命──柔らかに甘いお揚げ。

ここのは汁気が少なく、それ故にフィルム包装と相まって立ちながらでも食べやすい。

閉じた口の中でほどけゆく、酢の味仄《ほの》かな甘いお米。その中から次第に細かく刻まれた大葉の香りが爽やかに立ち昇り、ふわりと梅の酸味が花開く。

どの味も強くはない。上品といってもいいだろうが、この味には〝優しい〟という言葉の方がふさわしい。

そんな味の、いなり寿司《ずし》。

毎日でも食べたくなる、そんな味。

お店が喫茶リコリコからは少し遠い距離にある事だけが、千束《ちさと》にとってちょっぴり残念なおいしいもの。

「ん〜〜！　フッフッフッ」

咀嚼《そしゃく》しながら、千束《ちさと》は思わずそんな声を漏らして笑顔になる。

何故《なぜ》だろう。普通の寿司《すし》にはない、おにぎりにもない……けれど、いなり寿司《ずし》にだけは、齧《かぶ》り付《つ》いた時に現れる不思議な幸せ——いうなれば充足感のようなものがある、と千束《ちさと》は思う。

そしてそれは、たまらなく笑顔を誘うのだ。

「あぁ、おいしいじゃないか。コレ」

「……梅をオススメしたのに、何故《なぜ》君はプレーンから行くのかね？　ん？　クルミ君」

「先にスタンダードを食べるタイプなんだよ、ボクは」

小さな口のクルミでもパクパクと三、四口でいなり一つをペロリと平らげると、次に梅味へと手を伸ばす。そしてパクリと食べれば、ほぅ、と感嘆の声を出して、すぐさま二口めへ。

感想を聞くまでもないその様子に、千束《ちさと》も嬉《うれ》しくなる。

「で？　土井《どい》さんはどんな感じだったわけよ？」

一足先に着替え終わったミズキが戻ってくる。

「何だか懐《なつ》かしい味がするって言ってたよ。で、おいしいって」

「いなりの話じゃないわよ。……どうだった？」

ミズキも更衣室の方を窺《うかが》いながら、訊《き》いてくる。その様子からするとたきなの着替えももうすぐ終わるのだろう。

「結構、笑ってた。あんまり亀戸《かめいど》側は歩いた事がなかったみたいで、たきながいろいろ紹介してあげてて……。割と話、弾んでいたよ」

「まー、正直、亀戸《かめいど》側はホルモンと餃子《ギョウザ》のイメージしかないわね」

酒飲みにとってはそうなるのか、と千束《ちさと》は思う。

どの街にも名店や有名な食べ物はあるが、亀戸《かめいど》はミズキが挙げたもの以外にも結構いろいろある。

カウンター席に座ったミズキが手を伸ばしてきたので、千束《ちさと》はいなりを一つ手渡した。

「で、なに、結局……押したらいけそうなの？」

「名探偵千束《ちさと》が見るに……いけます！」

まぁ待て、とクルミが間に入る。

「さすがに先にたきなの本心を確認した方がいいんじゃないのか。多分、勘違いだろうし」

「そんな事ないよ！　だって今日──」

「今日がどうかしましたか？」

リコリスの制服に着替えたたきなが店内に現れ、千束《ちさと》は固まった。

「え、あ、えっと……土井《どい》さん、楽しそうだったよねーって……」

「あぁ、そうですね。いつものような暗い感じもなくて、結構笑ってくれて……良かったです」

少しだけ、たきなが微笑《ほほえ》んだ。

その瞬間、千束《ちさと》達は互いの目を見合い、アイコンタクトで会話する。

――ね、ガチっぽいでしょ？

――確かにありえるかもしれないな。

――マジか、コイツ……年上趣味なの？

ただ今日の出来事を振り返って微笑《ほほえ》んだだけ。

しかし、それが普段はクール、ドライ、淡々としているたきなとなると話は違う。

彼女がこういう顔をする事はあまりない。主に仕事などで何かしらのいい結果を出した時などだが……そう考えると土井《どい》が楽しそうにしていた事が、たきなにとっていい結果だったという事になる。

千束《ちさと》は自分の見込みが当たった事が嬉《うれ》しくて、思わず笑顔になる。

「土井《どい》さん、明日、今日みたいな顔で来てくれるといいね。ね、たきな♪」

「そうですね。そうだったら……嬉《うれ》しいんですが」

先に上がります、とたきなが店を出ると、ミズキもまた座敷《ざしき》に来て盛大に議論が盛り上がる。

ミカが町内会の集まりから帰ってきた頃には、いなり寿司《ずし》は一つとして残っていなかった。

そして、買い出しの事を覚えている者も……。

6

土井《どい》は思う。昨日のいなり寿司《ずし》のための散歩は何だったんだろうか。

よくわからないが、夜は短く、酒の力を借りるまでもなく一日は終わった。

何だか夢を見せられていたような気分だ。だから喫茶リコリコへと向かう足取りは何やら不確かな感じがする。

……単純に日頃の運動不足のせいかもしれない。

店は今日も今日とて空いている。当然だ、空いている時間を選んでいる。

食事を出すタイプの店ではないため、昼前後の客は少ないのだ。だから大抵はお気に入りのカウンターの隅の席が空いている。

「いらっしゃい」

店長の落ち着いた声に促され、席に着く。すぐさまブレンドが出てくる。

この流れが、たまらない。

「昨日はうちのが失礼しました」

「いやいや、楽しかったよ。最近はとんと歩かなくなったから、少し体に来ているけどね。運動不足を実感し――」

「え⁉　土井《どい》さん、運動不足なんですか？　それはいけないですねー」

千束《ちさと》だった。声の方を見やれば、お盆を胸に抱いたたきなの両肩に手を置き、その横から顔を出すようにして千束《ちさと》がこちらを見ている。

「たきな、出かける準備！」

「……あの、仕事……」

「そんなのあとで！　今はそれより大事な事がある！」

あの、と土井《どい》が声をかける間もなく、千束《ちさと》が運動不足解消企画を勝手に立ち上げ、そして強制的に土井《どい》は参加させられる事となった。

結果、隅田川沿いを一〇キロにわたってのウォーキングに、土井《どい》は革靴で参戦することとなった。

やはり自分は老いているのか。若さが……と思わなくもなかったが、よくよく考えてみると、自分が二〇代の頃であってもこの距離は歩いた事がなかったように思う。

終わってみれば、当然のように体はガタガタに酷《ひど》い靴擦れだ。

千束《ちさと》達もローファーのような靴を履いているから大概だろうにと思ったが、彼女達は一〇キロに及ぶハイペースのウォーキングでまったく疲れた様子も靴擦れした様子もなかった。

それなりのヒールもついていたが、彼女らに言わせるとかなり運動しやすいように造られている特殊なモデルらしい。ハリウッド並のガンアクションも余裕ですよ、と千束《ちさと》は笑っていたが……最近の学生が使うものは、昔と大分変わったのだろう。

土井《どい》は翌日疲労で、その翌日以降は筋肉痛で合計三日間寝込んだ。

7

気がつくと、土井《どい》にとって喫茶リコリコに行く事は何かしらの無茶ブリを受ける場所というイメージがついていた。

行くと、毎回何かさせられるのだ。

散歩、観光、運動、食事、ゲーム、映画鑑賞……などなど。

自分なんかを誘って一体何をしたいのかと思うが、待たれているような気もして、行かずにはいられなかった。

誰かから期待される、という事は久しぶりで、どんなに体が疲れていても自然と足が向く。少しだけ若返ったような気がした。

そして今日も今日とて、土井《どい》は喫茶リコリコへと向かう。何が起こってもいいように、動きやすい服とタオル、スニーカーは鞄《かばん》に入れてある。一度そっちの服装で挑んだ時に限って、映画鑑賞からのホテルの最上階レストランにハシゴしたりもしたのでフォーマルな服装も外せない。

しかし、これでもまだ賄いきれない場合もある。先日は行きつけの寿司屋《すし》がやっているまかない飯を食べに行く事になったりもしたのだ。

フォーマルな服装では大仰で、スポーティな格好ではラフ過ぎて、若干どちらにしても気まずかった。

こうも思いつきで行き先を決めているのでは千束《ちさと》とたきな達当人らにとっても大変だろうに、と思うのだが……ここに意外な発見があった。

彼女らの学校の制服は、どこであっても、ほどほどに馴染《なじ》む。

さすがに夜の居酒屋ならギョッとするかもしれないが、昼間の居酒屋のランチを食べる姿に違和感はあまりない。逆に上等なレストランであっても付き添いがしっかりした格好をしていればドレスコードには引っかからないし、当然カジュアルな場、つまり体を使って遊ぶような場なら当たり前に溶け込んでしまう。

学校の制服はある種フォーマルかつ、日常服なのだ。

どこにいても違和感のない魔法の服。

そして幼さ、若さを強調する服。

だから、街のどこにいても誰にも警戒心を抱かせない、何をしていても目立たない。

羨ましいな、と思うが、大人の男にも同じようなものがある事に気がついた。

スーツだ。とりあえずアレさえあれば……と思ったが、運動場に革靴にネクタイの男が佇《たたず》んでいたらさすがに目立つだろう。

いや、しかし、代わりに夜の居酒屋ならこの上なく……。

土井《どい》はそんな事を考えながら、リコリコの扉を開いた。

「いらっしゃい。……今日は静かに過ごせますよ」

店に入ると、店長にそんな事を言われた。彼曰《いわ》く、千束《ちさと》達は別件の仕事でいないらしい。恐らくコーヒー豆の出前か何かだろう。もしかしたら学業を仕事と呼んだのかもしれない。

どちらにせよ、今日の無茶ぶりはなさそうだった。

少し安心、少し残念に思う自分がいるのを土井《どい》は感じた。

「そういえば、他の子らもいないんだね？」

「えぇ、そちらも仕事でして」

店内にはいつもダラダラしているクルミもミズキもいない。その代わりのように、常連客が配膳を手伝っていたりもした。

以前なら変な店だと思っただろうが、今では彼らとも土井《どい》は顔なじみ。それすら居心地が良く、土井《どい》も隙を見て何となく手伝ったりもした。

こういうのも悪くない、本当にそう思う。

新しいコミュニティに入る、というのを自分は一体何年してこなかっただろうか。

仕事をしていた時代も、三〇を過ぎた辺りから新しい人間関係を構築する事はなく、ただただ関係が途切れていく一方で——間違いなく世界はどんどん小さくなっていった。これが極まり、何もなくなった時こそ土井善晴《どいよしはる》という人間の終わりなのだろうと思っていた。

それが、どうだ。世界は少しだけ、また、広がろうとしている。

「昔であれば当たり前にしていたのに……何だか新鮮だと感じるのは、やはり老いた証拠なのかな」

客足が落ち着いた頃に、ポロリと土井《どい》は漏らす。すると、ミカが仕事の手を休める事なく、「何の話です？」と付き合ってくれた。

新しいコミュニティに入るという事、新しい事を始めるという事……そういう事についてだと、土井《どい》は語る。

「年齢など関係ない、と千束《ちさと》などは言いますがね」

「若いね」

「ええ。ただ……一理はあるとも思います。人間歳《とし》を重ねると何をするにも腰は重くなる一方です。……ただ、重くなるだけだ。動けば動ける。動こうと思えば、ゆっくりでも、少しずつでも」

「その、最初が大変だよ」

「ええ、まったくもって。ただ、誰かが背を押す、手を引っ張る、そんな事をすれば……案外簡単かもしれない」

「……あの子達の事……かい？」

「今日は私がその役目を負ってみましょう。……こちらを」

ミカが差し出してきたのは、黒、ピンク、緑、黒という色合いの四つが載った皿——おはぎのセット。それに続けて、コーヒーも一杯。

ブレンドを丁度飲みきっていたのでコーヒーのお代わりは嬉《うれ》しいが、おはぎとは……。せめて、おはぎならお茶が良かった。

「店長、前から言おうと思ってたんだけどね。……和菓子とコーヒーはどうかと思うんだ」

きっともうすでに何度と言われているのだろう。ミカは子供を諭すように微笑《ほほえ》んだ。

「左からこしあん、桜、抹茶、粒あんです。最初はこしあんか粒あんがオススメです。まずはお試しを」

仕方ない。

促されるまま、土井《どい》は四つ並んだおはぎの左端のこしあんを選ぶ。フォーク代わりの竹串が添えられていたが、手拭きもあるのだ、面倒を嫌って土井《どい》は手づかみでいく事にした。

四つもあるせいか、一般的なおはぎのそれより小柄なそれ。

かぶりつけば、しっとりとしたあんこが歯と唇に触れる。嚙《か》み切《き》って咀嚼《そしゃく》すれば、粒感の残る餅……程よく搗《つ》かれている。おはぎならではの、心地よく、楽しい食感だ。これは餅よりも口内であんことうまく混ざり合うし、食べやすかった。

あんこの甘みは抑えめで、食べていく内に餅米ならではの甘みと旨味《うまみ》、そしてそれらを引き立てるかすかな塩の味を感じられるように気を遣ってあるようだ。

酒をたしなむ身からすると、あまり甘いものは得意ではない。けれど、これぐらいならばうまいな、と土井《どい》はそう思いながら喉に通した。

「うん、うまいよ。久しぶりに食べたけれど、これならいいね」

では、とミカはカップを手で示す。コーヒーだ。

今日の店長は押しが強い、と土井《どい》は苦笑しつつカップを手に取り、口に含み……そして、驚いた。

「……合う……？　和菓子と……？」

コーヒーが和の甘さと喧嘩《けんか》していなかった。それどころか口の中にあった甘さの残滓《ざんし》を拭い去るような、程よい軽やかな苦み――。

「このコーヒー、ブレンドじゃないね？」

「マンデリンを浅煎りにして淹《い》れた、アメリカンです」

「……なるほど、あっさりとした味のアメリカンなら合うのか。意外だ」

「いえ、いつものブレンドでも大丈夫です。ただ、うちのおはぎは小ぶりですが、数が多いのでボリュームがあります。なので、ブレンドだと少々重すぎるかと思い、アメリカンを」

「そうか。じゃ、どうしてコーヒーと和菓子が合うんだ？　魔法かい？」

「おいしいコーヒーには魔法が宿るという国もありますがね。これは、そういうのじゃないんです。もちろん和菓子によってはコーヒーに負ける事もありますが、少なくともあんことコーヒーの相性はいい。……何せ、どちらも元々は豆ですから」

言われてみればその通りだ。だからといって本当に合うのかどうかはわからなかったが、それでも何だか納得してしまう言葉だ。

土井《どい》は懐《なつ》かしい感覚——好奇心に急《せ》かされるように、もう一口おはぎにかぶりつき、今度は口内に少し残った状態でアメリカンをすする。

おお、いいじゃないか。

口に何も入っていなければ思わずそんな言葉を漏らしていただろう。

先ほどはあんこの残滓《ざんし》をアメリカンが拭い去り、すぐさま次の一口にいけるようにしてくれた。

しかし今回は、あんこと餅米の甘みが、コーヒーの味わいに厚みを持たせてくれるような……風味が膨らんだような、そんな感じがする。

「なるほど……。これは嫌いじゃない、いや、好きな感じだ。うん、好きだね、これは」

しかし今食べたのはこしあんのおはぎ。あんことコーヒーが合うのはわかった。では、桜と抹茶は？　抹茶に至ってはお茶だぞ？

土井《どい》は急ぐようにしてこしあんを平らげると、すぐさま次のおはぎへと手を伸ばした。桜だ。

「……ほぅ」

桜も、やってくれる。白あんに桜の花の塩漬けを混ぜ込んで作られたそれは、雰囲気からするといくらアメリカンとはいえ、コーヒーに力負けするかと思ったが……そんな事はない。双方が口内で混ざり合うと、白あんベース故か、その上品な甘さは負けるにしても、コーヒーの苦みと味わいの上に仄《ほの》かな塩味を纏《まと》った桜が爽やかに香るのが実に小憎らしい。まるでフレーバーコーヒーだ。思わず口元に笑みが湧く。舌で味わう以上に鼻で楽しむ、そんなマリアージュをみせてくれた。

そして、抹茶。抹茶あんに包まれたそれを頬張れば、今度は苦みの競演だ。ただ、ハードなそれではもちろんなく、程よくほろ苦い。しかしそのほろ苦さが甘みを抑え、さっぱりとしている印象になっている。一番大人の味だ。

そして、最後に粒あん。当然、間違いはない。

ペロリと全て平らげてから、土井《どい》はある事に気がついた。

何というおはぎのセットだろう。右か左、どちらから食べても最初にあんこでコーヒーとの相性を教え、こちらを安心させると、その次からは冒険させ、その後に再びあんこでまったり落ち着いたフィナーレを迎えさせる構成だ。

自分のようなコーヒーと和菓子の相性に疑問を持つ者に、一本取られたと膝を打つのに十二分な、見事な一皿だった。

土井《どい》はやられたと笑ってミカを見る。ミカもまた、でしょう？　と言うかのような笑顔で受け止めた。

「正直ビックリした。発見だ。……何事も試してみるもんだ、って事かな」

「いくつになっても……いえ、むしろ歳《とし》を重ねた時こそ、ですかね。先入観があるからこそ、新しい発見に驚きが生まれる。それは素晴らしい事です」

「腰は重いがね」

二人の男達は、笑った。

「そこで一つ提案なんですがね。どうです、あえて、人生残り少ない、あとわずかだ、と考えてみる、というのは」

何を言い出すのかと、土井《どい》は思わず眉根を寄せた。

残酷な事を言うものだと思うが、ミカの顔はどこまでも優しい。

「人生は残り少ない。今こうしている間にも減っていく。そう思ったら……人間、大人しくなんてしていられないものではないでしょうか」

土井《どい》は、驚いた。

老い先短いと考えるのは良くない事だ、というのは誰に教えられるまでもなく、何となくみんなが思っている事だった。

まだまだ若い、何だってできる、そう表現するのが無難だし、何よりマナーだろう。

だが、ミカはあえて逆に言ったのだ。

「人によっては気分が落ちる言葉だ」

「ですね。残り時間が少ないのなら、もう何をしても無駄だと諦めてしまう人もいるでしょう。……けれど、今のあなたなら違うのでは？　何もせずに座して時が過ぎるのを待つような人生を良しとするでしょうか」

しばし考えた後、なるほどね、と土井《どい》は思う。

少し前の自分ならどう思ったかわからない。

けれど、今は確かに……。

残り少ない人生。そう考えると鬱々とした気分になる以上に、今のうちにやりたい事、やらなくてはならない事が頭に何とはなしに出てくるし、動こう、動かなくては、という気にさせてくれる。

それは千束《ちさと》やたきなと過ごした、自分とは関係がないと思い込んでいたものを幾つも見せてもらったからかもしれない。

人生における己の世界は年齢と共に閉じ行くが、少し動いてみるだけで思いがけない発見がいくらでもあった。

何より……この店の甘味とコーヒーの組み合わせを一通り試すのにも、ある程度の時間は必要だろう。

そう、コーヒー一杯で鬱々と座っている余裕など——。

世界はこんなにも簡単に広がるというのに——。

「悪くない。やるじゃないか」

でしょう？　とでも言わんばかりにミカは微笑《ほほえ》んだ。

いい男だ。自分が女だったら彼の包容力のある笑顔にやられてしまいそうだ。

「本人はさほど意識していないようですが、実はこれ、千束《ちさと》の考え方……生き方なんですがね。

一分一秒を惜しんで生きている」

「千束《ちさと》ちゃんが？　若いのに」

「あの子にもいろいろありまして」

あの歳《とし》から時を惜しむようにして生きていたら……一体どれだけ濃密な人生になるのだろう。

素敵だ、とても。

「……まぁ、そのせいもあって、うるさく、忙《せわ》しないですがね」

土井《どい》は笑った。それもいいじゃないか、と。

「人生は残り少ない……か」

土井《どい》は考えながら、窓の外を見やった。

燦々《さんさん》とした日差しが差し込んでいる。もう夏だ。うだるような暑さがすぐそこまで来ている。

この季節を……あと何回迎えられるのか。そしてその間に何度海に、山へ行けるのか。友人達と笑って酒を飲む至福の時間はどれだけ……。

考えれば鬱々としてきそうな気もするが、時はそうしている間にも流れていってしまうもの。

それを考えれば……とりあえず何かしよう、もったいない、と思えてくる。

夏だからとどこかへ行ったのは、五年ぐらい前が最後だったか。

今年は、どうしようか。どこへ――いや、何だったら適当にチケットを取って飛行機に……いや、電車で、適当に揺れに任せるのも楽しいかもしれない。

きっと、何をしても、素晴らしい。

それはずっとわかっていたはずなのに。どれだけ億劫《おっくう》に思っていたのか。

自分の人生――残り少ない寿命で、〝また今度〟なんてないかもしれないのに。

あぁ、そうか、この考え方は〝もったいない〟だ。欲張りな考え方だ。

何もしないのは時間も何もかもを、損してしまう事。

だから――。

「……参ったな。確かに、俯《うつむ》いている場合ではない」

「では、まずは何をしましょうか」

「とりあえず、ここの甘味を制覇してみようか」

「素晴らしい。中にはボリュームがあるものも多いですから、日を分けて。当然、健康維持に運動はしっかりと」

「そうしよう」

そして大人達が笑い合っていると、ベルが鳴った。

——カランカラン。

「たっだいまぁ————！　千束《ちさと》とたきなが帰ってきましたぁ————!!」

元気良くというより、勢い良く店のドアを開けて入って来たのは千束《ちさと》とたきなだ。

店内に残っていた常連客達が彼女らに話しかける様は、看板娘の帰宅というより、凱旋《がいせん》という印象である。

「あ、先生、新規配達の依頼《オーダー》あるからパックお願い。うちで一番オススメのおいしい豆で！　たっぷり！　あ、土井《どい》さーん、来て……くれ……て、たんだ？　……あ、ほらッ、たきな！」

千束《ちさと》の後ろで、寝不足なのか疲れたような顔をしていたたきなが、千束《ちさと》によって土井《どい》の方へ押し出されるようにしてやって来る。

彼女は土井《どい》のいるカウンター、その上にある空になったおはぎの皿を見て、ハッとした。

「食べて……くれたんですか」

「ん？　おはぎかい？　あぁ、うん」

あぁ、とミカはふと思い出したように声を出す。

「そういえば今日のおはぎの下ごしらえはたきなが担当だったか」

てっきり飲食物は全てミカがやっているものだと思ったが、どうやら必ずしもそうではないらしい。

考えてみれば当然だ、喫茶リコリコのメニューはコーヒーだけでもたくさんあるし、甘味も豊富である。

しかし、たきなが作ったおはぎだったのか。そう思うと、あの小ぶりなサイズは彼女の手……それこそペンしか持てないような繊細な指先が生み出したサイズと形なのではないかとさえ、思えてくる。

「あの、土井《どい》さん……おいしかった……ですか？」

「あぁ、凄《すご》くおいしかったよ。ビックリした。今、店長とも話してて……今後はもっといろいろ試してみようと思っていたところだ」

するとどうだ。普段すまし顔でいるたきなの顔に、はっきりと笑みが浮かぶ。

少しばかりの恥じらい。白い肌だからこそ如実《にょじつ》に浮く頬の朱。

女の子だけができる、最高の表情。

「ありがとうございます！　今後もおいしい甘味を用意しておきますので……次もお待ちしています！」

まだ帰らないよ、と土井《どい》が言うと、みんな笑った。

たきなだけが少し、恥ずかしそうだった。

8

千束《ちさと》は思った。ハイッ、確定！　たきなが土井《どい》ルートに入った。もしくは土井《どい》がたきなルートに入ったか、だ。どちらにしても結果は同じである。

「……何です、千束《ちさと》、変な顔して」

いけないいけない、思わずたきなをニヤニヤのまま見つめてしまった。

千束《ちさと》は誤魔化すように笑いつつ、たきなと共に更衣室へ。気分良く服を着替える。

昨夜から今朝にかけての仕事は予想外にハードだった。ささっと終わらせてたきなと一緒に映画を見ようと思っていた計画がおじゃんになってしまうぐらいに働いたが……ここに来るまでの間、ミズキの車の中で少し眠れたので、体調は悪くない。夜まで持つだろう。

何より、たきなの恋愛応援プロジェクトがこの上なく順調に進んでいるのだ、気分は上々だ。

リコリスの制服を脱ぐと、わずかに残っていた緊張が消え、気分が入れ替わり——さらにニヤニヤが止まらなくなる。

「先に弾薬を補充しておきます」

たきならしい、リコリスの仕事優先の判断だった。

今回は激しく撃ち合ったので、銃及び弾薬その他諸々《もろもろ》を機能的に収めているサッチェルバッグが軽くなっている。

いつ如何《いか》なる時とて仕事に即座に取りかかれる状態にしておくのがベスト。銃のクリーニングはともかくとしても、せめて弾薬だけは補塡しておくのが正しい……というのは、わかっているが、千束《ちさと》としてはその辺は後回しでいい、と思っていた。

常時戦闘を意識しながら生活はしたくなかったし、最悪1マガジンあれば緊急時は脱せられる自信はある。

たきなが更衣室から射撃場や弾薬庫のある店の地下へ消えると、まるで入れ替わるように店の裏から入ってきたミズキと、店の押し入れの中で千束《ちさと》らを遠隔でサポートしていたクルミが現れる。

「何よ、その顔」

「え？　えぇ？　これですか？　これはですねぇ……かくかくしかじか……ってわけなのよお！」

おー、と二人は感嘆の声を上げた。

「じゃ、何、たきなのヤツ、土井《どい》さんにガチって事なの？」

「確定確定、完全にフラグがビンビンだもん」

「ボクはよくわからないんだが、こういう時は、次どうなるんだ？」

千束《ちさと》は着替えの手を止め、半裸のまま腕を組んで、首をひねる。よくよく考えると千束《ちさと》もよくわからない。

ゲームなどでは、一定レベル以上に好感度を上げれば、向こうから呼び出しがあったりして交際を申し込まれたりもするだろうが……。

それを告げると、今度はクルミが首をひねった。

「問題はそれ、土井《どい》の方がたきなを恋愛対象として見ていないといけなくないか？　どれだけ好感度が高まっていたとしても、だ」

「若い男なら欲情さえしちゃえば後は遅かれ早かれだけど……土井《どい》さんはどうかな。難しいんじゃない？　分別ある年齢でしょ」

ミズキの言葉に千束《ちさと》は焦《あせ》った。

じゃ何か、フラグもビンビンに立つぐらいに好感度も上げたってのに、全部無駄になる？

ここまでお膳立てしたのに⁉

「ねぇ、ミズキ、それってつまり、土井《どい》さんの方が意識さえすれば……ＯＫ？」

「かもね？」

「ならば後は任せなさい！」

千束《ちさと》は慌てて店の制服に着替えると、店内フロアへと飛び出す。

店内中の視線が集まるが、知った事ではない。美少女が注目されるのはいつもの事だ。

それより土井《どい》だ、土井《どい》はどこだ？　いた。もう帰るところ、というか今まさに店を出て行った。いかん！

千束《ちさと》もまた店の外へ出ると、慌てて彼を呼び止めた。

「どうかしたかな、千束《ちさと》ちゃん。あ、忘れ物とかしてた？」

「いえ、そういうんじゃないんですけど……ちょっと、お話が」

千束《ちさと》は呼吸を整え、そして話す事にした。

実は、と。

何故《なぜ》最近の自分達が土井《どい》を頻繁に誘っていたのか。

その切っ掛けはたきなの想《おも》いだった事……。

余計なお節介だろう。だが、やらずにしくじるぐらいなら、やってしまった方がいい。

折角頑張ったのに、そうした事が無駄になってしまうのは嫌だったし、何よりたきながもっと笑顔になればいいと思う。幸せになればいいと思う。そして、そうなればきっとずっと鬱々としていた土井《どい》もまた、新しい人生の第一歩を始められるはずだ。

そう、WIN＝WINだ。千束《ちさと》の好きな言葉だ。

誰も損しない。みんな幸せ。誰かが幸せになる事でその周りの人も幸せになるなら……こんなに素晴らしい事はない。

だから……！

「だから、その……たきなは土井《どい》さんがめっちゃ好きで……あの、もし可能性があるなら、たきなの事、真剣に考えてみてくれませんか？」

アレ？　何か意識してほしいだけだったのに、全部言っちゃったような……？

——でもまぁ、いいか！

ざる蕎麦《そば》につゆを全力でぶっかけたような気もしたが、千束《ちさと》はあまり考えない事にした。後悔したところで意味はない、その時間がもったいない、ならば今の状況を良しとして次へ行くのだ。それが錦木《にしきぎ》千束《ちさと》という生き方なのだ。

「え、あ……そ、そうなんだ……意外というか……人生ってのは、本当に……何が起こるかわからないというか……本当なの？」

「本当ですよ!!　保証します!!　……って、やっぱりまったく気づいたりはしていなかった、ですか？」

ぜんぜんと土井《どい》が口にし掛けるものの、黙る。そう思って思い出して見ればいろいろとフシがあるようだ。

ブレンドしか頼まないのに、何故《なぜ》か毎回律儀《りちぎ》にたきなはメニューを訊《き》いてきたり、自分を連れ回している間にもたきなは何かと元気づけようとするような発言・行動が多々あった。

土井《どい》がそれを述べると、千束《ちさと》はパァン！　っと手を叩《たた》く。

「それ!!　まさにそれです!!　恋する乙女の不器用なアプローチ!!　奥手な少女の精一杯の求

愛行動!!　わかります？　二人の物語はもう始まってるんですよ!!」

この恋はうまく行く。いや、もう、行った。千束《ちさと》はそう確信した。

そして自分がキューピッドだ。

結婚式では司会はもちろん、『てんとう虫のサンバ』を他のリコリコメンバーと歌ってやろうじゃないか！

おまかせあれ!!

9

ミズキは千束《ちさと》が飛び出して行った更衣室の扉を見つめながら、呆《あき》れた声を出す。

「いるのよねー、あぁいうお節介焼き。だいたいぶっ壊すのはあぁいう奴《やつ》よ。仲介するはずが、男がその女を好きになっちゃう最悪パターンとかになりがちなの」

「やけに恨み節じゃないか、ミズキ。実体験か？」

クルミが言うも、ミズキからは、ハンッ、と、どちらとも取れるリアクションが来ただけだ。

「何だか騒がしかったですが、どうかしたんですか？」

たきなが地下から更衣室に戻ってくると、ミズキとクルミは誤魔化すようにして肩をすくめた。

「いつも通りに千束《ちさと》が千束してるってだけだ。気にするなよ」

「ってかぶっちゃけ、どうなの？　たきな、土井《どい》さん」

おいっ！　と思わずクルミはミズキの顔を見た。辟易《へきえき》としている顔だ。どうやら本当に彼女が興味あるのは自分の恋愛事情だけで、他人の恋路などどうでもいい……というより、クソだとでも思っているのかもしれない。

いや、単にうまくいきそうになってきたから不愉快になっただけかもしれない。

彼女は自分が不幸になるのは当然嫌うが、他人が幸せになる事はその次ぐらいに嫌う。そういう女だ。少なくともクルミはそう推測している。

「土井《どい》さんですか？　……良かったと思います。元気そうでしたし」

「違うわよ。そうじゃなくて、好きかどうか訊《き》いてんのよ。好きだったらさっさと——」

「嫌いです」

「…………………ん？」

クルミはおよそ想定していないワードが出てきて、固まった。これにはミズキも同様だ。恋を意識しているのかどうかの質問だったはずであり……好きか嫌いかはすでに通り過ぎた問題だと思われていたのだが……。

「きら……え？　おい、たきな、おい……？　だって今まで散々気にして……え？」

「気にしますよ。混み合う時間でもいつも席を占領してて、コーヒー一杯で何時間も。客単価

としては最低ですし、何よりあんなにずっと鬱々していたらお店の雰囲気にも良くありませ
ん」
しばし、妙な沈黙が場を支配した。
「……じゃ、何か。たきなが土井《どい》を気に懸けていたのは、何とか客単価を上げようとしてたの
と、鬱々しているのを辞めてほしかったから……？」
「そうです。他に何があるんですか？」
「男として見てたんじゃ……」
ミズキの言葉に、たきなはあからさまに不可解だという顔をする。
「ずっと男性に見えてましたけど……女性なんですか？」
そうじゃねぇよ、とミズキは呆《あき》れた。クルミも疑問をぶつける。
「ちょ、ちょっと待て。だったら他にもそういう客……ほら、作家やってる米岡《よねおか》は？　アイツ
も定期的に結構な時間頭抱えてカウンター席に居座っているだろ。アイツにはたきな、普通に
接して……」
「あの人は、糖分が足りないと頭が回らないからと、いつも甘味を注文してくれてるじゃない
ですか。眠い時はコーヒーやエスプレッソを何杯も。店の売り上げへの貢献度はトップクラス
です」
店を飛び出して行ったリコリコの暴走特急・千束《ちさと》が今何をしているのかを考えると、じわり、

とクルミの背中に嫌な汗が湧く。

「……じゃ、土井《どい》の事は本当に何とも思ってないのか？」

「嫌いでした。けど、ようやく甘味にも食指を伸ばしてくれたようなので、良かったです。今後はそれほど嫌わずにいられると思います」

「よく、一緒に遊びに行ってたじゃないか」

「あれは千束《ちさと》が毎回強引に。……何だったんです？」

「いやぁ……何だったと訊《き》かれても……」

クルミの曖昧な様子に、待つだけ無駄だと思ったのだろう。たきなは同僚達の顔をしばし交互に見やった後に、さっさと着替えると、長い黒髪を左右にテールにしつつ、フロアへと出て行った。

「……アレ、どうすんのよ？」

ミズキが呆《あき》れ果《は》てたような顔で、言った。

どうすると言われても、どうしろというのか。何せ行動だけは早い千束《ちさと》だ、恐らく、すでに手遅れだ。

そもそも勘違いを始めたのも千束《ちさと》だし、勝手に二人の関係を押し進めようとしたのも千束《ちさと》だ、どれもこれも千束《ちさと》、千束千束千束《ちさとちさとちさと》……。

そう、千束《ちさと》が悪い。それがクルミの結論だった。

「ボクの知った事か。千束《ちさと》が全部悪いんだ」

クルミは今見聞きした事を胸の奥底にしまい込み、リスが巣穴に戻るが如《ごと》く、二階の座《ざ》敷《しき》席の押し入れへと戻った。

「ま、アタシも知～らないっと。……でも、まぁ、初めから見えていた結果よねー」

そんなミズキのぼやきが聞こえる。

クルミは胸の内で同意しつつ、押し入れの引き戸を閉じた。

10

——何という事だ。

日中、千束《ちさと》からの言葉に、土井《どい》はかつてない衝撃を覚えた。

五五歳、閉じ行く人生だとばかり思っていたが、ここに来てこんなイベントが待ち構えているとは。

井《い》ノ《の》上《うえ》たきな、きちんとした年齢は知らないが、一〇代半ばから後半。黒髪の美しい娘だった。将来は間違いなく美女になるだろう、未《ま》だ花開く前の蕾《つぼみ》である。

これに五五歳はさすがに、と思いもする。

しかし、だ。土井《どい》は学生時代に好んで読んでいた時代小説を思い出す。

あれでは、特に剣客ものなどではもっと年齢のいったジジイが若い娘に惚《ほ》れられるというのはよくある展開だったし、妾《めかけ》や嫁とする展開もしばしばだった。

つまり、おかしな事ではない。むしろ古来日本では老いた男と若い女というのは相性が良《い》いとされ、普通の事であった。

だからこそ年上の嫁の事を姉《あね》さん女房《にょうぼう》と呼びはしても、その逆の言葉はない……はずだ。

ならば、と自分も真剣に考えてみるべきなのではないか。そうしても良《い》いのではないか。そうする事が真摯であり、あの子——たきなのためなのではないか。

それは自分に都合のいい解釈か？　……都合のいい？　という事は自分は彼女との関係を望んでいるのだろうか。

試しに、あくまで試しにだが、彼女の気持ちを受け入れたとしたら、どんな未来が待っているか、考えてみる。

いかんともしがたい年の差……しかしそれは必ずしもネガティブな事ばかりではない。

相手の世界は未知なる世界。それならばお互いに自分の世界を教え合う事ができるだろう。共通点がないというのは、知らない事だらけという事。きっと会話は尽きないはずだ。

同世代と付き合う事よりも利点はある。自分が受ける利点はともかくとしても、たきなには同世代と付き合う以上に豊かなデートを約束できるだろう。

正直残りの寿命では使い切れるとは思えないだけの資産を持ってはいる、それを彼女のために使うのも悪くない。

そう。そうだ。仮に最後まで寄り添う必要はない。何よりどうやっても自分とでは残りの寿命が違うのだから、いい関係で付き合い、少女をレディに育てたところで思い出だけを残して消えるというのもカッコイイ大人の姿ではないか。

そうだ。想《おも》いがあれば、どんな結末を選ぶにしても、お互いに幸せになれる。

そう結論が出た時に、脳裏にミカの言葉がよぎる。

――人生、残り少ない、あとわずか。

そうだ、無駄な時間を送るなんてもったいない。

そうと決まればやる事は幾らでもあった。

土井《どい》は早速近隣のジムに契約を申し込み、その足でメンズエステへと向かった。

ウォーキングで感じたように、たきなとは年の差以上に体力の差がある。

だが、そこは努力と時間、そして何よりやる気で解決が可能だった。

金を持った大人の本気を見せる時だ。


三週間後。

季節は夏真っ盛りになっていた。

セミの鳴き声の中、久方ぶりに土井《どい》は喫茶リコリコのベルを鳴らした。

ミカを始め、少し驚いた様子の常連客達に迎えられながら、いつものカウンター席へ。

まぁ無理もない。久方ぶりという以上に、見た目が変わっている。明らかに若返っていた。

筋肉が多少、それ以上に無駄な贅肉《ぜいにく》が落ち、スキンケアで肌つやが変わった。

しかし、だからといって無理な若作りなどはしなかった。五五歳という大人の魅力を捨てるような愚かなマネはしていない。

きっちりしっかりと、日常の大人コーデだ。

たったたっ、と、雪駄《せった》を鳴らしてたきながお盆を手に近づいて来る。

「土井《どい》さん、お久しぶりです。……ご注文は？」

相変わらず淡々としている。以前は毎日のように来ていたのに、急に三週間の間を空けてもなお、〝お久しぶりです〟の一言だけ。クールだ。嫌いじゃない。

土井《どい》はちらりと店内を見る。

接客していた千束《ちさと》がそれとなく土井《どい》にウィンクしてくる。いけますよ、とでも言うかのように。

土井《どい》はたきなからメニューを受け取ると、それを眺める。

「うーん、どうしようかな。……とりあえず、三色だんごと、これに合うコーヒーを。さすがに今日はアイスがいいか。あと……それはそれとしてなんだけど。たきなちゃん、もし良かったら仕事終わりで、食事にでも行かないかい？　二人っきりで」

最高のキメ顔で、土井《どい》は言い放った。

その先の展開は、もはや語るまでもない。

■イントロダクション2

廃工場の地下倉庫、その片隅をリビングと呼んでいた。

単にここにはソファが雑に置かれていたのと、地下では有線ながら唯一ネット回線が通じる場所でもあったから、自然と皆多くの時間をここで生活《living》するからだ。そうじゃなかったら窓もない、キッチンもない、大量の薬物が保管されているだけの場所をリビングなどと呼んだりはしないだろう。

彼――ブルドッグと呼ばれる男は、いつもその隅で好物のコーヒーを呷《あお》っていた。

缶コーヒーである。

こういう飲み物があるのを、この国に来てから初めて知った。

祖国にはなかったように思う。あったのかもしれないが、見た事はなかった。

雇用主に自分達を雇うならコーヒーは必須だと言ったら、この地に着くなり箱で渡されたものだった。

自分が味にうるさい男だとは思っていないブルドッグでも、これには閉口してしまう。飲む度に、金属っぽい刺激が舌にうざったい。何より使用している豆の量が少なく、香料で誤魔化しているように感じる。

だが、飲んだ。他にコーヒーがないからだ。

ブルドッグの祖国はお世辞にも恵まれた国とは言えなかったが、コーヒー豆の生産国で、良質な豆が安く手に入っていた事に関しては、素晴らしい国だったように思う。

幼い頃、病床の祖母が教えてくれた。

おいしいコーヒーには魔法がある、と。

人を頑張らせる事もできれば、人の心を落ち着かせる事もできる……様々な事をしてくれるが、その行き着く先には必ず〝幸福〟が待っている、と。

だが、この缶コーヒーの先にそんなものはないだろう。

缶コーヒーという飲み物がマズイのか、この缶コーヒーがマズイのかはわからない。

「……フン」

何にせよ、他にないのだ、これを飲む他にない。

静かにコーヒーを飲む。その度に遠い祖国を想《おも》う。

あの国で自分のような人間が生き残るには銃を取る他になく、盛大に暴れ回っては祖国を出る他になかった。

流れに流れてはるか遠方、アジアの片隅、日本へ。そこでしがない仕事をするばかり。まるでこの缶コーヒーに使われる豆のよう。

ただ、コーヒー以外については、ここはいい国だと思っていた。

缶コーヒーはマズイが、食事はうまい。出される料理は中華を始めとして多岐に亘《わた》り、ブルドッグの祖国のものまで食べられたのは驚きだったし、その多くが本場のそれより品のある味になっている。

香辛料の類いが少なくカスタマイズされている事が多かったが、これは恐らく日本人の舌に合わせた事、そして何より素材の鮮度がいいので臭み消しとしての役割は最小限で十分だったからだろう。パンチは弱いが、悪くなかった。

「この国はいい国だ」

今回の雇い主の男が、PCモニターの向こうの誰かと何か喋《しゃべ》っていた。言葉は英語だが、雇い主は〝アジア人〟だ。それは見た目からして間違いではないし、本人にとってもこだわりがあるのか、そう名乗っている。

つまり、人種がどうとかではなく、雇い主の名前が〝アジア人〟なのだ。

彼曰《いわ》く、日本、中国、韓国、ベトナム、それに割合はわずかだがシンガポールとモンゴル、おまけで北欧系の血も少々混じっている上、生まれは密入国のための船の上だったとかで、もはや何人《なにじん》なのかは誰にもわからないし、本人も気にしていない。

だから、彼は〝アジア人〟なのだ。自慢でもある。ユーラシア大陸の東側は全て自分の祖国だ、と言ってはばからない。

その大胆さを、ブルドッグは好ましく思っていた。

「そう、この国はいい国だ。いくらでも薬が売れる。我々が入り込む余地がたっぷり残されていたのには笑ってしまうよ。何で誰も狙わないんだって。他国ならシマの奪い合いは殺し合いだ。ここではまだ一発も撃ってない！」

大してうまくもない缶コーヒーを飲み干すと、ブルドッグは暇になり、アジア人と喋《しゃべ》っている相手――モニターへと目をやる。

日本人の、いわゆる、ヤクザという日本のマフィアか。もしくはヤクザほどには組織化されていない若者の小規模グループか。二〇そこらと思《おぼ》しき姿に妙に優しげな顔、髪の毛は金髪と黒という妙なツートンカラー……後者の組織のような気がする。

今回来日するに当たり、密輸船で国外から持ち込んできた量は相当なものだったので卸先は複数あるはずだ。恐らくその内の小口の一つなのだろう。

聞こえてくる話から推察するに、一般的な販売方法とは別に、彼らには独自の特殊ルートを持っているらしかった。薄利多売らしいが、馬鹿にならない売り上げらしい。

ハーブティーがどうだと言っていたが、銃と血とコーヒーが専門のブルドッグには何を言っているのか良くわからなかった。

まぁ、何でもいい。薬物の卸先がどこであれ、自分達のような武装集団は品物と雇い主を守るだけ。それすらトラブルが起こらなければ出番はないのだ。そう割り切っている。

『だが、油断はするなよアジア人。何で俺達みたいな後発グループが入り込む余地があったのか……ずっと疑問だった。客に訊《き》いたら、この国じゃデカイ取引をするグループは、何であれ、ことごとく潰されていくらしい』

「ライバルグループによって？」

『わからない。潰された後は目に見えて市場への供給量が下がるらしいから、多分、同業じゃない。……かといって警察でもなさそうだ。まとまった押収《おうしゅう》品の記録や、逮捕者が出ない。当然、死体も上がらない。ただただグループごと消えて、それについていた客が薬を求めて路頭をゾンビよろしく彷徨《さまよ》うばかりってわけだ。妙な話さ。裏社会の都市伝説だ』

「わかった、正義のヒーローだ」

アジア人が笑う。モニターの向こうも笑った。

『かもな。まぁ何にしても気をつけ……』

モニターの男が固まった。

数秒後、映像が切れる。回線が途切れたらしい。

ブルドッグは二本目の缶コーヒーを開けようとしていた手を止めた。

——なんだ、ざわざわする。

何かが来る。それは無数の死線を潜《くぐ》り抜《ぬ》けたが故に持ち得た直感にして、確信だった。

警察の特殊部隊、軍……それらじゃない。あれらはもっと息苦しさがある。

今、それらはないが……股ぐらに冷えた金属棒を押し当てられたような感覚がある。恐らく相当にヤバい相手だ。

これは……何だ？　どんな奴《やつ》らだ？　経験がない。

ブルドッグは缶コーヒーを床に置くと、仕事道具に手を伸ばす。

全身を覆う防弾装備。ブルドッグの名の由来となった巨大な首輪のような防弾ネックガード。そして、鉄仮面。

「あれぇ、通信が切れてるな……。おい？　どうしたブルドッグ？」

「仕事の時間だよ、我が主殿。護身用の銃ぐらいは持っていただろ？　弾は大丈夫か？　確認しておけ」

ブルドッグは言いながら、ＡＫ47をそのまま長くして二脚《バイポッド》が取り付けられたような分隊支援火器《マシンガン》――ＲＰＫを手に取った。

「ネット回線が落ちただけだ。というか向こうが停電でもしたのかもしれないし、何より――」

不意に照明が落ちた。

やはり来た、とブルドッグは思う。

アジア人は慌てて廃工場内外に配置していた自身の部下らに無線で連絡を取る。インターネットとブレーカーが落ちても、独立したネットワークのこちらは使えるようだ。

アジア人は苦々しい顔になる。それでわかる、聞くまでもない。

やはり仕事の時間だ。上階からかすかに銃撃の音も聞こえてきた。

「何かよくわからんのと交戦中らしい。地上階にいたうちの部下はかなりやられたようだ。……ブルドッグ、やってくれるか」

「そのために俺達を日本に連れてきたんだろう？　安心しろ。……それより、その仕掛けてきた奴《やつ》は何者だ？　よくわからんのとは、どういう意味だ？」

アジア人は酷《ひど》く困惑した顔をする。

「何でも……女の子だ、と」

「女の子？」

「かわいいらしい」

薬《ヤク》でもやってんのかと、ブルドッグは思った。

■第二話『ガンファイトとコーヒーと千束《ちさと》の赤いアレ』

実質的に組織の外――いってみれば独立愚連隊といっても過言ではないたきなと千束《ちさと》だったが、その装備は一般的なリコリスのそれに準じたものだ。

防刃、簡易防弾、対赤外線等々現代日本の持てる技術がこれでもかと織り込まれた制服に、個々人の足に合わせてセミオーダーされるランニングすら容易《たやす》い金属カップ入りの特殊ローファー、ホルスターも兼ねるサッチェルバッグ風の戦術武装鞄《かばん》。そしてその鞄《かばん》の中に複数の銃弾装填済みの弾倉《マガジン》と特殊グレネードが幾つか。ナイフの他、パラコード、簡易治療キット、工具が少々。さらに、少々派手な緊急防御ギミックまでもが一切の無駄なく組み込まれている。

たきなはこれとまったく一緒だが、千束《ちさと》は明確に、かつ、絶対的にDA所属のリコリスの装備との間で、違うものがあった。

銃と弾薬だ。

千束《ちさと》が使うのは四五口径の、ガバメント《1911》系をベースにしたと思われるカスタム銃。

先端部に特徴的なコンペンセイターが取り付けられているが、同デザインのものをたきなは他では見た事がないので、ワンオフなのかもしれない。

拳銃のコンペンセイターは本来、主にその上部に穴や切り込みがあり、射撃時にここからガスを噴出させる事で銃の跳ね上がりを抑え――いわゆるマズルブレーキの効果によって、射撃精度《アキュラシー》を上げ、さらには続けざまの次弾発射までの時間ロスを減らす効果を期待するものだ。

これの副次的な効果として、拳銃の銃口を押しつけての射撃が可能になる。セミ・オートマチックの拳銃の場合、何かしらの対象物に押しつけて射撃しようとすると、人体のように柔らかいものであれば押しつけた際に食い込み、銃のスライドが後退してしまう可能性が高い。そうなると大抵のモデルは射撃ができなくなるのだが、コンペンセイターは銃身もしくはフレームによって固定されているため——つまり可動するスライドと直接接続されていないため、押しつけたままでの発射が可能となる。

千束《ちさと》の場合、コンペンセイターに銃口を半ば囲むようにして棘《スパイク》があり、これが彼女の銃を遠目にも特徴的に仕上げていたし、彼女の一種異様な扱い方に繋《つな》がっている。

千束《ちさと》にとってコンペンセイターとは射撃の精度ではなく、完全に打撃《ストライク》用のものなのだ。実際、たきなも千束《ちさと》が銃口を叩《たた》きつける事で車のサイドウィンドウを破壊しているのを見た事があった。

お世辞にも銃にいいとは言えない扱い方で、たきなからするとドン引き以外の何ものでもないのだが、ある事情を知るとそうした使い方も仕方ないと思えてくる。

「思ったより見つかるのが早かったねぇ」

千束《ちさと》がマガジンを交換しながら、ニッコリと笑った。

「仕方ないです。……妙に練度の高い敵がいたのは想定外でした」

たきなは応じつつ、辺りの気配を窺《うかが》う。

廃工場の中だった。クルミとミズキによる事前調査で本丸――敵首魁《ターゲット》及び薬物――は地下だと判明していたため、挟み撃ちのリスクを考慮し、先に屋外、及び地上部を隠密《おんみつ》に制圧する予定だった。

だが、周辺及び屋上にいた見張りを制圧し、一階内部もあと少しとなった時になって敵の反撃を許してしまい、盛大な銃声が轟《とどろ》いてしまった。

「恐らく敵には薬物のバイヤー組織とは別に、場数を踏んでる護衛部隊がいたと思われます。装備も雰囲気も明らかに違いました。……油断はできませんよ、千束《ちさと》」

敵に発見された時点で隠密《おんみつ》作戦は即時中止となり、廃工場への送電及びネット回線をクルミが遮断。

時刻はまだ夜明け前だ、場が闇に呑《の》まれた事でかすかな混乱が生まれたので、それに乗じてたきな達は地上部を制圧していた。残るは地下だけだ。

二人は抵抗が消えた一階の通路を警戒しながら移動する。敵はもういないはずだが、思い込みは身を滅ぼす。

『資材運搬用エレベーターは使えないぞ。地下から兵隊を詰め込んで上り出したところで電気を止めたから、中途半端《ちゅうとはんぱ》な位置で立ち往生している。地下へは階段を使う他にない』

ヘッドセットからクルミの声。

いかつい男達がすし詰めで嘆く光景でも思い浮かべたのか、千束《ちさと》が笑った。

「確か、階段はこの先でしたっけ？」

たきなが問うと、イエス、と返ってくる。事前にマップは頭に入れてあったが、確認する事は悪い事ではない。

『そのまま真っ直《ます》ぐ行ったところにある金属扉の向こうが階段室だ。だが、ほぼ確実に……』

「まーいるよねー。待ち構えちゃいますよねー」

『そういう事だ、千束《ちさと》。外からは観測できない。だからボクのドローンを一機先行で突っ込ませて、敵の配置を確認する。破損は不可避だろうが、その価値はあるだろ』

「もったいないいよ。経費も使いすぎって言われてるし」

『今回の経費はDA持ちだろ？　気にするな。リスクは避けるに――』

「時間の話だよ」

クルミが言い切るより先に千束《ちさと》は背にしていたバッグから閃光音響弾《スタングレネード》を取り出すと、その場で安全ピンを抜き、レバーをも飛ばす。

たきなはギョッとする。レバーを飛ばすのは投げる直前と相場が決まっているが、千束《ちさと》はまだ持ったまま、走り続けていた。

爆発まで残りわずか、もう――となった時、階段室へ繋《つな》がる金属扉へと到着と同時に数センチだけ開け、千束《ちさと》は中にグレネードを放り込んだ。そして、閉める。直後に扉のわずかな隙間から光が吹き出すようにして漏れる。激しい爆音。男達の悲鳴。即座に扉を開いて千束《ちさと》が文字通りに飛び込んでいく。たきなも銃を構えつつ追随した。

階段室は、途中踊り場を挟んだ折り返しこそあるものの、地下階と地上階を繋《つな》ぐコンクリ製の階段があるだけのもの。つまり、狭い。そんな限定された空間で強烈な光と爆音で目と耳を潰されては、どんな人間とてひとたまりも無い。

千束《ちさと》は階段を飛び降りつつ、途中で這《は》いつくばっている男達に次々に弾丸を浴びせていく。たきなと違い減音器《サプレッサー》を取り付けていない四五口径の連射。盛大な銃声が轟《とどろ》き、短い男の呻《うめ》きがわずかに続く。

非常灯だけの暗い階段室に赤い花が咲いた。次々と。

それはまるで、敵の体内から生まれる彼岸花のよう。

千束《ちさと》は踊り場の壁を蹴り、地に足を付ける事なく方向転換と同時にリロード。空となったマガジンを空中に置き去りにするように、さらに地下へと向かって飛ぶ。そしてまた連射。赤き花が咲き乱れる。

たきなも飛び降りるようにして追う。踊り場に到着してさらなる階下を見れば、すでに男が三人倒れていくところだった。

その時、階段室に飛び込んで来た男が二人。驚き顔の彼らの目前に千束《ちさと》が片膝を突くように着地する。

通常千束《ちさと》は戦闘訓練を受けている男には複数発放つ。

地上階及び屋外にもいた銃を持っただけのチンピラ風情《ふぜい》と、戦闘経験のある兵士との差を確認しながら戦える余裕などさすがになかったはずなので、恐らく彼女は全員が後者と仮定して対応したはずだ。

つまり、恐らくすでにマガジンは空。このままでは、危ない。

――こういう時こそ、自分の出番だ。

だが、たきなが狙いを付けるより先に千束《ちさと》が動く。

千束《ちさと》は腰を上げると同時に一人の男のみぞおちへ全力で拳銃を突き刺すが如《ごと》くに叩きつける。男が体を〝く〟の字に曲げ、その足がわずかに浮き上がった。

男は反吐《へど》をぶちまける間もなく、そのままうつ伏せに倒れていく。

千束《ちさと》はその男をやり過ごすと同時に、新たなマガジンを鞄《かばん》下部から抜き取り、後続の男へさらに距離を詰める。

後続していた男は、慌てつつも何とか手にしていたAK《アサルトライフル》を構えようとするが、下に向けられていた銃口が持ち上げられた時には、すでに千束《ちさと》はその銃をかわし、男の体に肩や肘が触れる程に密着していた。

窮鳥懐《ふところ》に入れば猟師も殺さず、という言葉はあるが、あれとは似て非なる状況だった。撃ちたくとも、懐《ふところ》に入られては長物であるAKなど使えない。

だが、千束《ちさと》は撃てる。

ＡＫ男と密着した時点で千束《ちさと》はすでにリロードを終えており、彼女は超近距離における構えを取り――自らの胸元に両手で握った銃を引きつけるようにして固定し発砲。

〝赤い花〟が二人の間に生まれる。

男が後方へよろめく。千束《ちさと》は両手で握った愛銃を斜めに傾けながら自らの顔の前へ持ってくると、刹那に顎を狙って発砲。トドメをさした。

相変わらず、もはや異常としか思えぬ彼女の動きに、たきなは銃を構えたまま愕然《がくぜん》としてしまう。

「あ、たきな。動き速くなったね」

千束《ちさと》はたきなに微笑《ほほえ》みを向けつつ銃を下ろすと、先にうつ伏せに倒れ、衝撃が強すぎて吐くに吐けないで呻《うめ》く男のうなじへ一発放った。男はピクリともしなくなる。

千束《ちさと》は殺しを絶対にしないが、その寸前までは当たり前にする。そこに情け容赦など微塵《みじん》もなかった。

「前はもっと遅かったのに。成長したね、すごい、すごい〜」

組み始めた当初なら、たきながカバーに入ろうとする前に千束《ちさと》は全てをクリアして階段室の外に出ていた事だろう。確かに最近のたきなの行動速度は千束《ちさと》に引っ張られるようにして上がってきている。

だが……。

たきなは思う。自分にはまだ足りない。実力、経験……いや、人並み外れた〝何か〟が。

リコリスには三段階ある。サード、セカンド、ファースト。

そのトップであるファースト・リコリスの戦闘力は総じて化け物だといわれる。

実際、かつてたきなの面倒見役でもあった春川《はるかわ》フキというファースト・リコリスは、その小柄な体型を活かし、超低姿勢での尋常ならざる高速行動を得意とし、これは特に大柄な男性相手に極めて高い効果を発揮した。

無論、常識外れのそのフキの動きは、小柄な女性であるリコリスにも十分過ぎる程に有効であり、セカンド以下の彼女らでは束になってもかなわず、訓練後には〝ゴキブリ〟と陰口を叩《たた》かれる程だった。

だが、そのフキをしても……千束《ちさと》には明らかに及んでいない。

千束《ちさと》は、あらゆる意味で埒外《らちがい》なのだ。

「もう少し落ち着いて行動してください。もし一つでもミスしたら」

「その時はたきながいるじゃーん♪」

まだ戦闘中だというのに、へらへら笑っている。本当に凄《すご》いのかふざけているのかよくわからなくなる。

たきなは小さくため息を吐いた。

「……やはり、実弾の方がいいですよ。それなら四五口径一発で終わるんですから。少数の弾薬でクリアできます」

千束《ちさと》が異様な戦い方をするのは、リコリスでは決して使われる事のない、千束《ちさと》独自の弾薬のせいだ。

非殺傷弾。いわゆるゴム弾だが、彼女の場合はかなり特殊な弾頭で、赤い粉末状のゴム——正確にはゴムの木から作られたものではなく消しゴムなどと同じく弾性を有するプラスチック——と、弾頭の重量増加及び破砕促進目的の金属粉を固めたものであり、言うなればプラスチック・フランジブル弾だった。

着弾時には弾頭が細かく砕け、噴き出す鮮血が如《ごと》くに〝赤〟が生まれる——横から見ると、まるで赤い彼岸花が花開くように見えるのはそのせいだ。

千束《ちさと》が距離を置いての精密射撃をしないのは、全てこの弾薬のせいだと言ってもいい。ゴム弾は基本的に軽く、距離があると急激にパワーが減衰し、精密な射撃も不可能だ。フランジブル弾ともなればそのネガティブ特性はさらに強くなる。

これを踏まえ、武装した敵と対等以上に渡り合うには、結果として極端な近距離戦しかなかったのだ。四五口径による超至近距離《ポイントブランクレンジ》での射撃ならば、ゴム弾であったとしても、バットによる一撃に匹敵する衝撃《インパクト》を与えられる。

だからこそ千束《ちさと》は、ウィーバースタンスやアイソセレススタンスを基本とする一般的なリコリスとは違い、近距離戦にて特段有効だとされるC．A．R．システムをベースとした独自の射撃スタイルをとっている。

特に違うのはエクステンデッドポジション、つまり銃を両手で保持したまま顔の前でやや斜めにして構える際、本来のC．A．R．システムならグリップを直接握る手の甲で片目――右手なら右目――の視界を覆い、もう一方の目で銃のサイト照準を用いて精確に狙うのだが……千束《ちさと》は片目を覆わず両目で狙う。以前本人に訊《き》いたところでは「だいたいでいいの、それで十分」という事だったが、恐らく至近距離以外での発砲を考慮する必要がないのと、一時的にでも視界を狭くするのを嫌った結果だとたきなは推察していた。

何せ、千束《ちさと》という人間は自ら好んで敵陣の中に飛び込み戦闘をするような輩《やから》である。少しでも周囲の状況を把握していたいはずだった。

もしくは、単純に右利《き》きとしては比較的珍しい左目が利《き》き目《め》のタイプで、完全に右目を覆わなくとも十分にサイトで狙いが付けられる可能性もある。だとしたら、たきなはまだ見た事がなかったが、千束《ちさと》が左右の入れ替え《スイッチング》をしたら、その時は教科書通りのC．A．R．システムになったりするのかもしれない。

「いーのいーの。私は殺さないやり方がいーの。だからこれでいーの。便利なトコもあるんだよ？」

「理解に苦しみます、今でも」

「いつかわかるよ」

「今教えてくれてもいいと思います」

「ネタばらしは引っ張るタイプなんだよね」

たきなは少し、イラッとした。

「……そもそも殺さないのは百歩譲るとして、実弾でも、千束《ちさと》なら殺さずに敵を無力化できるでしょう」

「それはたきなに任せるよ。役割分担！　まさにコンビ！　って事で、ちゃっちゃと行こう」

千束《ちさと》は喋《しゃべ》りながらも、クルミらとの無線の中継器を階段室の壁に取り付ける。

「何か急ぐ理由でも？」

「おや？　合理的で無駄を嫌うたきなさんらしからぬ発言。……はは～ん、さては愛《いと》しの千束《ちさと》さんと少しでも長く一緒にいたいという熱い想《おも》いが？」

「違います」

「あぁ～ん……」

「それで、理由は？」

「早く終わらせられたら、リコリコの営業時間までにたきなと映画を一緒に見ようかな～って。ほら、この間土井《どい》さんと一緒に見たゾンビ映画、あれの前のヤツ！　実は2より1の方が傑作なんだよ！」

そんな事だろうと思った、と、たきなは呆《あき》れる。

「そんな事だろうと思った、って思った？」

「思いました。人の心を読まないでください。というか、わかっているなら……」

「はーい、行くよー」

ぐだぐだ言われるのを嫌ったのか、千束《ちさと》が素早く階段室から飛び出して行く。

小さくため息を吐きつつ、たきなは千束《ちさと》を追った。暗い廊下だった。

この先は少し行って曲がると、そこからはやや長い直線になる。敵が最奥《さいおう》で待ち構えていたら、先の理由から千束《ちさと》には不利になる。交戦距離が開いている場合はたきながフォローしなくてはならない。

「うわっ⁉」

先を行っていた千束《ちさと》が、角にさしかかった瞬間に跳びすさった。

「な、なんかいた！」

なんか？と、たきなは訝《いぶか》しむ。千束《ちさと》と位置を交換し、L字型となっている通路の角からチラリと一瞬だけ顔を覗《のぞ》かせてすぐに引っ込める。

送電を止めているため暗くてほとんど見えない……が、それでも所々に非常灯があるおかげで、案の定の最奥《さいおう》に、何やら人がいたような気はした。三〇メートル程先……と思ったが、何かおかしい。

たきなは膝を突き、先ほどとは違う高さからもう一回だけ素早く頭を覗《のぞ》かせ、すぐに引っ込める。さすがに銃撃が来た。ライフル弾、ＡＫか何か、三〇口径クラス。今し方顔を出していた角のやや上辺りが激しく削られる。

千束《ちさと》が〝何かいる〟と言った意味がわかった。

人影だ。しかしそれが妙に……デカイ。熊のように太く、身長もそれぐらいにあるように見えた。隠れたり、壁に張り付いたりもせず、あまりに堂々と仁王立ちしていたせいで、余計にそう見えたのかもしれないが……間違いなく、デカイ。距離感が鈍るほどに。

「クルミ〜、地下倉庫前の通路だけ電力回復ってできる？」

『いいのか、丸見えになるぞ』

「いいよ、多分、関係ないから」

暗闇は大抵の場合襲撃側に有利に働くものだが、こうも待ち構えられるとさほど関係はない。暗視ゴーグル等《など》の装備は今回持ち込んでいなかったし、逆に向こうが装備している可能性もある。そのため千束《ちさと》の行動にたきなは反対しなかった。

数秒で照明が復活すると、千束《ちさと》はスマホのカメラレンズ部分だけ角から出して撮影。撮れた画像を見てみると、たきなの感じたままの画が出てきた。

全身——それこそ足の先から全てが防弾装備と思《おぼ》しきもので覆われた真っ黒な大型の人間だ。天井の高さからすると二メートル近くあるように見える。

こうした相手に有効な攻撃場所である関節部もまた、球面状のカウルで覆われており、ほぼほぼ隙間なくガードされている。頭部もまた目だけくりぬかれた鉄仮面で守られ、可動部かつ視界の邪魔になる関係からガードのしにくい首に至っては、棘《とげ》の付いた巨大な犬の首輪のようなネックガードがしっかりと覆っていた。

そして脇に抱えるようにして持っているのは、AKの分隊支援火器版であるRPK。これに七五連式ドラムマガジンが装備されている。

まるで鬼に金棒といった風体だ。背にしている倉庫へ続く金属扉を守るようにして立っている姿は、貫禄《かんろく》すらある。

『ブルドッグじゃないか』

「クルミの知り合いですか?」

たきなは大真面目だったが、千束《ちさと》が「おいおい」と小声でツッコミを入れるぐらいにはおかしな事を言ったらしい。

闇社会で名が知られたウォールナット《ハッカー》であるクルミなら、この手の知り合いがいてもおかしくないと思ったのだが……。

『冗談は大概にしろ。キャラが濃かったから、覚えてただけだ。小規模傭兵《ようへい》団のリーダーだ。全身防弾装備で固めてる。確かクラスⅢだ』

「クラスⅢですか!?」

たきなは思わず声を上げた。これはかなりまずい。

千束《ちさと》の非殺傷弾は問題外として、たきなが扱う銃の弾薬は9ミリパラベラム、フルメタルジャケット弾、しかもサプレッサーの効果を高めるために発射時に亜音速域を出ないよう重い弾頭を用いているために貫通力は通常のそれよりも高くなっているのだが……それでも、まったく話にならない。何せクラスⅢは三〇口径ライフル弾すら止めるのだ。

『日本にいたとはな。敵なしじゃないか』

日本の警察ではライフルを扱っているのは極少数の部隊に限られており、おいそれと出てくるものではなかったし、逮捕を目的とする以上グレネードの類なども非殺傷弾しか持っていない。

たきなは考える。クラスⅢとはいえ無敵ではない。敵が使っていたAKを回収してきて同箇所に複数発撃ち込めば……いや、無理だろう。しっかり確認はしていないが連中が使っていたのはイズマッシュ社の純正品ではない、非正規のコピー銃、その使い古しのようなものばかりだった。精度に期待はできないし、何よりこちらが撃ち続けている間に蜂の巣にされる。

「千束《ちさと》、一度退いて態勢を立て直しましょう。このままでは無理です」

合理的な判断である。この状況では多量の爆発物か対物《アンチマテリアル》ライフルでも持ち込まなければどうにもならない。

しかし千束《ちさと》は顎に手を当て、うーん、と唸《うな》っている。

「……敵さん、近づいて来ないねぇ。こっちが対抗できる装備ないってのは察してると思うんだけど」

『そりゃ重いからだろ。全身を防弾装備で固めたらそれだけで数十キロ……もしかしたら三桁にも達する。ヘタに動いて横を抜かれる愚を犯したくないんだろ。どうやったって鈍重だ』

そうだよねぇ……と、千束《ちさと》は口にしつつバッグからスモークグレネードを取り出す。

「千束《ちさと》のそれ……嫌な予感がします」

「あ、わかる？　じゃ、たきな、援護して。私、突っ込んじゃうから」

「正気ですか？」

「いつだって大真面目だよ？　……大丈夫、勝機はある。っていうか余裕」

こうなると千束《ちさと》に何を言っても聞かないというのは、わかっている。

千束《ちさと》が打ち合わせも何もなく、当たり前のようにスモークグレネードを通路の奥へ向かって放り投げる。バンッという音と共にスモークが展開している……はずだ。のぞき込むわけにもいかないので予想だった。

少しするとたきな達のもとまで煙が漂ってくる。スモークグレネードは屋内で使用すると効果が高い。恐らくすでに通路は白い煙で覆われ、一メートル先も見えなくなりつつあるはずだ。

その時、散発的なブルドッグからの銃撃が始まる。接近される可能性を考慮しての威嚇射撃だ。

即座に突っ込むかと思われた千束《ちさと》だったが、意外な事に、まるで何かを待つかのように立ったまま、動かない。

数十秒……。

地下という事もあって換気システムがあるのだろう。通電時に関連して動き出しているのか、煙はたきなの予想よりかなり早く薄くなりつつあった。

「うーん、もう少しなんだけどな」

ブルドッグの散発的な銃撃が止まった。視界が通ってきたのだろう——と同時に、千束《ちさと》が腕を伸ばし、銃の先だけを出して通路の奥へ射撃する。当然、狙わない弾は当たらないし、当たったところでゴム弾である。たきなには意味がわからなかった。

「……何だ、ゴム弾か？　……ふざけているのか？」

ブルドッグと思《おぼ》しき野太い声での英語が聞こえた。直後に銃撃が来る。フルオート。千束《ちさと》が腕を引っ込め、角が削られる。

「よし、そろそろ行きますか」

「……え？」

「ブルドッグのＲＰＫ、あと五、六発しか残ってない」

「……まさか、数えてたんですか？」

「あれ、たきなは数えてなかったの？　うっかりさーん♡　……行くよッ！」

千束《ちさと》はそれだけ言い残して飛び出して行く。

点射ならともかく、そして二〇～三〇発のマガジンであるアサルトライフルならともかく……フル・オートのマシンガンなど、普通数えようという気は起きない。

仮に完全に数えていたとしても、残り五、六発もあればまだ十分過ぎる脅威である。千束《ちさと》の正気を疑ってしまう。

たきなは急いで銃を握った腕一本と顔の半分だけを出す形で、通路の奥を狙う。

ブルドッグは、千束《ちさと》の予想通りに残り弾数が少ないと把握していたのか、交換用のドラムマガジンを左手に持っていた。

薄い煙の中、千束《ちさと》が身を低くして突っ込んでいく。

間違ってもその背に当てぬよう、たきなは片腕ながらしっかり狙い、そして撃つ、二発。

初弾がブルドッグの腹部、次弾が頭部に着弾。しかしブルドッグはよろめきすらしない。それを確認した上で、たきなは撃ち続ける。

ブルドッグ、たきなを意に介さず、二発ずつの点射で千束《ちさと》を狙う。だが、走る彼女は銃口の動きを完全に読み切り、軽く横にずれるだけで銃撃をかわし、勢いそのままに壁に足を付けてそこを走る。

ブルドッグの銃口がさらに追撃を放つが、千束《ちさと》は壁を蹴りつけ、側転するかのように頭を下にして空中に身を躍らせ、なおもかわす。

しかし空中では、もう、かわせない。

身を隠している場合ではない。たきなは己の体を角から完全に露出させ、両手でしっかりと銃を握り、狙い、放つ。弾丸が向かうのは鉄仮面ではない、彼が手にする銃――RPKだ。

千束《ちさと》もまた空中で、頭を下にしたままで、四五口径を速射。千束《ちさと》を狙わんとしていたRPKに複数着弾、赤い花と火花が散り上がり、横に弾《はじ》かれると暴発して壁に一つだけ穴を開ける。

それで、終わった。明らかにブルドッグがトリガーごと強く握り締めているのに、RPKは最初の一発だけで黙っている――弾切れだった。

――ここだ、今だ。

たきなもまた角を飛び出し、全力でダッシュ。残弾の少ないマガジンをこの機に交換。

着地した千束《ちさと》もダッシュで距離を詰めようとしていたが、まだ一五メートルはある。

ブルドッグは、手にしていたドラムマガジンをRPKに叩《たた》きつけるようにして、空になったマガジンを弾《はじ》き飛《と》ばすと、急ぎそこへ装填しようとする。

今装填されれば、二人揃《そろ》ってやられてしまう。

たきな、撃ちに撃つ。ドラムマガジンを破壊できれば御の字だが、走りながらで当てられるようなものではない。だが、撃てば当たる可能性はわずかにでも生まれるのだ。

だから、撃つ。無駄はない。

しかし有効弾は生まれない。RPK、新たに七五連式ドラムマガジン装填完了。ブルドッグ、異様な速さで迫り来る千束《ちさと》を警戒し、後方に下がりつつ銃を脇に挟むようにして構える。

千束《ちさと》、背にしていたバッグを前に突き出し、隠し紐《ひも》を引っ張る――と同時に仕込まれていたリコリスの技術部門ご自慢、防弾エアバッグが爆発するが如《ごと》くに急展開。白い風船状のそれが通路を埋める。そこにRPKのフルオートが次々に着弾していく。

防弾エアバッグは展開過程と終了時における一秒程度の時間しか有効性がない――が、千束《ちさと》にとってはそれで十分だった。

防弾エアバッグがライフル弾に負けて弾《はじ》け飛んだ時、すでに千束《ちさと》はブルドッグの目前だった。

千束《ちさと》は再びバッグを素早く背負いつつ、RPKのグリップを握るブルドッグの手に、己の銃口を叩《たた》きつける。先端部のスパイクが彼の指に突き刺さると同時に、発砲。

防弾性能を有する手甲はあれど、指まで完全に守る手袋は存在しない。

ブルドッグの無防備に近い指は、スパイクに喰いつかれ、プラスチック・フランジブル弾によってへし折られる。RPKが落ち、大男がよろめく。

千束《ちさと》はそれで止まらない。

体を相手の巨体に寄せ、銃口を彼の下っ腹、防弾プレートの隙間に無理矢理ねじ込むようにして押しつけ、連射。鮮血が如《ごと》く赤い粉塵《ふんじん》が吹き上がる。

ブルドッグ、さらによろめき、後方へ下がり、片膝を突く。と、その時、彼の左手は後ろ腰から大ぶりの刃物――ククリナイフを引き抜く。

千束《ちさと》の銃は弾切《ホールドオープン》れ。しかし彼女は下がらない、むしろ前へ出る。そして敵の鉄仮面で覆われた顔面を蹴り上げ、そしてその足をそのまま今度は踵《かかと》落としとして鉄仮面に叩《たた》きつける。

リコリスのローファーのつま先とかかとには金属カップが仕込まれており、普通の蹴りでさえコンクリブロックを砕く。それによる二連撃。だが、ブルドッグはそれを喰《く》らってなおナイフの動きを止めない。

「千束《ちさと》！」

走っていたたきながスライディングするようにしてその場に尻を落とし、立てた膝の上に腕を置く。走りながらよりも正確に狙える。残っていた銃弾全てをブルドッグの握るナイフに叩《たた》き込む。

刃が砕け、彼の指がちぎれ飛ぶ。本当の鮮血が吹き上がる。

千束《ちさと》、リロード完了と同時にブルドッグの血の吹き出る左腕をつかみ上げ、装甲などない彼の脇へと銃口をねじ込んだ。

「これは痛いよ？」

フルオートの如《ごと》き速度での全弾発射。ブルドッグが初めて声を上げる。野太い呻《うめ》き。巨体が、完全に崩れる。

仰向けに倒れたブルドッグだったが、まだ動く。左の肋骨《あばらぼね》は確実に全滅、臓腑《ぞうふ》も多少はやられているだろうに、それでも立ち上がらんとする。

ようやくブルドッグのもとにたどり着いたたきなは、彼の体を蹴りつけて再び寝かせ、踏ん張りが利《き》かぬよう足の付け根の関節部分に連続して銃弾を撃ち込んだ。効果があるかはわからなかったが、やらないよりマシだ。

千束《ちさと》がブルドッグの胸の上に片膝を突くようにして身を乗せ、押さえ込む。

彼女の銃――新たなマガジンを腹に収めたそれは鉄仮面へと突きつけられていた。

鉄仮面の奥の目が現実を受け入れられないのか、驚愕《きょうがく》に震えている。

千束《ちさと》が、ひたすらに優しげな笑みを浮かべた。

「お兄さんタフだから、ちょーっと激しくするね。……死んじゃダメだよ、頑張って」

千束《ちさと》が英語で伝えると、ブルドッグの目が驚きから諦めのそれに変わる。

「……頑張れば、ご褒美《ほうび》でもくれるのか？」

「わかった、あげよう。何がいい？」

「…………うまいコーヒーを」

「おまかせあれ」

そして千束《ちさと》は、至近距離から1マガジン分――バットの一撃に匹敵する四五口径、全六発を一切の躊躇《ちゅうちょ》なくブルドッグの顔面に撃ち込んだ。

死をもたらさぬ千束《ちさと》の彼岸花が、咲き乱れる。

たきな達は地下倉庫内に突入した。

そこそこの広さがあったので、千束《ちさと》と二人でしらみつぶしに漁《あさ》ったが、大量の薬物とそこそこの銃器が保管されているだけだった。

『千束《ちさと》、たきな、すまない。ボクのミスだ。ターゲットが工場外へ逃げた』

え？　と、思わずたきなと千束《ちさと》は声が出た。逃げ道は事前に一通り潰しておいたはずだ。

『そこの地下倉庫には通気口があるんだけど……これ、多分、人が通れるんだと思う』

「うっそ、マジで⁉　ハリウッドじゃん！」

「千束《ちさと》、なんでそんなワクワクした顔してるんですか」

「いやだって……ちょっとした夢じゃない⁉」

映画と違って現実世界の通気口は人が通れるようにはできていない。人が入れない程に狭かったり、体重を支えられる程の耐久性がなかったり、そもそも一定区間ごとに金属製ダンパーや金属網などで塞がれているのだ。

だから通気口を通って脱出や潜入する、というのは映画好きにはある意味でロマン溢《あふ》れるも儚《はかな》き夢に他ならない……と、千束《ちさと》はたきなに熱弁した。

『多分そこにも元々ダンパーとかはあったんだよ。でも、万が一の脱出ルートとしてあらかじめぶち抜いておいたんだと思う』

敵陣からの脱出や侵入時なら当然そんな工作をすれば音でバレるが、自分の隠れ家として使っている建物の通気口なら騒音等々の問題もない。なるほどなー、と千束《ちさと》はますます感心した様子だった。

たきなとしてはそれ以上に、ブルドッグの戦法の方に得心がいく。彼は結局のところターゲットを逃がすために囮《おとり》となって襲撃者の注意を引きつけるのが目的だったのだろう。あれだけの男が立ち塞がっていれば、その向こうに守る対象がいるのだと思わせられる。

だから、あの男は最奥《さいおう》から動かなかったのだ。あくまで余計に、可能な限り時間をかけさせるために。

負ける気はなかった、とは思う。しかし最悪自分がそこで死ぬ事も厭《いと》わないという戦い方だ。

そういう仕事の仕方は、たきなは嫌いではなかった。

「千束《ちさと》、嬉《うれ》しそうなところ悪いですが……追撃するとなると早期の帰宅は期待できませんよ」

「ハッ⁉　……くぅ～～～～やられたぁ～～～～‼」

『ターゲットはスクーターに乗って都市部に向かって逃走中だ。ドローンで追跡はしているが、どこまで追随できるかはわからん』

「もういっそ警察に任せますか」

「ダメだよたきな。銃とか持ってるかもしれないし、そうだったら大事件になっちゃう」

日本の平和を、治安が良《い》いとされる国の姿を守る事こそリコリスとしての務めだ。それはたきなにもわかってはいる。

そして平和な日本の警察官は、そもそも真っ正面からの銃撃戦を想定した装備と訓練、心構えを持っていないのも理解はしていた。

「私達にDAから依頼が来た理由は、迅速かつ、最小の被害で対象を打破し、かつ——」

千束《ちさと》は自らの銃をたきなに見せるようにして、構える。

「生きたままターゲットを押さえられるからだよ？　日本の警察でも、DAのリコリスでもダメなの」

「……あぁ、さっきのネタばらしですか」

千束《ちさと》が非殺傷弾を用いる理由の一つ。殺さずに制圧できる点は場合によっては確かに大きい……というより、あらゆる場面において殺さずに敵を無効化できるならそれに越した事はないのだ。

特に薬物がらみとなるとその物自体より、流通経路の解明こそが肝心だというのは、たきなにもわかっていた。

ただ、これをするには非殺傷弾というあまりに脆弱《ぜいじやく》な武装でブルドッグのような常識外れの相手と戦う覚悟と、それに勝ち得るだけの圧倒的な実力が必要になる。

だから、千束《ちさと》なのだ。

彼女の人間離れした能力が極めて重要な意味を持つ。

DAが千束《ちさと》を疎《うと》ましく思いながらも、決して手放さないのはそのせいなのだろう。

「わかりました。まぁ今はそれでもいいです。……で、これからどうします？」

「当然追うよ。仕事だもんね」

「わかりました。では、映画は諦める方向で」

「あぁ～ん……」

そういえば、とたきなは思い出す。今日は自分がおはぎの仕込みの当番。出る前にできたのは下ごしらえまで。任務が終わったらやる気だったが……やむを得まい。

きっと店長《ミカ》が、自分の代わりにあの大きな手でかわいく仕上げてくれる事だろう。

「行きますよ、千束《ちさと》」

「はーい……」

1

廃工場の外に駐《と》めておいた車はことごとく潰されていた。だが、組織の下っ端《したっぱ》が買い出しに使っていたオンボロのスクーターだけは、横倒しになっていた事で廃車と間違われたのか、無事だったので、アジア人はこれを使って逃走した。

アジア人は今回の日本への薬物の持ち込みで、資産のほとんどを使い果たしている。しかし、それでも自分の身が無事なら再起はできるだろう。その自信はあった。

だから、逃げる。安全を確保できるまで、ひたすらに。

バイクは街に入ったところで乗り捨てた。逃走ルートは複雑にしておきたい。次は電車だ。これで一度首都圏を離れるつもりだった。

すでに日が昇っていた。しかしまだ早い時間という事もあってか、通勤ラッシュと呼ぶにはほど遠い混み具合だ。東京から離れる下りの電車だから、というのもあるのかもしれない。

アジア人は空いている座席《ロングシート》に腰を落ち着ける。

頭の中に様々な事が思い浮かぶが、不思議と全てが電車の揺れに溶けるように消えていく。疲れているのだろう。それを如実《にょじつ》に感じる。

電車が駅に止まる。女の声が聞こえ、アジア人は思わず懐《ふところ》の銃に手をやった。グロック42。大人の手の平に隠れてしまう程に小さなセミ・オートマチックの拳銃だが、十分に人を殺せる力がある。

見やれば、部活の朝練にでも行くのだろう、セーラー服に身を包んだ女子の集団が乗り込んできた。

――かわいい女の子。

部下が無線で伝えてきた襲撃者の情報だった。

かわいいという個人的な感想であろうそれはともかくとして、女と言わず、女の子と言っていたのが気になった。

大人の女ではないというのが一目でわかる何かがあったのだ。そう、たとえばあからさまに子供、はたまた……学生服。

アジア人は全身に汗が噴き出すのを感じる。

すると、女子学生達がちらりちらりとアジア人を見てくる。それはそうだろう。彼女らを睨《にら》み付《つ》けながら汗だくで、息を乱し、懐《ふところ》に手を入れているのだ。怪しくないといえば嘘《うそ》になる。

アジア人は席を立って後方車両へと移る。目立つのは良くない。警察でも呼ばれようものなら……そうか。そうだ。そうじゃないか！

敵が何であれ、恐らく公的な組織ではない。女の子などというものを彼らが使うはずがないのだ。

となれば、アジア人やブルドッグらと同じ、非合法組織の何かしらに違いない。そんな連中がNシステムや街中の監視カメラなどを駆使して自分を追跡できるはずがない。

普通に考えればすぐにわかる事だ。それが今までわからなかったという事は、慌てている、混乱している、そしてやはり本当に疲れているのだ。

まずい、今の状況で冷静な判断ができないのは致命的だ。

落ち着け。

恐らく、もう自分は安全だ。大丈夫だ。距離さえとれば無難に逃げ切れる。

……だが、一つ問題もある。

銃だ。

このあまりに平和な国では、通常、どんな物であれ、そしてどんな者であっても、コレを持てば無敵となる。

だが、そうであるが故に銃を持っている事が露呈すると即座に社会的大事件に発展する国でもあるのだ。

つまり日本での銃は、身を守る最強のエースだが、同時に身を滅ぼすジョーカーにもなり得るのである。

まずい。今、自分は目立っている。もしあの女子高生達が不審者として警察に通報したら……。

擬装用の身分証明書は持っている。怪しい動きも電車に酔ったとすれば言い逃れられるだろう。だが、銃を持っているとなると……。

護身用でしかない小型の六発入りの拳銃、これを握り締め、たった一人でガンファイトをして生き残れる程の実力が自分にあるとは、アジア人は思っていなかった。

彼は車両を移動しながらひたすらに考える。

銃を持ち続ける事と手放す事のメリットとデメリット。天秤《てんびん》にかければ、いつまで経《た》っても揺れ続けるばかり。

ならばと、アジア人は一つの手を思いついた。

最後尾車両まで来ると車両はもうガラガラだ。眠たげなサラリーマンが二人と気弱そうなセーラー服の女子学生……たった三人。

アジア人は座席《ロングシート》の真ん中に座り、手の平に隠すようにして懐《ふところ》から銃を抜く。それをさりげなく自分の背後——尻を支える座席シートと背もたれの間に差し込んで、深く押し込んだ。

トラブルが起これば立ち上がって無罪を主張し、何もなかったらこのまま終点まで行って銃を引き抜いて懐《ふところ》に戻す。それが一番安全だと思われた。

ここに至ってようやくアジア人は本当の意味で一息吐《ひといきつ》く。同じ車両にいるセーラー服の女子学生が気になるものの、この車両へは自分から来たのだ。追っ手ではあるまい。何より小柄で、気弱そうだ。戦える体でもない。

しばらくして駅に到着すると、大きめの街なのか、車両にいた者達が一斉に降りていく。

あのセーラー服の女子学生も降りた。少し、ホッとした。やはり関係はなさそうだ。

この先はさらに田舎に向かうので、乗り込んでくる者はさすがにいな——いや、いた。制服を着た女子高生二人が乗り込んで来る。

緊張した。しかし、二人がゾンビ映画の話をしているのを聞いてホッと一息吐《ひといきつ》き、瞼《まぶた》を閉じる。緊張しすぎだ。本当に疲れているのだろう。

「昔のはともかく、最近の作品でさ、暗い画面のゾンビ映画って〝逃げ〟だと思わない？　低予算とかそういう理由もあるんだろうけれど、きちんと見せてなお怖い、なお凄《すご》いっていうのがやっぱりいいと思うんだよね」

「雰囲気ですよ。暗さは人間が持つ本能的な恐怖心を煽《あお》りますから。そういう意味では必要な要素だと思います」

　二人の言い合い。アジア人は前者の好みに近い。

　暗いのは恐怖よりもびっくりさせようという意図が強い作品に多いように思える。そういう〝驚き〟と〝怖い〟は別物だろう。ホラーは好きだが、びっくり箱のような作品は個人的に好きではなかった。

「わかる、わかるよ？　暗い方が味わいが出るっていうのは。でも、折角見るなら詳細まで見たいわけじゃない？　だから……」

「あぁ、わかりました。それ、要はこだわりとかじゃなくて……欲張りなんですよ。貧乏性というか」

　いや、違う。アジア人は気がついた。彼女達の会話は大事なところがズレている、だから噛《か》み合《あ》っていない。

　単純にアクション作品かホラー作品なのかの差なのだろう。ゾンビ映画という枠でまとめられてしまっているため、そこの区分が混ざってしまい、議論がイマイチ噛《か》み合《あ》っていないのだ。

「えー、そうかなー？　ね？　どう思う、アジア人？」

――なに？

瞼《まぶた》を開く。誰も居ない車両……いや、居る。アジア人の両側に女子高生達が腕を組むようにして座っている。それぞれの脇の下に銃。銃口はアジア人に突きつけられていた。

あぁなるほど、確かにかわいい女の子だ、とアジア人は思った。

「……待て、今撃てば俺の体を貫通するだろ？　みんな死ぬんじゃないか？」

「ご安心あれ。私の銃は非殺傷弾なんだよねぇ。言っておくけど、滅茶苦茶《めちゃくちゃ》痛いよ？」

「わたしのはフルメタルジャケットですが、千束《ちさと》がしくじってから撃つのでお気遣いは無用です。それに人体を貫通した後ならわたし達の服はまず貫通しませんので、大丈夫です」

二人の口調は落ち着いていた。先ほどのゾンビ映画の話をするのと何一つ違わないトーン。だからわかる。プロだ。しかも相当に場数を踏み、自信を持っている。

シートに差し込んだグロック42を抜く余裕があるとは思えなかった。

アジア人は脱力して笑い、そして次の駅に着くまで、三人でゾンビ映画の話をする事にした。

ゾンビ映画を議論するには、まずアクション映画かホラー映画かをしっかり分ける必要があると思う。アジア人が言うと、二人の少女は「なるほど」と感心した声を上げたのだった。

■イントロダクション3

「調べれば調べるほど、こちらのお店って変わっていますよね」

徳田《とくだ》の言葉に、カウンター越しのミカは「どういう意味でしょう?」と作業の手を止める。

「実は例の喫茶店紹介の企画、ちょっと改変して今も動いていまして……」

カフェ特集はメインに据えようとしていた喫茶リコリコが取材NGになった事で、徳田《とくだ》の熱が冷めてしまったものの……その頃には編集部の方が逆にやる気になっていた。

結果、夜のお店以外で、女子が楽しめる錦糸町・亀戸《かめいど》特集として雑誌を一冊作る事になり、その中でカフェ特集が一〇ページに亘《わた》って取り上げられる事になった。

これのメインライターに徳田《とくだ》が抜擢《ばってき》されているのだ。

「……それで、今いろいろ回っているんですが、この辺りで有名な喫茶店と言えば、まぁ『すみだ珈琲《コーヒー》』はともかくとしても、和のテイストで食事も楽しめる『北斎茶房』、亀戸《かめいど》の駅前、パンチの利いた武者甲冑《かっちゅう》とイケメン店員が出迎える『コーヒー道場 侍』、さらに観光客が毎日列を成す『船橋屋』とかで、老舗・有名・名店の類がいくつもありますが……妙に和系が多いですよね?」

「単純に浅草が近くにある事が大きいかと思いますが」

「浅草はむしろ大正ロマン的だったり、もしくは純喫茶のようなレトロっていうお店が多いイメージですが」

「言われてみると確かに……。さて、そうなると和系が多いのは……何故《なぜ》でしょうね？」

「こちらの場合は何故《なぜ》、和のテイストで？」

「……徳田《とくだ》さん、取材はＮＧだと」

「取材ＯＫだとしてくれるなら、その瞬間から切り替えますが……これは個人的な質問です」

「では答えざるを得ませんね。……単純に私の趣味ですよ。日本かぶれでして。それに昔、実に古き良き日本の伝統を大事にする職場に勤めていた事も影響しているかもしれません。そこではいつも最高の和菓子が食べられたので、好きにならざるを得なかった。ただ、私個人がお茶よりもコーヒーの方が好みというのもあって……こういう感じに」

「その前のお勤め先というのは……どこかのお店ですか？」

ミカが顔を逸《そ》らし、微笑《ほほえ》む。それは、常連と呼べるようになった徳田《とくだ》には意味がわかっていた。これ以上はノーコメント、という事だ。

あっけらかんとしているかと思えば、急に触れられない〝何か〟がある。それがこの喫茶リコリコの不思議なところだった。

普通の常連客のように楽しむだけなら気がつかないが、今のように半ば取材染《じ》みたやりとりをするとそれが如実《にょじつ》に感じられる瞬間がある。特に過去の事に関しては、そうだ。

「そうだ徳田《とくだ》さん、和系カフェでまとめるのもいいと思いますが、錦糸町のカフェでしたら一つオススメを。昔ながらで、素晴らしいホットケーキを出す『コーヒー専門店　トミィ』というお店が、北口からすぐの所にあります。一度、訪れてみてはいかがでしょう」

話題を逸《そ》らされたとわかったが、それはそれとしてプロのライターとして徳田《とくだ》はすぐさまスマホにメモを取った。ミカが言うなら、多分、本当にいい店なのだろう。

「ありがとうございます。あとで行ってみます」

「あそこのホットケーキ、めっちゃおいしいよ！　私、大好き！」

そう言って店の奥から千束《ちさと》が現れると、座敷《ざしき》席の卓の上に……ガス式のたこ焼き器を置く。

「千束《ちさと》……それは？」

ミカが不穏なものを見る目をして、尋ねた。

「たこ焼き器。織元《おりもと》さんとこのリサイクル店で、投げ売りされてたから買ってきた」

「そうじゃない。それで何をする気だと訊《き》いているんだ、千束《ちさと》」

「お昼のまかない。ほら、今日、私が当番だし」

おっしゃー！　と、ミズキが颯爽《さつそう》と缶ビールを手に現れる。

「お前ら正気か。真っ昼間の甘味処《どころ》だぞ」

呆《あき》れた様子でクルミが現れ……そのまま座敷《ざしき》席に直行した。たこ焼き自体には肯定的らしい。

千束《ちさと》が卓上に大量の材料を並べていくと、まるで犬のように一つ一つにクルミは顔を近づけ、それが何であるのかを確認していく。たこ焼きを作るのは初めてらしい。

「それで……これは、どうやるんだ？」

「まぁ見てなさいって！　まずは鉄板をガンガンに熱して、油を多めに……」

それから幾ばくもなくジュジュ～ッと軽快な音と共に、油で生地が揚げ焼かれる匂いが広がって行く。

ミカが換気扇をフルパワーで回し始めるが、さしたる意味はなさそうだ。甘味処《どころ》とは思えぬ揮発した油の匂いが店内を支配していく。

最初の一陣が焼き上がる頃には、まるで匂いに誘われるかのように常連客が次々に訪れ、座《ざ》敷《しき》席を埋め、溢《あふ》れた人々はその近くにたむろし始めていた。

「くっはっ、うんまぁ！　焼きたてたこ焼きに冷えたビール……これ以上ってある⁉」

ミズキが最初に焼き上がった一つを決めると、そこからはまるでバーゲンセールかのように常連客達が鉄板に手を伸ばす。ある者は箸で、ある者は串で、二〇個あった鉄板の上のたこ焼きは一瞬でカラとなる。千束《ちさと》はすぐさま第二陣の製作に入る。

「……どうします、店長。匂いが付きますよ」

困り顔のたきなが徳田《とくだ》の水を新しいのに替えてくれる。

「今更遅い。……たきなも食べてきなさい」

たきなを送り出すと、ミカがゲンナリ顔で深いため息を吐く。

「リコリコでは、変わったまかないを出されるんですね」

「……まさか。千束《ちさと》が当番する時だけです。それ以外はふつ……いや、普通とは言いがたいものも多いですが……まぁ、えぇ……」

何かあるのだろう、と徳田《とくだ》は察したが、それ以上は追及しない事にして、アメリカンを口にした。

何事も距離感だ、ここまで、と言われればそこで踏《ふ》み止《とど》まるのが大人である。だから店の過去についても、ミカの微笑《ほほえ》みが出たらそれ以上は踏み込まない事にしている。

コーヒーをゴクリと飲んで、ふぅ、と一息。そして笑ってしまう。

コーヒーの香りは、たこ焼きの匂いの前では何とも脆弱《ぜいじゃく》だ。良くも悪くも落ち着かない。

「楽しそうでいいですね」

千束《ちさと》とたこ焼き器を中心に常連客が人垣を作っている様は、まるでお祭りの屋台のよう。いや、もっと温かで、身内的な……そう、言ってみれば、ホームパーティ——たこ焼きパーティである。

クルミではないが、真っ昼間の営業中の甘味処《どころ》でたこ焼きパーティとは、何とも滅茶苦茶《めちゃくちゃ》だ。

だが、リコリコらしい。そして、千束《ちさと》らしい、とも思う。

「はい、トクさんの分！」

千束《ちさと》がたこ焼き二つを小皿に載せて持って来てくれた。たこ焼きの上には鰹節《かつおぶし》と青のりだけで、ソースは皿の脇に垂らされており、黒い円形にマヨネーズが一筋走っている。オシャレなのかとも思ったが、恐らく、千束《ちさと》はカリッと感を大事にしたかったのだろう。

徳田《とくだ》は千束《ちさと》を見て、それから気落ちしているミカを見る。

「どうぞ、徳田《とくだ》さん。お食べください……当店のサービスですから」

「はは……。ありがとうございます。いただきます」

添えられていた爪楊枝《つまようじ》で突き刺せば、パリッとたこ焼きの表面の硬さが手に伝わってくる。

そして、開いた穴から閉じ込められていた湯気が。

恐ろしく熱いのが察せられたが、丁度手元には替えてもらったばかりの水がある。いけるだろうと高をくくり、徳田《とくだ》はたこ焼きをソースの泉の上に走らせ、そして一口で食べる。

焼きたてのたこ焼きを一口など命知らずな事この上ないが、なぁに、冷たいソースがクッションになってくれ……ない。

尋常ではなく熱いとろとろの中身が口内に溢《あふ》れ、徳田《とくだ》は思わず「はふぃー!」とわめき声が漏れた。口から白い湯気が吹き出る。

千束《ちさと》が笑う。常連客もそれで徳田《とくだ》の状態を見て、笑い出す。

人が熱さに必死に藻掻《もが》く様を見て笑うなんて……と思うが、口がカラになる頃には、徳田《とくだ》もまた笑っていた。

そう、これが喫茶リコリコだ。

店員のまかない一つとっても、普通じゃない。

楽しい。
おいしい。
それがいい。
ただ、ホットケーキを食べに行くのはまた今度にした方が良さそうだ。
完全に舌を火傷《やけど》してしまった。

■第三話『Takina's cooking』

たきながヤバい。

彼女が喫茶リコリコのメンバーになって早数ヶ月。誰もがこれを思い始めていた。

喫茶リコリコにおける昼食は、持ち回りによる当番制なのだが……たきなは、これがヤバい。

ミカは、言わずもがな。真っ当な手早く食べられる料理を安定して作る。

千束《ちさと》は、チャレンジングかエンタメ系。食べた事がない異国の料理を一か八かで初めて作ってみたりと、まかないとは思えないイベント的な食事を出すが、基本的においしいものができあがるし、何より楽しい事が多い。

ミズキは、半ば酒のアテのようなものか、酒のアテになる食材を利用したものだ。残った材料……というより、店の経費で購入された必要量より多い食材は彼女の晩酌のアテになる不正システムがまかり通っているので、なかなかに積極的である。実際、料理もちゃんとできる。

クルミはさすがに年齢的なものに加え、そもそも料理をしてこなかった経緯と本人の好みの関係から、ほぼほぼ駄菓子か冷凍食品が通販で用意される。これはこれでミカ以外はそれなりに満足していた。

そして、問題のたきなだ。

今日も今日とて、常識外の代物が千束《ちさと》達の前に現れた。

客がはけた昼時、リコリコ一同は座敷《ざしき》席に座ったまま固まっていた。

「あの～、たきなさぁーん……これ、なぁに？」

「本日のまかないです。お客さんが来ない内に食べてしまいましょう」

千束《ちさと》の問いかけに、たきなは平然として答えた。

「まかないって……いや、あの……」

千束《ちさと》は今一度リコリコメンバー五人の前に置かれた物を見る。半透明のプラスチックのカップに蓋がついたもの。いわゆる、シェイカーだ。

ミズキが持ち上げ、振ってみると中に入っていた白濁液はどろりとしていた。

「なによ、これ……」

「プロテインです。バナナ味です」

千束《ちさと》は、そしてミカ、クルミ、ミズキらもまたげんなりとした顔をする。たきなが眉根を寄せた。

「国産の大変質のいいものですよ。……チョコレート味の方が良かったですか？」

動揺を隠しきれないミカが自らを落ち着けようとするように、眼鏡をかけ直す。

「そういう事じゃないんだ、たきな。もっと、こう……食事というか、昼食らしいものが……その……なんだろうな」

ミカは言葉を選ぼうとしたようだが、結局正解を見いだせず、仕方なく黙り、受け入れるのを示すようにシェイカーを軽く振って、飲み始める。

「……ホットケーキの生地だと思った……。好きなフレーバーとか果物入れたりして……ホームパーティ的にみんなで焼いたりするのかとちょっと期待した自分が愚かだったか……」

クルミもまた飲み始める。味自体は嫌いではないのか、ごくごくと飲んでいく。

「時に、たきなさん、君は何故《なぜ》今回プロテインにしたんだい？」

質問しつつ千束《ちさと》も飲んでみる。確かに普段飲んでいるものより幾分味がいい気がする。うさんくさい味がない。

「仕事の合間に摂取するものですから。準備から終わりまで手早くできて、何より栄養のバランスがいいじゃないですか。……あ、お客さん、来ましたよ」

店のドアに付けられたベルが鳴る。来客。対応するのはたきなだけで、他のメンツは座敷席《ざしき》で俯《うつむ》いたままだった。

「……おい、たきなのヤツ、食事を摂取と呼んだぞ」

クルミはまるで誰かが責任取れと言わんばかりにそんな事を指摘する。

前は非常時のための保存食の消費期限が迫っていたから、という理由でレトルト食品が出てきた。

あの時は仕方ないし、もったいないからという理由で千束《ちさと》はもちろん、クルミ達も納得して受け入れる事ができていた。

その前は前日に千束《ちさと》が作った大量のカレーが消費しきれないままで、このままでは腐るからとしてカレーだったので、かなりマシだった。

しかし、その前となると……確か、真っ当な食事を作っていたはずだ。

里芋の煮物とご飯、大根の菜っ葉を使ったお手製のふりかけ、漬物、味噌汁《みそしる》、冷《ひ》や奴《やっこ》、そして煮ひじき。とても満足度が高かったので、千束《ちさと》はそれをはっきりと覚えている。

それをみんなに言うと、なるほど、とミカ一人が何かに納得する。

「当てつけというわけではないだろうが……そうか、律儀《りちぎ》に指示に従っているのか」

「先生、何の話?」

「覚えてないか?　特にミズキだ。……あの日は丁度混雑していて、お前がたきなに散々文句を言っていたじゃないか」

「あー、店内満席だってのに、あの子、調理場から全然出てこなかった時かぁ。言った言った、効率悪すぎ、んなもんに時間かけんな、まかない作るよりフロアに出ろやゴルァって」

クルミが、愕然《がくぜん》とし、そして怒り顔になってミズキを見やる。

「じゃあ何か、怒られたから以後手抜きをするようになったのか……。おい、ミズキ。その結果がこの悲劇だぞ。責任取れ」

「えーアタシぃ!?　だってあの子、甘味処《どころ》のキッチンで里芋煮始めたのよ!?　お客さんがドンドン入ってきてる時に!　うっそ、マジ?　って思わない?」

千束《ちさと》はプロテインを振って、ちゃぷちゃぷと音を立てた。

「たきならしいっちゃらしいけどね……どうしたもんか」

「……何とかするべきだろうか」

「ミカ、悠長な事を言っている場合か？　何とかするべきだろ、絶対に。ボクらの生活の質が揺らごうとしているんだぞ」

クルミの抗議に誰も反対意見など挙げなかった。

ミズキがプロテインの匂いを嗅ぎながら、口を開く。

「つっても、どうすんのよ」

千束《ちさと》は思う。恐らく、たきなは程よく手を抜く術《すべ》を知らないのだ。

根が真面目すぎる。だから食事の当番となるとしっかり作る事はできても、まぁこれでいいか、という妥協点を見いだす事ができないのだろう。

しかしだからといってプロテイン《コレ》とは……。

千束《ちさと》的には店が忙しかろうが何だろうが、以前のようなたきなの手料理の方が何倍も嬉《うれ》しい。

しかしたきながミズキ達の注意を受け流して、〝我〟を貫くとは思いにくい。

ミカが腕を組む。

「たきなに、まかないとは何かを先に教えるべきだったのかもしれないな」

「ふーむ、たきなのまかない飯ねぇ……」

千束《ちさと》も改めて、まかないとして程よい料理を教えるべきかと考えてみるが、意外とこれが難しい。

こういう内々で食べる料理にはフォーマットは存在しても、絶対的な正解は存在しないのだ。たとえば、朝食にはパンとベーコンエッグとコーヒーだというのは基本としてあったとしても、これが毎日となると……キツい。

かといって、逆にメニューにバリエーションを用意しつつ、手早く作れて、かつ簡単に食べられておいしいもの、といった要件から考えていくとなると……実はたきなの選択が正解になってしまう。しかしそんなストイックな生活はたきな以外の誰も望んではいないのだ。

改めて考えると、食事で何を作って食べるのかを考えるというのは、実に難しい。

「皆さん、何してるんです？　オーダー入ってますよ。早く仕事に戻ってください」

たきなに促され、はーい、と各々《おのおの》残っていたプロテインを一息に飲み干すと、席を立った。

——カランカラン。

ベルが鳴る。再び来客の合図。千束《ちさと》が視線を向ければ……土井《どい》だ。

おぉ、これは実に都合がいいタイミングで来てくれた。たきなにアレコレ教えると同時に彼との関係を前進させ、かつ、自分も楽しい、おいしい、最高な展開へ持って行ける。

千束《ちさと》はそそくさと土井《どい》に近寄っていく。

「土井《どい》さん土井《どい》さん、いらっしゃい。あ、ちょっと注文の前に……お昼って、終わってます？

……あっ、まだ⁉ じゃ、じゃじゃじゃじゃじゃちょっと、どうです、ね、これから一緒に食べに行きません？ 行きましょう！ 行くってことで！ たーきーなー着替えてー出かけるよー！」

そうして、千束《ちさと》は有無を言わせずにたきなを連れ出し、土井《どい》とのちょっとしたデート……っぽい事を半ば強引に決行した。

土井《どい》はこういう強引な誘いに戸惑いはしても断った事はない。単に優しいか、それとも彼もまたたきなに……十二分にありうる、と千束《ちさと》は思っていた。

彼の行きつけの寿司《すし》屋で、昼にまかない定食を出しているとの事だったので、そこへ向かった。

テーブル席が二つだけ、あとはカウンター席という小さな店。寿司《すし》屋は寿司《すし》屋でも、夜に酒と一緒に楽しむための店なのだろう。

だからなのか、店の大将もジーンズにTシャツ姿というラフな姿だ。朝に仕入れてきた材料を下ごしらえするついでに行う昼営業という事らしかった。

「……昼食はもう終わったじゃないですか」

「確かに栄養的にはバランス良く摂取したよね。ただ、カロリーが明らかに足りない！ 満足感も！」

「十分なエネルギー量です。太りますよ」

「あれあれ？　たきなは今日が普通に終わると思ってる？　この後、突発的に激しい動きを求められるかもしれない、そんな時にカロリーが不足していたら困るんじゃない？」

本来のリコリスとしての仕事は大人達により綿密に計画され、準備が整い、その上で実行される場合がほとんどだ。スマホをいじりながらふらりと街を歩き行き、対象者とすれ違いざまに一発放って歩き去るだけ。事後処理も専門の人間が担当する。

しかしながらリコリコで銃を使う仕事となると、突発的なものが多く、そうなれば当然、計画は最低限、準備とて自分の装備以上のものはなく、結果的に現場で対処せざるを得ないため、走って跳んで場合によっては格闘戦までする。だからカロリーを多めに摂取したとしても何ら問題はない……と言えなくもない、いい。

「結局動かなかったなー、太っちゃうなーってなったら寝る前に運動したらいいじゃん」

「……確かに……備えあれば憂いなし……ですが」

「一人でするのが嫌なら一緒にやろ？」

「一人でしますよ」

「んぅいけずぅ～」

居酒屋で定食を待つ間、そんな会話を交わす少女達に、土井《どい》が焦《あせ》る。

「……運動するのかい？　今日はスニーカーとか用意してないんだけど」

「あ、土井《どい》さん、大丈夫大丈夫。今日はそういうコースじゃないんで。単にたきなにおいしいまかない飯を食べさせたいな、ってだけですから。それに普段土井《どい》さんがどんな食事してるのかなーってのも気になってたんで。……ここ、行きつけなんですよね！」

「うん、まぁ。……ホントに運動はなしだよね？」

怯える土井《どい》をなだめつつ待つ事数分、数量限定のまかない定食が千束《ちさと》達の前に現れた。

薄口醤油《しょうゆ》かその類に漬けられているようで、色味をやや濃くした白身の刺身がしっかりと丼の上を覆い、脇にワサビが添えられていた。

これに味噌汁《みそしる》とそして何やらわからないが、紙が載せられた皿が一つ。後で天ぷらが一品出るのだという。

「おお、なにこれ凄《すご》い！　おいしそう！」

千束《ちさと》が言うと、店の大将は照れるように苦笑いを浮かべる。

「昨日の残りもんで作るヤツだから、最高ってわけじゃないんだけどな。そんな笑顔で褒められると嬉《うれ》しいやら申し訳ねぇやら」

残り物で作る関係で、数量はもちろん、上に載る刺身の内容は時と場合によって大きく変わるらしい。土井《どい》曰《いわ》く、今日は当たりの日らしかった。

「それじゃ、いただきまーす！」

手を合わせた時には、千束《ちさと》はもうすでに本来の目的を見失いつつあったが、それを指摘する者は誰もいない。

割り箸を割ると、とりあえずは味噌汁《みそしる》。赤だし。小さくカットされた木綿豆腐とわかめ、それに長ネギの千切りが散らされたもの。熱々の汁をまといつつ口の中を転がるサイコロ状の豆腐の食感が気持ちいい。

スキッとした味わいで口内と喉を潤し、ついでに箸先を湿らせた。

よろしい、準備は整った。

千束《ちさと》は丼へ手を伸ばす。見た限り何の魚が入っているのかはイマイチ見分けがつかないが、とにもかくにも美味《おい》しそうだ。

何よりこうした漬け丼は〝海鮮丼醤油《しょうゆ》問題〟がないのが楽でいい。つまり、醤油《しょうゆ》にワサビを溶いて上からぶっかけるか、食べる度に醤油《しょうゆ》を付けるか……などなど、食べ手の個性が無闇やたらに発揮されるがために、周りとの歩調が合わずにちょっとしたトラブルが生まれたりするアレである。

さて、君は誰かな？　千束《ちさと》は切り身を見つめる。

どうやら数種類のものが入っているようだ。刺身の形がまちまちなのは元の身の大きさが違ったり、サクの切れ端だったりするせいだろう。

千束《ちさと》が箸で酢飯と共にすくい、頬張る。仄《ほの》かに温かい酢飯が最初に現れるも、すぐさま刺身の漬けの味わいが口に広がった。

主張しすぎないみりんの甘さ、昆布だしの旨味《うまみ》、薄口醤油《しょうゆ》の塩味……そんな中に刺身からの脂が滲《にじ》む。

ブリかな？　ヒラマサかカンパチかもしれないけれど、その辺だ。しっかりとした身を噛《か》みしめた時に千束《ちさと》はそれを察した。だが、そんな中にかすかにシャキッとした歯触りの何か。何だろう？　と思う間もなく、スッとした爽やかさが口を抜ける。

どうやら臭み消しに細かく刻まれたミョウガがふりかけられているらしい。辛《から》さが前に出てこないところを見ると、水に晒《さら》しているのだろう、ただただ爽やかさだけで心地いい。丁寧な仕事だ。

「あ〜コレおいし〜。ね、たきな？」

丁度たきなもほおばっていたため、彼女は小さく頷《うなず》いて応じた。

「……はい、おいしいです。これ、鯛《たい》ですね。味付けがとても良《い》いです」

「あ、た、鯛《たい》か！　そうね、鯛《たい》だね！　うん！」

予想と全然違ったので、千束《ちさと》は慌てた。

「いいね、君達若いのに、よくわかるね」

大将が嬉《うれ》しそうに笑いながら、カウンターの奥で天ぷらを揚げていく。カラカラという音が何とも言えず気持ちが良かった。

鯛《たい》か、鯛《たい》だったのか。危ないところだった。ブリやらヒラマサやらだと口走ったら味音痴と言われかねない。

千束《ちさと》は自分の予想を口にしなかった事を幸運に思――。

「実は一種だけ赤身の刺身が入っているんだよ。特段薄く切って主張を少し弱めてるんだけど……今が旬のヒラマサ」

「あ、そうなんですね。……どうしました、千束《ちさと》？　ワサビが利《き》きました？」

千束《ちさと》は俯《うつむ》いて瞼《まぶた》を固く閉じ、箸をギュッと握っていた。

「……違う、わかってた、わかってたんだよ！　ヒラマサが入ってたって事は！」

大将が小さく笑い、たきなが呆《あき》れた表情を浮かべた。

「変な強がりはいいですよ、千束《ちさと》。さっきの鯛《たい》もそうですが、漬け丼で白身系は判別が難しいでしょうし」

「くぅ〜ッ！　違うッ、ホントに！　ホントにわかってたの!!」

「まぁじゃぁ、ね。二人共、大正解って事で」

「そうですね。正解という事で。良かったですね、千束《ちさと》」

大将と土井《どい》が笑った。

「あ〜ん、信じてぇ〜……」

「それより、この丼、他にもまだ何か入っていますね」

なぬ？　と、千束《ちさと》は慌てて二口目に入る。

……うむ。これが鯛《たい》かな？　わからぬ。

しかし三口目を食べると、新しい食感と味わいを見つけられた。エビだ。

ぷりゅっとした食感、直後に広がる旨味《うまみ》と甘み。丼の味わいに厚みが出ていた。

「エビ、うんんまっ！」

「そう言ってもらえると嬉《うれ》しいよ。はい、お礼の天ぷら」

空いていた皿の上に置かれた天ぷらは、一口サイズの……何か。それが三つ。

たきなが見つめ、首をひねる。

「これ、何の天ぷらですか？」

「食べてみればわかるよ。オススメは塩」

千束《ちさと》もまた言われるがままに、卓上の塩を振りかけ、箸でつまみ上げる。揚げたての天ぷらだ。熱そうだが、箸を通して伝わってくるカラッとした衣を最高の状態——即《すなわ》ち可能な限り早く楽しみたくて、千束《ちさと》は少し無理する覚悟で口へと放り込んだ。

熱い。わかっていた通りだ。

短く一息《ひといき》吐いた後、天ぷらに歯を通す。

カリッ、とろり。

「……え、なに⁉」

予想外の食感が来た。てっきり大きなエビのぶつ切りか、タコの足、はたまた長芋辺りだと予想していたのだが……違う。

香ばしい衣の下でぷりっとして待ち構えているくせに、気がつけばとろりと溶けていく、それ。

そしてその食感に合わせるようにクリーミィなコクが口に広がって行く。さらに、天ぷらの衣の香ばしい味わいがそれに乗る。

臭みがなく、旨味《うまみ》だけがやたらに濃い。

素晴らしくおいしい。強い。ご飯は合わなそうだが……これは多分ビールか、お酒が合うヤツなのだろう。千束《ちさと》はそれを察した。

何だろ、これ。知っているような、知らないような……。

「あ、白子ですね。……でも、何でしょうか、鱈《たら》ではなさそうですが。ふぐ？」

「うちではふぐは扱ってないよ。鯛《たい》の白子なんだ」

鯛《たい》の白子！　初めて食べた！　と、千束《ちさと》は声を上げる。

たきなも珍しかったようで、これはどうやって作るのかを尋ねていた。

塩を振って臭みを取り、サッと下茹《したゆ》でしたものをカット、それを衣を付けて揚げているだけで、素材さえ良ければ誰が作ってもおいしいらしい。

「……大将、鯛《たい》の白子は夜用じゃないの？」

「土井《どい》ちゃんが珍しく女の子連れてきたってんなら、少しサービスしたってバチ当たらないよ。まぁちょっと若すぎるけど」

千束《ちさと》は慌てて口内のものを飲み込むと、フォローを入れる。

「年齢差別は良くないですよ？」

土井《どい》もまた困ったように「そもそも、そういうんじゃないんだけどね」と頭を掻《か》いた。

そういうものですけどね、と千束《ちさと》は一人呟《つぶや》きつつ、たきなと土井《どい》を微笑《ほほえ》ましく見やる。

ガツガツと三人で丼を食べると、そのおいしさ故か、食事はあっという間に終わってしまう。

まさに一気呵成《いっきかせい》という勢いだ。

そうして、まかないの勉強兼、土井《どい》とたきなのデートらしきものはあっという間に終わったのだった。

酒が飲みたくなってきたからと言う土井《どい》に礼を言って、千束《ちさと》とたきなは店を出た。

結局奢《おご》ってもらったが、たきなが頑《かたく》なに自分で払おうとしたのは良かったと思う。自分で払おうとする意志――を見せて好感度を上げる事――は大事だとミズキが以前言っていたのを千《ち》束《さと》は覚えている。

なお、千束《ちさと》はといえば、こういう時は一切の躊躇《ためら》いなく「ご馳走様《ちそうさま》でした！」と言うタイプだった。

「……それで千束《ちさと》、何故《なぜ》急に食事を？」

リコリコへの帰り道、たきなは当然の疑問をぶつけて来る。

「いやね？　実は、たきなのまかないについてなんだけど……今回のはちょーっとアレかなぁって、みんなが。それでまかないってのはこういうのだよーって感じで」

ミカ達との会話をかいつまんで話すと、たきなも自分の選択がいささか常識外れだったと察してくれたのか、少し落ち込んだ様子を見せた。

「……ですが、それなら、何が正解なんですか？　時間をかけてはいけない、簡単すぎてもいけない」

「まぁ、たまにになら今回みたいなのもいいと思うんだけどね？　クルミも似たようなもんだし。それに何より毎回だったらシンドイけど、今のたきなので、楽しいといえば楽しかったし」

「楽しい……？」

「たきならしくていいって事」

食事がおいしいのはそれに越した事はない。けれど、千束《ちさと》としてはその食事の時間をも、楽しみたいと思っている。

人生は短いのだ。残り何回食事ができるかわからない。

なら、おいしい方がいい。楽しい方がいい。

たきながプロテインをまかないで出してきて、みんなでゲンナリした……それはきっと、死ぬまで忘れない。

リコリコでの、みんなとの想《おも》い出《で》。宝物だ。

「でも、ダメなんですよね」

「まぁ……おいしいご飯は食べたいよね……」

楽しい想《おも》い出《で》は素晴らしい。そこにおいしいご飯が加わればもっと素晴らしい。

うーん、と悩む千束《ちさと》の様子に、たきなはため息を一つ。

「……わかりました。少し、考えてみます」

1

「みなさん、お昼にしましょう」

客がはけたタイミングで、たきなが言った。

するとリコリコのメンバーは互いに目配せをする。あの〝プロテインまかない事件〟から定休日を抜いた六営業日……すなわち、たきなの当番日なのだ。

たきながキッチンに立つのを尻目に、千束《ちさと》達が軽く片付けをし、座敷《ざしき》席に着いて待つ事、わずか約一五分ほど。たきなが大きなお盆に丼を載せて現れる。

「今日の昼食は、きっと満足しますよ」

果たして出て来たのは……汁椀《しるわん》と、どこかで見た覚えのある漬け丼だ。

皆が丼を見つめて、おぉ～！　と、感嘆の声を上げる中、全てを察した千束《ちさと》は頭を抱えた。

そういう事じゃねぇ、と。

「こちらは鯛《たい》の漬け丼になります。味はついているので、そのままでどうぞ。横の汁物はあら汁です。あとで白子の天ぷらもありますので」

ミズキが甲高い歓声を上げる。

「なになになになに、なに!? 何なの、最高なの!?」

もはや待ちきれぬとばかりにミズキがパンッと手を叩《たた》くと「いただきます!」の声を上げる。そして皆も後から続く。一口食べてからは……千束《ちさと》には覚えのある一気呵成《いっきかせい》の状態へ。

千束《ちさと》も食べてみるのだが……ビックリするぐらいあの寿司《すし》屋のまかない定食の味を再現していた。とはいえエビやらヒラマサやらはさすがに入っておらず、鯛《たい》だけのようだ。

それもあって、よりストレートに鯛《たい》と昆布だしベースの漬け汁の味わいとなっており、むしろ前のそれより上品で、高級感のある味わいとなっていた。

もはや、あのまかない定食を完全再現どころか、今回の物の方がうまい。

「何コレ、おいしいじゃない! 丼ものなのにお酒が欲しくなるわ～!」

「うむ。確かにコレはうまいな。どうしたんだ、たきな」

ミズキが店に置いてある一升瓶に心引かれ始め、ミカが微笑《ほほえ》む。クルミは無言でカッ喰《く》らい、残り少なくなったところにあら汁をぶっかけるという荒技をしてさらに喰《く》らっていた。

クールなたきなも、これには嬉《うれ》しそうに微笑《ほほえ》む。

「千束《ちさと》に教えられまして。まかないとはこういうものだ、と」

千束《ちさと》、グッジョブ！　と、ミズキに親指を立てられる。

「私まで褒めてもらえるのは嬉《うれ》しいんだけど……。ちょっといい？　ねぇたきな、この鯛《たい》、どうしたの？　まさかと思うんだけど……わざわざ買って……？」

「まさか。まかないにそんな予算はかけられませんよ」

「だ、だよねー！　そうだよねー！　ははは……よかったー。……じゃコレ、どしたの？　昨日の残りってわけじゃ……ないよね？」

「まぁ、そうですね。昨日はシチューでしたし」

あら汁をすすっていたミカが、明らかにビクッとして動きを止める。そして彼は恐る恐るというようにあら汁の椀《わん》の中から大きな鯛《たい》の頭を取り出した。

カブト割りし、臭みを消すためにしっかり焼いている鯛《たい》のお頭《かしら》の半身である。

「たきな……何だ、これはまた、その……随分と立派な鯛《たい》じゃないか？」

「私もそう思いました」

何だか絶妙に要領を得ないやりとりである。ミズキとクルミは構わず食べ続けているが、ミカと千束《ちさと》はさすがに困惑して箸が止まってしまう。

「はーい、白子の天ぷらもできたよー」

「……へ？」

千束《ちさと》が顔を上げると……見知らぬオッサンが皿を手に立っていた。

「何か出てきた⁉」

「鯛《たい》の白子の天ぷらですよ、千束《ちさと》」

「たきな違う、そうじゃない！　誰このオッサ……あ、大将……？」

まったく見知らぬオッサンではない。あの土井《どい》と行った寿司《すし》屋の大将である。

ミカが説明を求めると、たきなは当たり前の顔をして語り出す。

「千束《ちさと》にまかないとはこういうものだと教えられたので、それを再現しようと思いまして。しかしコスト及び技術の面から考えても現実的ではないと思い、こちらの大将に相談したところ、全て自分に任せておけ、と」

「あの……この出張料金は？」

ミカの質問に、大将は快活に笑った。

「タダだよタダ。鯛《たい》も知り合いがたまたま釣ってきたもんで、若い子に喰《く》わせたいって言ったら、持っていっていいって」

「釣り人最高ぉ〜〜〜！」

ミズキが言うと、同意するように、両頬をリスのように膨らませたクルミがグッと拳を突き上げた。

「だから遠慮なく食べてね。はい、白子の天ぷら。塩がおすすめ」

「うっはっ！　とろけるぅ〜！　何コレ、最高じゃない⁉」

ミズキのキャッキャとした声がうるさい。千束《ちさと》とミカは頭痛がするようにうなだれた。

「お～い、ミカと千束《ちさと》。こんなに最高のランチだっていうのに……何でお前達はそんな辛《つら》そうな顔をしているんだ？」

小柄なくせに誰よりも先に丼を食べ終わり、天ぷらへと箸を向けたクルミがそんな事を口にする。

正直、千束《ちさと》はもう、何と言っていいか、わからなかった。

たきなも不思議そうな顔で見てくる。

「どうしました？　おいしくないですか？」

「ううん、めっちゃうまい。ホントに……うん、おいしい！」

もう悔やんだところでどうしようもないとして、千束《ちさと》は割り切った。

これはこれで楽しもう。味わおう。存分に！　錦木《にしきぎ》千束《ちさと》は切り替えが早いのだ。

そんな千束《ちさと》の様子に、たきなはきょとんとして小首を傾《かし》げる。

コイツ、かわいい顔しやがって。千束《ちさと》はそんな思いを抱きつつ、天ぷらを頬張った。

カリッ、とろ……うまい。笑顔になる。

味わう千束《ちさと》の視界の端で、ミカが大将に深々と頭を下げているのが見えた。

保護者は大変だな、と他人事《ひとごと》のように千束《ちさと》は思った。

2

定休日を挟んでの六営業日後。

客がはけるタイミングが皆無だった。

たきながキッチンで皿を洗っていると、千束《ちさと》が追加の汚れた皿を持ってやって来る。

「今日は疲れる～。……あ！　ね、ね、ね、お昼ってまだ？　私、お腹《なか》減っちゃったよ」

キッチンの脇でパフェをせっせとこしらえているミズキがちらりとたきなを見てくる。

「今日の担当って……たきなじゃなかったっけ？」

ミズキの視線と言葉をたきなは最初無視しようかと思ったが、彼女と千束《ちさと》の視線が自分を捉え続けるので、逃げ切れないと判断した。

ため息一つ。

「……食べてる暇なんてないじゃないですか。稼ぎ時ですし」

千束《ちさと》がたきなの両肩をつかんで揺らしてくる。

「お腹《なか》すいたよぉー、た～き～なぁ～」

「……好きに作って食べたらいいじゃないですか。どうせ、わたしが作ったらまた不満ばかりになります」

「看板娘があんまりいないとお客さんがかわいそうじゃーん。ミズキはいいけど」

「あぁん⁉」

「とにかく、わたしはもうまかないなんて作りません。向いてないんです」

「卑屈になっちゃってもう」

ミズキが笑う。少しイラッとする。

「なってません」

「なってるなってる♪」

「なってません！」

たきなは思わず濡《ぬ》れた手を流し台に突こうとしたのだが、思いのほか力が入って、ドンッと、少し派手な音がして、嫌な空気が生まれてしまった。

千束《ちさと》が困ったような笑顔で、さりげなくミズキとたきなの間に入ると、落ち着けというように手の平を上下に揺らす。

「まぁまぁ。……たきなが怒っているのはわかったんだけど」

「怒ってません」

「こういう時はね、たきな。いい？　口閉じて、ほっぺたに空気入れて」

「……何故《なぜ》です？」

「やってみて？　試してみてよぉ～、ほらほらぁ」

まったく意味がわからない。それをしたら何だというのだ。

無視してしまえばいい……と思う。

けれど、もしかしたら自分の知らない何かがそこにあるのかもしれない。

千束《ちさと》は基本的にちゃらんぽらんだが、時折……そう、ごく稀《まれ》に、忘れた頃に、滅多にないものの……たきなの知らないものを教えてくれる時がある。

新しい視点、思いもしなかった考え方、知らない世界――。

あの、噴水の前の時のように、また、もしかしたら――。

「……わかりました。……こうですか？」

たきなは唇を固く閉め、両方の頬を膨らませた。

「あ～んっ、ムクレたたきなかぁ～わぁ～い～い～！　そりゃ」

両方の頬を指先で押され、ブーッ、と音を立てて空気が漏れる。ミズキと千束《ちさと》が笑う。

「何ですかコレ⁉」

「何って言われても困るけど、まぁ、かわいいたきな？」

今日の千束《ちさと》はちゃらんぽらんの方だった。というか、彼女は基本そっちなのだ。何故《なぜ》自分は低い確率の方に賭けてしまったのか。

「怒らない怒らない。それはそれとして……ね、たきな、何か作ってよぉ」

「嫌です。無理です。できません」

「だって今日はたきなが作る約束じゃない？」

「……そうですけど。でも、どうせ……」

「〝どうせ〟なんて言わないの。その言葉使っても幸せな事なんて何もないよ？　まずはやってみなよ。冷蔵庫の中身使って、何かさ。大丈夫」

できる人間はそういうふうに簡単に言う。

苛立《いらだ》たしい。けれど約束……ルールだ。それを反故《ほご》にするのは確かに違うとは思う。

どうした、とミカがキッチンを覗《のぞ》き込んで来る。

「まかないの話で揉《も》めているのか？　……安心しろ。米は炊いておいた。あとは簡単なおかずを作ればいい。それよりフロアに戻れ、千束《ちさと》。人手が足りない」

「えー、クルミいるでしょ？」

「……もう客とボードゲームで遊んでいるよ」

「あのクソガキめ。……私も交ぜろぉー‼」

違うだろ！　と、ミズキの怒声を無視し、千束《ちさと》はキッチンを後にし……ない。

一度出た後、顔だけ戻す。

「って事で、たきな、あと、よろしくー」

そして今度こそ千束《ちさと》、そしてパフェを仕上げたミズキもまたキッチンを出て行った。

一人残されたたきなは、仕方なく冷蔵庫を開ける。

まかないはできるだけ残り物で、安く、簡単に作りつつ、ささっと食べられて、かつ、おいしく、楽しいもの……。

考えれば考えるほど要求が多い。

そのくせして冷蔵庫の中身はあまりに貧弱。そもそも喫茶リコリコは甘味処《どころ》なのだ。店の残り物とてあまり食事向きなものは多くない。

あんこは大量にある。フルーツ類、小麦粉、生クリーム、牛乳、卵、梅干し、ウィンナー……。

「……梅干し？」

ウィンナーはミズキの晩酌のアテなのだろうが、梅干しとはいったい……いや、これもミズキのだ。

前に焼酎か何かに入れて、ボードゲーム会終わりに客達と飲んでいたのを見た事がある。

それからもいろいろ調べてみたが、せいぜい出てくるのは乾き物とされる酒のツマミであろうものがいくつかだけ。

さっきまで何を作ったらいいのかわからなかったが、今の状況からすると、むしろ何が作れるのか、という問題だというのがわかってきた。忙しい中、買い出しというのも違うだろう。

ウィンナーと卵……玉子焼き器があるのはミカが以前作ってくれたので、知っていた。これとご飯……梅干し載せて日の丸弁当的な……。

さすがにそれはどうなんだろう。合理性を重視するたきなとはいえ、抵抗がある。ゴマぐらいはあるが、それを振り掛けたところで焼け石に水か。

たきなはしばし腕を組んで考える。

おかずは物理的に存在しない以上、これはもう致し方ない。しかし、ご飯は……何かふりかけ的なものを作るか。いや、だが、梅しかないのでは……。

いっそお茶漬けか、卵かけご飯……まかない飯というより、それはもう夜食の類いのような気がする。

となるとやはり白いご飯に梅干しを添えるぐらいしか……。

「……あ、そういえば……」

たきなはふとある事を思い出し、調味料などの棚を調べる。すると、一般的な調味料の他に……海苔《のり》を見つけられた。磯辺《いそべ》焼き用のものだ。

これだ、とたきなは思った。

ウィンナーに切れ込みを入れて炒《いた》める。赤く、安っぽいウィンナーのそれは脂分も少ないので、冷めても大丈夫だろうと先に調理した。最後に仕上げを施して皿に盛る。

続きは玉子焼きだ。食べた事は数あれど、作るのは何だかんだと初めてだった。

スマホで玉子焼きの作り方の動画を見つつ、四角いフライパンを熱し、油を引く。

そこに軽く塩とダシを入れて溶いた卵を少量流し込み、さっとかき混ぜると手早く巻いていく。

自分は京都の出だ、関東風ではなく関西風でいこう。手前から奥に巻いて……巻き……巻……あれ？

「……な、なんで、くっついて……え？」

おかしい。動画では簡単にぺろぺろと薄い玉子が折りたたまれていくはずだが、たきなのそれは一折りもできずにぐちゃっとなってしまった。

『少し失敗しても、諦めないでくださいね。玉子焼きは最終的にまとまっていればいいんです。フォローできます』

なるほど、そういうものか。たきなは動画に勇気づけられる。

たきなはスクランブルエッグ的な何かになったそれをフライパンの片側に寄せ集め、さらに溶き卵を流し込むと……スクランブルエッグの量が増えた。

「え、えぇ……？」

恐らくどこかで何かを失敗したのだ。だが、始まってしまった玉子焼きプロジェクトは中止を許さない。こうしている間にも刻一刻と卵に火が入り、固まっていく。

やるしかない。たきなは思い切って残りの溶き卵を入れ……スクランブルエッグ的なそれをなんとかひと塊にして、まな板の上へ。

迷いが生まれた間に濃い茶色になってしまった玉子が至るところにある、謎のまだら模様の黄色い塊な気がしないでもないが……とりあえず、作り終わった。これはこれでいい。

乾くと洗いにくくなるので、たきなは溶き卵を入れていたボウルを水に浸し、最後の調理へと入った。

あとは簡単だ。おにぎりだ。ごま塩と普通の。中に入れるのは梅干し。外を覆うのは炙《あぶ》った海苔《のり》。

まかないとしてこれが正解なのかはわからない。

けれど、今できる最善は尽くした……はずだと思う。

何よこれー、とミズキが笑っていた。

「なになに、どうしたの？」

千束《ちさと》だった。千束《ちさと》がいると笑い声が生まれる。けれど、笑い声があると寄ってくるのもまた千束《ちさと》という人間だ。何か面白い事があったのかと、自分も交ぜろとやって来る。

「ちょっと千束《ちさと》、見てコレぇ」

ミズキの指さした先にあるのは、キッチンのテーブルの上——そこに並ぶ、今し方たきなが仕上げたまかない料理の数々だ。

「これ、たきなの力作だってぇ」

ミズキが笑い続ける。馬鹿にされている。たきなにも理由はわかっている。

ウィンナーはともかく、玉子焼きはまだら模様だし、カットした断面は綺麗《きれい》にくるくる巻けなかった事を曝露《ばくろ》するようにしっちゃかめっちゃか。

そして……。

「特にこのおにぎり、凄《すご》いわよねぇ～。いびつなピラミッド型！」

悔しかった。簡単に作れると思っていた。

たわら型のおはぎを作ったりはしてきたから、三角形のおにぎりぐらい簡単、誰でもやっているから、と、そう侮《あなど》っていた。

けれど、どれだけやっても三角形になんてならなかったのだ。

そもそも平面を持たぬ人間の手で、どうやって三角形を作れるというのか。見ていると、そんな反感を抱かざるを得ない程に、屈辱的なピラミッド型おにぎりだった。

「……いいですよ、食べなくても。どうせ、失敗――」

ちょん、とたきなの唇を千束《ちさと》の指がタッチ。

「たきな。〝どうせ〟なんて言葉は……？」

たきなは唇を閉じて、続く言葉を呑《の》み込んだ。ただ、嫌な気持ちは変わらない。

たきなは千束《ちさと》達に背を向け、使った調理器具を洗い始める。

背後から、彼女達の会話が聞こえてくる。

──作ったの初めてかな？　──じゃないの～？　──あー、コレ見て、ミズキ、タコさんウインナー、黒ゴマで目まで付いてる！　──うん！　しかも、おいしいじゃん！　──赤ウィンナーだから、誰が焼いても変わらないでしょ？　……あ、玉子焼き、見た目とは裏腹に結構ちゃんとしてるわ。──うん、何かギュッとしてるよね。さて、となると気になるのは……。

おにぎりか。クッとたきなは奥歯を嚙《か》みしめる。一番失敗している。

自分はもう少しできると思っていた。実際、器用な方だろう。

だから、やればできる、と、うぬぼれていた。

やり方、作り方、説明書《マニュアル》の類いのものがあれば、それが間違っていない限り何とでもなると……。けれど、ウィンナーはともかく、スマホで調べながら作った玉子焼きもおにぎりもうまくはできなかった。

精一杯はやった。それでも……できたのはピラミッド。何個やっても、ダメだった。

恐らくコツのようなものがあるのだろう。だから……。

「……無理する必要ないですよ。わたしが全部食べます。どうせ──」

「たきな」

千束《ちさと》が呼ぶ。たきなの言葉を覆うように。

たきなが振り返れば、千束《ちさと》は食べかけのおにぎりを手に、こちらを真《ま》っ直《す》ぐに見つめていた。

そして、彼女はニッコリと微笑《ほほえ》む。

「すっごくおいしい」

思わず、息が詰まった。

千束《ちさと》の表情、言葉、雰囲気……それらはたきなの全てを受け入れ、その上で優しく抱きしめてくれるような、そんな……。

たきなは、ぐっと唇に力を込めて、顔を洗い場へと向け直す。

赤くなりそうになるのが——。

嬉《うれ》しくなってしまうのが——。

何とも言えず、悔しくて……恥ずかしくて。

——千束《ちさと》はズルイ。

何がズルイのかなんてわからない。

けれど、たきなは、そう思った。

■イントロダクション4

徳田《とくだ》は久方ぶりの手触りに、少しばかり嬉《うれ》しくなる。

ベレッタ92。一世を風靡《ふうび》した傑作拳銃である。米軍が採用した事に加え、そのエレガントなデザインで、一時は映画やゲームに引っ張りだこだった。

しかし、意外と日本人が持つと〝デカくて重い〟という印象を抱くそれ。欧米人のように軽く扱うのは難しい。

だから徳田《とくだ》は、喫茶リコリコのカウンター席で座ったまま、机の下でそっと、そしてしっかりとベレッタのグリップを握り直す。

トリガーに人差し指は置かず、伸ばしておく。撃つ、殺す、その瞬間まで触れない。それができない奴《やつ》は素人《しろうと》か、追い詰められていると自ら公表しているようなものだ。二流以下である。

ちらりと店内を見渡せば、複数人の客らしき者達。全員が平静を装《よそお》っているが、わずかに緊張が漏れていた。

それは徳田《とくだ》も同じ。当然だ、普段はこういう仕事をする場ではない喫茶リコリコである。そこでまさか今一度銃を握る事になるとは思ってもみなかった。

若い頃のように銃を扱えるかも、正直言えばわからない。だが、そこいらの素人《しろうと》よりはマシだろうとは思う。

徳田《とくだ》はカウンターの隅に座っていた土井《どい》と目が合う。土井《どい》は徳田《とくだ》の緊張を見透かしたかのように、フッと笑った。

土井《どい》はこの錦糸町で長く複数の店を経営していたらしい。だからだろうか。修羅場の一つや二つは潜《くぐ》り抜《ぬ》けているのだろう、どこか慣れた様子だ。

負けてられないな、と徳田《とくだ》は気合いを入れ直す。

――カランカラン。

ベルが鳴る。客だ。紙袋を下げた白髪の女。

ターゲットが、来た。ベレッタを握る手に、じわりと汗が湧く。

「待たせた……かな？」

店の中央に立った彼女が言うと、店の中二階の席にいた黒髪の女が立ち上がる。

「よくも、のこのこと。……ブツは持って来ましたか？」

彼女が下まで降りて来ると、白髪の女は不敵に笑う。

「もちろん――置いてきた！」

白髪の女が紙袋から拳銃を取り出す。小型のリボルバー。それが黒髪の女の額を捉えんとしたまさにその時、徳田達《とくだ》――店内にいた客達は一斉に行動開始。

そして、徳田《とくだ》は仲間達と共に叫んだ。

「「「「「動くな!!」」」」」

徳田《とくだ》と土井《どい》のカウンター席、座敷《ざしき》席にいた大学生ぐらいの女と幼児を連れた母親と思《おぼ》しき女、そして中二階にあるテーブル席からはセーラー服の女子中学生……それらの客全員に加え、キッチンからは散弾銃を構えた黒人の男が白髪女へと銃を向けて構えた。

白髪女のリボルバーは黒髪の女を捉える寸前で止まり、顔は驚きで固まっていた。

黒髪女は状況を意に介さず白髪女に近づくと、彼女の耳元で囁《ささや》く。

「護身用の五連発リボルバーで、六人を相手は厳しそうですね？」

「……クッ⁉」

そして、場は膠着《こうちゃく》し、沈黙が流れた。

異様な緊張感の果てに、ついに声が上がる。

「ハイッ、おっけー‼　ご協力ありがとうございました‼」

カメラを持った女——漫画家である伊藤《いとう》が言うと、一斉に皆の緊張が解け、わっと店内が華やいだ。

——いやー、久々にこういうのやったよぉ。——全然いいんだけど、今時ってこういうの3DCGでやるんじゃないの？　——そんな予算も技術も時間もないんですよー。——で、でもでも、凄《すご》く楽しかったです！　ドキドキしちゃいました！　——私も中学校の演劇以来で、いやぁー、定期的にやりたいです！

客達がにこやかに笑い合う。

伊藤《いとう》が今やっている連載の漫画で、どうしても作画がしんどいシーンがあったらしく、その参考資料として一堂が協力する事になったのだ。

無論、白髪と黒髪の女は千束《ちさと》とたきなだ。伊藤《いとう》の今の連載漫画の主人公とそのライバル役なのだというが、そもそもこの主人公は千束《ちさと》がモデルになっているらしく、彼女以上の適任などいないらしい。

寸劇の間に写真と動画を撮りまくっていた伊藤《いとう》の撮影データを、皆で、座敷《ざしき》席に集まって見る。意外な程、みんなサマになっていて、恥ずかしいやら照れるやら。

「じゃ、これを基にして……っていうか、ほとんどトレースしちゃうんだけど、そんな感じで使わせていただきます。……ちなみに修正してほしいところとかある人いる？」

土井《どい》がもう少しダンディにとオーダーを出し、女子中学生がカッコイイ感じで、とオーダーを出していく中、一人だけ他人の修正を口にした者がいた。千束《ちさと》だ。

「あー……トクさんの手はちょっと修正した方がいいかもですね」

え？　と、思わず徳田《とくだ》は声を漏らす。

たきなもまた伊藤《いとう》の開いているノートPCのモニターを見やると、あぁ、と納得の声を出す。

「銃の握りが〝カップ&ソーサ〟になってます。確かにプロという印象ではなくなりますね」

千束達《ちさと》が言うには銃を構えた際に右手でグリップを握り、それを左の手の平が下から支えているような握り方を〝カップ&ソーサ〟というらしい。

リボルバー全盛期の時代ならまだしも、連射ができるセミ・オートマチックが主流となった現代——というより徳田《とくだ》が握っているベレッタがそうである以上——この握り方はかなり素人《しろうと》っぽく見えるらしい。

下から支えている左手が無意味らしく、きちんとやるなら両手でしっかりグリップを握り込むべきだし、そうでないのなら土井《どい》がやったように片手で握って腕を伸ばした方が普通に見えるのだという。

「つまり、これ、撃っちゃうと右手だけで反動《リコイル》を押さえ込まないといけないんですよ。で、左手をこうギュッとやると今度は両手でそれを受け止められて、即座に二発目に行けるわけで」

千束《ちさと》が実演して見せてくれると、なるほど、と即座に伊藤《いとう》はメモを取る。

「……何か、すみません……ずっとこういう感じだったんで、つい……」

一〇代の終わり、何かの勢いで買ったエアガンではこの構えで友人達と遊んでいたので問題ないと思っていたのだが……。徳田《とくだ》は少しばかり恥ずかしい気持ちになる。

伊藤《いとう》を始め、みんなは「大丈夫大丈夫」と笑ってくれる。こんな事なら余裕かまさずに撮影前に指導を受けるべきだった。大丈夫、結構得意なんですよ、とかドヤ顔で言ってしまった自分が少しばかり恥ずかしい。

「千束《ちさと》ちゃんは、銃とかに詳しいんだね？」

徳田《とくだ》は恥ずかしさを誤魔化すように、尋ねた。

彼女は「あははは」と、どこか嘘《うそ》っぽい笑い方をした。

「まぁ、その……映画とか大好きなんでぇ」

照れているようにも、触れられたくないところに話が振られてしまったというような感じでもあり……よくわからない。

「そういえば新旧問わず、千束《ちさと》って映画に詳しいよね。アクション系とか」

伊藤《いとう》が言うと、千束《ちさと》は照れるように後ろ髪を掻《か》く仕草をする。

「まぁ、人並みには。先日も『エイリアン』シリーズのＢＤボックスを買ってたりしますし」

へぇ、と思わず徳田《とくだ》は感嘆の声を出す。

今や家で見る映画は配信が当然となった時代にディスクを買うというのはなかなかに珍しい。コレクターでも無い限りはあまり聞かない話だ。

それが一〇代ともなると……レアだ。

徳田《とくだ》はその事について訊《き》いてみた。

「いやぁ、何て言うんでしょうね。画質や音質がいいとか、配信終了にならないとか、そういうのももちろんあるんですけど……やっぱり、ディスクを買うと、その作品が本当に自分の物になった感じがするのってありません？　あぁあの名作が我が手元にぃ!!　って。あとは……あ、人に薦めやすい！　これは絶対!!　配信じゃ相手が入っているサービスによっては全然観《み》られないわけですし！」

たきなが呆《あき》れたように、千束《ちさと》を見やる。

「その結果……いつも凄《すご》い枚数を押しつけられます」

「厳選してるって。……全部面白かったでしょ？」

「内容以前に、任務か教練の一種だと思ってメモを取りながら観《み》ていたかつての自分が憐《あわ》れに思えてなりません」

なるほど、と徳田《とくだ》は思う。

千束《ちさと》は映画好きが高じて銃に詳しくなり、その千束《ちさと》に映画を半ば強引に観《み》せられてたきなもまた詳しくなったのだろう。

映画好きには他人にやたらと作品を薦めてくるタイプが多いが、千束《ちさと》もその手合いだったようだ。

「今も定期的に押しつけられますけど、割と迷惑です」

「もーそんな事言わないでぇ～、たーきーなー。絶対面白いのをチョイスするからぁ～」

作品を人に薦めたがるのはいくつかパターンがある。恐らく千束《ちさと》のそれは自分が面白いと思ったものを他人と共有したいタイプなのだろう。

同じものを観《み》て、面白かったね、と笑い合いたいのだ。

自分とは似て非なる趣味だと徳田《とくだ》は思う。

大学時代の徳田《とくだ》は、「自分が見つけた」と言いたいがために絶滅しつつあったレンタルビデオ店でマイナー作品を漁《あさ》ったりしたものだが……。

今思うと少し恥ずかしく、そしてよくよく考えるとあの頃から自分は何も変わっていないと思う。

リコリコを紹介したいと思ったのだって、結局は自分が見つけた、自分が紹介したと天狗《てんぐ》になりたかっただけなのだから。

「そんなにたきなちゃんに映画を観《み》せたいなら、いっそ一緒に映画館に行くとか、そうじゃなくても家に連れ込んで鍵かけて強制映画鑑賞会をやるとかすればいいじゃない」

伊藤《いとう》のアドバイスに、たきながゲンナリした表情を浮かべる。

「……はた迷惑です」

しかし、千束《ちさと》は「なるほど？」と腕を組み、たきなをいやらしげな笑顔で見やる。

「たきな君、今夜お姉さんに付き合わないかい？」

「……今夜は普通に仕事ですよ」

「あーしまったぁん……」

女子中学生の少女……確かカナとかいう子が、不思議そうな顔をする。

「お二人って、夜に……仕事をしているんですか？」

「そうだよ、カナちゃん。お姉さん達は夜に裏のお仕事をしているのだ」

腰に手を当て、胸を張る千束《ちさと》を見て、徳田《とくだ》は思わず土井《どい》と視線を交わらせる。表情からすると、向こうも同じ想像をしたらしい。

昨今、若い女性が夜、しかも裏の仕事と言うと……。特に千束《ちさと》は意外と胸もあるし、たきなも正統派な美少女だし、何より錦糸町……と不安が湧いてくる。怪しげな噂《うわさ》は少なくない街である。

「徳田《とくだ》、土井《どい》、卑猥《ひわい》な想像をするな。純粋な肉体労働だ」

昼はとうに過ぎているというのに、寝起き全開といった様子の少女――クルミが店へと出てきて、そんな事を言う。

「単なる社会貢献だ。ゴミ掃除ってやつさ……日本のな」

ボランティアだろうか。だが、それを何故《なぜ》、夜に……？

徳田《とくだ》が首をひねっていると、皆より遅れて杖《つえ》とショットガンを手にしたミカがやって来る。

「どれどれ……ほぅ、いいな。サマになってる」

ミカは少々地味な映り方だ。カウンターの奥にいたせいもあるのだろうが、体の大きさと相反して、異様に体勢が低いのだ。

それこそカウンターに体のほとんどを隠しており、ショットガンと鼻から上だけしか見えていない。

「……ん？」

あれ、と徳田《とくだ》は思う。ひょっとしてミカのこの構え方は、相手からの反撃を想定し、体を限界まで隠しているからなのではないだろうか。

土井《どい》のように往年のアクション映画のごとく堂々とではない、徳田《とくだ》のように素人《しろうと》丸出しでもなく……より実戦的な……。

見た目で判断するべきではないとはわかっているが、ミカの外見の事からすると、生まれは海外である可能性は高い。そう考えると幼少期、またはその後もしばらくは銃器が当たり前にある場所で育ったのかもしれなかった。

そう考えれば、納得がいくが……果たして？

何にしてもまた一つ、喫茶リコリコの謎が増えた。

「夜の仕事はしんどいんだよねぇ。先生、いつもの、お願いね」

「わかってるよ、千束《ちさと》。準備しておく」

何です？　と、カナが訊《き》く。

「大した事じゃない。深煎りのコーヒーの豆を極細で挽《ひ》くだけさ」

エスプレッソだ、と徳田《とくだ》にはわかった。

■第四話『リコリコ・オブ・ザ・デッド』

『皆さん、落ち着いてください。……これは世界の終わりなのかもしれません。しかし希望は捨てないでください。きっと助けは――』

うぅん……。と、たきなは頬に当たる硬く、そのくせしてどこか優しい木の感触に呻《うめ》いた。

どうやら眠ってしまっていたらしい。体が酷《ひど》く重い。瞼《まぶた》を開けるのが何だかとても億劫《おっくう》だ。

鼻孔に入る空気が纏《まと》う匂い。コーヒー豆の胸がすく香りと仄《ほの》かな甘い匂い……喫茶リコリコの店内だ。そして、そこはかとなく……千束《ちさと》の匂いがする。

『……どうやらこのスタジオも限界のようです。先ほどから〝彼ら〟の呻《うめ》き声が聞こえてきます。もうバリケードの向こうに……。皆さん、ありがとうございました。最後まで職務を全うできた事を嬉《うれ》しく思――あっ、あぁあ――――!!』

力尽くで物が破壊され、大勢が迫りくるような音と共に悲鳴が聞こえ……全てが途切れる。

そしてたきなの耳に入ってくるのは穏やかな吐息だけになる。

自分のではない。では、誰の？

重い扉を押し開くように瞼《まぶた》を開き、どこか深いところへと落ちていきそうになる意識を無理矢理に引っ張り上げる。

かすむ目。黄昏《たそがれ》色の世界。そこに……千束《ちさと》の寝顔。

「……ん？」

リコリスの制服を着た千束《ちさと》がリコリコのカウンターに突っ伏し、顔を横にして寝ていた。そして同様の格好をしたたきなもまた、彼女と間近で見つめ合うようにして隣席で突っ伏していたらしいのだと、徐々にわかってきた。

自分がうたた寝をする事自体あまりないが、千束《ちさと》と並んでというのが奇妙だった。

たきなは体を起こし、目をこする。何かが妙だ。店内を見渡してみるも、窓から差し込む夕日で黄昏《たそがれ》に染まっている以外は特に何もない——いや、おかしい。

リコリコは日当たりが良く、店舗は窓からの日差しも積極的に取り入れられるような設計になっているものの、それでも照明は日中でも基本的に点灯している。だから、夕暮れ時だからと店内がその色に染まる事などないのだ。

休みの日？　営業終了後？

今日が何曜日だったか、思い出せない。店内に設置してあるテレビは放送終了を示すようなカラーバーが並んでいるだけで、情報がない。

スマホを取り出して見ると、やはり通常の営業日かつ営業時間中のようだ。……だが、おかしい。電波がない。圏外となっている。店内の Wi-Fi ルーターも作動していないようだ。

「んぅ……ん？」

千束《ちさと》が呻《うめ》き、体を起こすと大きく伸びをした。

「あれ？　みんな……先生は？」

「わかりません。わたしも今まで眠っていたようで……何か変です」

千束《ちさと》もまた店内を見渡すと、「停電かな？」と首をひねる。しかしテレビが付いているので、そうではなさそうだ。

――カランカラン。

扉のベルが鳴る。反射的にたきな達は席を立つ。

「いらっしゃ……あ……」

たきなは思わず声に詰まる。何せ、入ってきた男は……明らかに、まともではなかった。

薄汚れ、ところどころが破れた服装、生ゴミのような悪臭。

生気の無い瞳、開かれたまま呻《うめ》きだけを漏らす口、そしてところどころ、あからさまに剝がれかけている皮膚。……腐りかけ。

その姿はまさに死体という他になく、それが動いているとなると――。

「ゾンビじゃ――――――ん♪」

千束《ちさと》がキャッキャとゾンビらしき相手に駆け寄っていく。

「え、なになに？　今日ってハロウィンじゃないですよね？　えー、超本格的じゃないですか――！」

コスプレにしてはハリウッド並の技術だ。何より、この腐敗臭はとてもではないが遊びで用いるレベルを超えている。

千束《ちさと》が言う通り、紛れもなく……ゾンビだ。

だが、何故《なぜ》、どうして、どうやって……。様々な疑問が湧き起こる。

しかし、こうしたわけのわからない状況下でのそうした疑問の数々は一旦無視するに限る。

多すぎる疑問は混乱をもたらし、混乱は行動の停滞を生み、そして状況の悪化へと拍車をかける。それ故にあらゆる疑問は無視し、淡々と目の前の事象を認識し、これに対処する。

混乱するのもアレコレ考えて思考を巡らせるのも、緊急時には贅沢《ぜいたく》な行動だ。

たきなはカウンターの丸椅子を全力でゾンビに投げつける。ゾンビはそれを顔面に喰《く》らい、砕けた椅子の破片と共によろめき、店の外へ後ずさると尻餅をついた。

「ちょっ、たきな⁉」

驚く千束《ちさと》を無視し、たきなは店の扉を閉め、鍵をかけた。

「ひ、酷《ひど》いよ⁉　いきなりお客さんに……」

「千束《ちさと》はアレがお客に見えたんですか？」

「……えー、お客っていうか……ゾンビ？」

「そうです。正解です」

「ハワイ旅行？」

「何言ってるんですか？」

ドンッ、と扉が強い力でノックされる。

「ほら、たきなぁ……怒ってるじゃん」

「椅子を全力でぶつけられて、無言のままノックする人間はまともじゃないですよ。普通の人なら救急車か警察です」

「そりゃ……まぁ、そうかもしれないけど、めっちゃタフな人かも。確認しよう」

「何でそんなにゾンビの肩を持つんです？」

「だって……ゾンビだよ？　割とあり得なくない？」

「あり得ないです。ですが」

「たきな、落ち着いて。……映画とか漫画の見過ぎじゃない？」

「それ、千束《ちさと》に言われると腹が立ちますね」

「じゃ、ゲーム派？」

「怒りますよ？」

「あぁ違ったかぁ～。じゃ罰ゲームだ？」

「だから、さっきからなんなんです？」

「昔のクイズ番組的な？　……ま、いいや。でも、現実的に考えてみなよ？　今の人、ちょっと腐ってる風じゃなかった？」

「えぇ、ですから――」

「だから、だよ。ゾンビが腐敗してるイメージって、昔のゾンビ映画とかの影響でさ。ゾンビがウィルスで生まれるっていうネタが普及する前のもので、宗教とか魔術とかそういうのでゾンビになるんだけど、その際は土葬されたお墓から出て来るから腐ってるの。火葬が基本の日本じゃあり得ないよ」

「……でも、ほら、土井《どい》さんと劇場で見た映画だと、ウィルスものでしたけど……ちょっと腐ってませんでした？」

「あれは感染してゾンビ化した後、何日も経過してるっていう表現でしょ？」

あ～……、と、たきなは思わず納得の声が出た。

ウィルスにせよ魔術などにせよ、ゾンビになった人間がいきなり腐っているというのは日本ではあり得ない。少なくとも即座には腐らないため、真夏でもない限り、いや、真夏であったとしても目が覚めたら腐敗したゾンビでいっぱいという状況はおかしいのだ。

「じゃ、今のはなんなんです？」

「気合いの入ったゾンビコスプレイヤーさんじゃない？」

「確認しますか」

「しよう」

二人は鍵を開けて、扉を開けた。そこには明らかに首がおかしな方向に曲がっているゾンビの男が呻《うめ》きながら立っていた。

千束《ちさと》とたきなは同時に蹴りを放ってゾンビを盛大に吹っ飛ばし、扉を閉めて鍵をかけた。

「たきなさん、アレってガチゾンビではありませんか？」

「ゾンビだと思います。初めからそう言ってるじゃないですか」

千束《ちさと》とたきなは二人して見つめ合いつつ、ふむ、としばし思案する。

「とりあえず、現状確認しようか」

千束《ちさと》は窓に駆け寄り、外を窺《うかが》う。たきなは裏の勝手口の鍵をかけ、ついでに店の内部を見て回り、侵入者及びリコリコメンバーがいないのを確認する。クルミがいつも籠もっている押し入れも開けたが、電源すら入っていない彼女のマシンがあるだけだった。

念のために、とたきなは更衣室で見つけた銃器を収めているサッチェルバッグ——千束《ちさと》と自分の分を回収し、フロアまで持っていく。

千束《ちさと》がテレビのリモコンを持っていた。

「テレビはダメだね、スマホのネットも電話もダメ」

「やはりそうですか。一応念のために装備を置いておきます。……クルミ達もいませんよ」

「う－ん、そっかぁ。無事ならいいんだけど。……外はゾンビっぽい人が徘徊《はいかい》してるだけ。まともな人はいないから……ちょっと心配だな」

「あぁいう状態のものが平然と徘徊《はいかい》できている時点で警察はもちろん、まともな都市機能は死んでいると思った方が良さそうですね」

「何でこんなワクワク展開になったんだろ？」

「ワクワクします？」

「するよー!? しないの？　えー、ある意味じゃ夢のシチュエーションじゃん！　妄想した事ない？　ゾンビで危険な場所から命からがらで脱出し、数人でショッピングモールに立てこもっ……あ、そうだよ、ショッピングモールだ！　行こう!!　っていうか行かなきゃ!!　生存者の義務と言ってもいい!!」

「千束《ちさと》、日本は海外ほど大型のショッピングモールは多くないですよ。郊外のモールに行ったとして、そもそも侵入口が多いでしょうから、それらを封鎖し、内部に入り込んだゾンビを駆逐するだけでも人手が必要になります。……何より、日本ではショッピングモールで銃器を販売していませんので、あまりうまみがないのでは？」

「えー？　でもチェーンソーぐらいならあるじゃん？」

「……あんなもので動くゾンビを切ったら大変な事になりますよ」

吊《つる》されている精肉のようにひん剝《む》かれ、血抜きされているのならともかく……やたらに重くて振り回せない上、対象にヒットすれば盛大に飛び散る血と肉片、さらにチェーンに衣服や髪などが絡《から》まって動作不良、最悪チェーンが切れて猛烈な速度で吹っ飛ぶ……などなど早々にトラブルになるのは目に見えていた。武器として成立するものではない。

それらを伝えると千束《ちさと》があからさまに面白くなさそうな顔をする。

「……たきなは、夢がない」

「ありますよ。ファースト・リコリスになって仕事を――」

「そういうんじゃない！　この場合の夢っていうのは……えーっと、ロマンだ！」

「それはいいので、まずはより多くの情報を手に入れましょう。非常用バッグの中にラジオがあったはずです」

「え～、共感してよぉ～。一緒にワクワクしようよ～」

「それはまたの機会に」

たきなはそう突き放すと、すぐに持ち出せるようにと店のカウンター下に収納されていた非常用バッグからラジオを取り出す。

――カランカラン。

ハッとしてたきなはカウンターから顔を出す。扉は、閉まっている。そして……。

「……千束《ちさと》？」

店内に残っているのは、たきな、一人だけ。

1

ラジオ放送局はまだ一つだけ生きていた。

それによれば、この謎のゾンビ・パンデミックは昨夜未明から猛烈な勢いで広がり出し、昼を過ぎた頃には日本の都市機能は停止。発端等々はわからないが、海外の方では日本より早い段階から何かしらの混乱が始まっていたため、それらからの救援は期待できないであろう事、自衛隊、警察なども混乱当初に活動は見られたものの、現在はその存在を確認できない事……。

そしてベタな事にゾンビは人肉を喰《く》らい、噛《か》まれた相手は同じくゾンビになるのだという。

このラジオ放送も、スタジオを完全に封鎖し、自家発電で放送しているらしい。時折入り込むパーソナリティのすすり泣く声が聞くに堪えなかった。

たきなは手に入れた情報をメモにまとめ、改めて一度それを眺めてみる。

やはり、おかしい。

パンデミックの拡大があまりに早すぎる。ゾンビの原因がウィルス性のものであり、猛烈な速度で肉を腐らせる作用を生み出すのだと仮定しても、腐敗があまりに早過ぎる。

何より、今朝未明というのなら何も認識できていなかった自分と千束《ちさと》は半日以上カウンターで突っ伏していたのか？　あり得ない。

考えれば考えるほど、たきなの思考は一つの結論に収束していく。

そう、答えはもう千束《ちさと》が口にしていた。

「……夢、か」

事実を積み重ねれば積み重ねるほど、それに行き着いてしまう。

少なくとも現実ではないだろう。

だが、と、そこでたきなは思う。

何故《なぜ》こんな世界を自分は夢に見ているのだろう。

むしろこの夢の感じは——。


——カランカラン。


「たっだいまー！」

千束《ちさと》だ。値札の付いたままのボストンバッグを肩に担《かつ》いでいた。

「鍵を忘れずに、千束《ちさと》」

「あれぇ？　生還を喜んでくれないの？　寂しかったよぉ、どこ行ってたのぉ馬鹿ぁ、って泣きついてくるかと」

「用意しておいた鞄《かばん》がなくなっていましたから。あなたが銃を持っていったというのなら、十分に備えたと言えるでしょう。ただ、勝手な行動は慎んでください」

「はぁーい」

「それで、何を収集してきたんですか？」

「一応、カンヅメとかの保存食とビタミン剤……そして、コレ！」

木製のバットと、何故《なぜ》か工具類が出てきた。

「ゾンビ物といったら……やっぱ釘《くぎ》バット！　でも売ってないので作ります」

「……もう好きにしてください。それで？　外の様子は？」

「み～んな、ゾンビ。何か逆に現実感なくて、怖くもないよ。少し臭いぐらいで、襲って来ようとしてもトロいしね。結局銃を使う必要もなかった」

ふむ、とたきなは考え、今し方の自分の仮説を伝えてみることにした。

「……千束《ちさと》、これは夢だと思います」

千束《ちさと》は日が暮れてきた事で店内も暗くなってきていたので、照明を付けようとする。

「だと思った。だったら、楽しまなきゃね。折角の夢なら。……ありゃ？　停電してる？」

見やれば、カラーバーが映っていたテレビもいつの間にやら事切れていた。

「……ライトを用意します」

たきなは非常用バッグからＬＥＤ式のランタンを取り出すと、点灯する。

千束《ちさと》は早速その灯《あか》りの中、充電式ドリルで木製バットに穴を開けていく。木製バットは硬いため、普通に釘《くぎ》を打ち込むと割れてしまうのだという。

そんな事、たきなは知らない。

もし、これが夢だとしたら……少なくとも自分の夢ではない。

だとしたら、これを考えている自分とは何なのか。

この思考すらその夢の主の見る夢なのか――。

ならば、自分は――。

2

停電したのと同期するように、いつの間にか水道もまた止まっていた。

千束《ちさと》が釘《くぎ》バットを求めて消えた後、たきなは水を汲《く》んでおいたが当然、大した量ではない。

やはり脱出するしかない、と、たきなは腹をくくる。籠城《ろうじょう》するにしては備蓄が少なく、助けを待つにしても目立ちにくい場所である。

LEDランタンの明かりの中、装備を整えつつ、今後の方針をたきなと千束《ちさと》は話し続けた。

「ショッピングモールがダメって言うんなら……やっぱり行くとしたら自衛隊の駐屯地とか？」

ドリルで穴だらけになった木製バット。千束《ちさと》はその穴に接着剤を流し込むと釘《くぎ》を打ち込んでいく。ハリネズミ状の武器が徐々にその姿を現していく。

「自衛隊……機能しているでしょうか」

たきなは武器庫から持てるだけの弾薬を引っ張り出し、これをマガジンに詰め込んでいく。

たきなは普段使うラウンドノーズ型のフルメタルジャケットではなく、今回は元人間である生物《ナマモノ》相手がメインとなる事を踏まえ、ホローポイントを選択した。貫通力等よりも着弾時のパンチ力を重視だ。

「機能してなくてもそれなりの武装や備蓄があるだろうし、万が一孤立しても大丈夫なようにいろいろ整っているでしょ？　一応は戦争に備えてるわけだし」

正論だ。戦時下において、あらゆるライフラインが途絶したとしても多少は維持できるようにしてあるはずだ。

だが、一つだけ懸念《けねん》すべき問題があった。

「……相手がゾンビだとして、自衛隊は撃てるとは思えないんですが」

「そりゃ……」

撃つための訓練をしながら、決して撃つなとされる日本の自衛隊に、ゾンビ化したとしても自国民に銃を発砲する覚悟があるとは思えない。こうした状況で発砲の決断ができる者は積極的に追い出されるか、特殊な任務を請け負う部隊へと送り出されるのが基本だったはずだ。

そうなるとそこいらの駐屯地では、内部にゾンビが侵入、または感染が広まった際に詰みかねない。

「千束《ちさと》は、撃てますか？」

千束《ちさと》の作業の手が止まる。たきなも手を止め、彼女を見た。

「……わかんないよ。人は殺したくないけど……でも……ゾンビだしなぁ」

「少なくとも、わたしにはヤル気満々に見えます」

千束《ちさと》は手にしていた釘《くぎ》バットを見て、確かに、と笑った。

釘《くぎ》バットなど、相手を殺しても構わないと思わなければ使える代物ではない。

「多分、夢だし、相手がゾンビなら……まぁ、撃っちゃうのもやむなしかな。でも、いつもの弾でね」

「そこはこだわるんですね」

「ゲームとかでもそうだけど、強いから、勝てるから、効率がいいから……っていうだけで、自分のプレイスタイルを捨てるのは嫌いなのさー」

「プライド、ですか？」

「そこまで格好よくないって。……最後まで私らしくありたい、って思うからかな」

わかりましたよ、と、たきなは千束《ちさと》のマガジンにも弾薬を込め始める。

もしゾンビがベタに腐っているのなら千束《ちさと》の銃でも十分な効果が期待できる。いや、もしかしたらそれ以上かもしれない。対象物が映画のそれのように不自然に柔らかければ、ホローポイントですら簡単に貫通してしまう可能性を否定できないが、プラスチック・フランジブル弾ならさほど対象物の硬さに関係なく同様のインパクトを与えられる可能性もあるし、もしかしたらそれ以上に……。

「じゃ、どこに行けばいいとたきなは思ってるわけ？」

「DA本部へ」

「……なるほど？」

周辺は柵で囲われ、自衛隊駐屯地程ではないにせよ、孤立時にしばらく耐えられる備えがあるはずだ。

しかも、DAは全国各地に支部があるものの、現在の本部にしてあらゆる意味で最上位のものは千束《ちさと》が育ち、たきなが移り住んで訓練を積んだこの首都圏のものだ。

以前は京都にその主軸があったものの、東京奠都《てんと》以降はこちらに注力され、教育・訓練設備、大規模テロ等への備えのための超法規的な火力の備蓄諸々までもが揃《そろ》っている。

ただ、それより何よりたきなが候補として挙げた理由は、そこにいる戦闘員が、組織としての訓練を受け、人を撃つための訓練をしている事だ。

武器を持って襲ってくる敵を倒すのではない、殺さなくてはならない理由を有する無防備な人間を殺す事を当然とする者達が集い、日本の非常を自らの日常とする集団である。

現在の状況においてこの上なく理想的な組織だった。

また、現役のリコリスであるたきなですらその全容を知り得ないが、恐らく存在するであろう姉妹組織との連携もDAならば取りやすいはずだった。

DAは、ダイレクト・アタックの略称だ。組織名としては明らかにおかしな名前である。

唯一無二の組織ならばリコリス同様に適当な呼称でいいが、具体的な役割をあえて組織名にするという事はそうではない、という事だ。

つまり〝平和な日本の姿を守る〟とする同様の理念を有しながら敵への直接攻撃を主としな

い別の組織が存在するのはほぼ間違いない。

恐らく類似した超法規的組織というのは幾つも存在しており、DAはその中の一《いち》専門組織、何なら巨大組織の一《いち》部署に過ぎないのかもしれない。そして、その名付けをしたもの――これらを包括、または統括する上位のもののもまた存在するはずだった。

これらは決して教えられる事はないが、DAの名前に違和感を持てば誰でも遅かれ早かれ気がつく事である。しかし口にするのは何とはなしにタブー感があり、リコリス同士の会話でもあまり出た事はない。

何にせよ、これらこそが今一番頼りにでき、戦闘能力を持つ自分達を最大限に活《い》かす事もできる日本唯一の組織だと予測できる。

「なーるほどねー。んじゃ、楠木《くすのき》さんに会いに行く感じで」

ひとしきり別組織との連携についてまでのたきなの考えを話すと、千束《ちさと》はそう軽く応じた。

やはり彼女も予想して……いや、知っているのだろう。春川《はるかわ》フキもまた、別組織について知っている気配があったので、ファースト・リコリスになると教えられるのかもしれない。

自分もまたいずれ全てを知る時が来るのだろうか。ファースト・リコリスの赤い制服に袖を通す時が……。

何にせよ、このゾンビ世界では難しいだろうし、そんな事を考えている場合でもない。

今するべき事は夢見る事でもため息を吐く事でもなく、生き残る事だ。たきなは気を入れ直す。

「……さて、次は……」

ひとしきり弾込めが終わると、たきなは再び武器庫へ。そこで今まで気がつかなかったのだが、怪しげなガンケース《ペリカン》が二つあった。中を覗《のぞ》くと狙撃銃とショットガンだったので、これを回収した。ミカと千束《ちさと》のものらしい。

これは思いがけない幸運だった。狙撃銃はともかく、ショットガンは嬉《うれ》しい。

それは、ケルテックのKSGだ。当然のように非殺傷弾しか用意されていない。

念のため、弾薬《ショットシエル》の一つを開いて中の弾を取り出して確認すると、芯に金属球の入ったゴム弾六発が入っているものだ。至近距離で発射しようものならどんな屈強な男達でも一射で三人は病院送りだろう。頭を狙えば死にすら追いやれる。

ゾンビ相手なら群れを一射でなぎ払えるはずだ。持っていく事にした。

一方で、千束《ちさと》とも検討した結果、狙撃銃は置いていく事にした。荷物が多すぎるのだ。

何よりセミオートマチックのものならともかく、単発式《ボルトアクション》のものとなると、ゾンビ相手に意味があるとも思えない。遠距離にいる敵を撃てるにしても、飛び道具を使ってこないであろうゾンビなら無視してもいい。

千束《ちさと》とたきなは次々にボストンバッグに荷物を詰め込んでいく。銃、弾薬、メンテナンスキット、携帯コンロ、食料、水、衛生用品を含む各種薬、最低限の着替え、ライト、無線機、そしてチョコレート菓子《アルフォート》……。

「……何です、これ？」

「え？　おいしいよ？」

「……そうですか……」

何か言ったところで無駄だろう。たきなはため息を吐き捨て、バッグに菓子類を詰め込んだ。

ぎっちり詰まったボストンバッグ二つができあがった。さすがに持ち上げると「うっ」と声が出るぐらいには重い。

二つに分けたとはいえ、食料と水、そしてショットガンとバットが主な原因であり、これら重量が片側の肩に全てのしかかる。

両肩に負荷が乗るリュックタイプならまだいいが、背中にサッチェルバッグを背負う関係上、ショルダータイプのものしか選択肢がなかったのだ。

この重量感は千束《ちさと》にとってもシンドイらしく、持ち上げた後、苦い顔をする。

「持てない事はないけど、これ持ってマラソンとか戦闘はしたくないなぁ」

「車を調達しましょう。どのみち足は必要でしたし」

「えー、だったらもっといろいろ持っていってもいいんじゃない？」

「状況が不明瞭です。車がダメになった時にすぐに脱出、及び、持ち出しができるようにしておきたいです」

何が起こるかわからないからいろいろ持っていくのか、それとも何が起こるかわからないから身軽にするのか……難しいところだ。

恐らくどちらも正解だし、状況次第ではどちらも間違いになり得る。たきなは後者を好むというだけだったので、千束《ちさと》がどうしても、というのなら検討するつもりだった。しかし、千束は「ＯＫ」と軽く応じた。

彼女的には釘《くぎ》バットさえあれば満足らしい。

準備に思いのほか時間がかかってしまい、すでに深夜だ。朝を待つ事にしたので、押し入れから仮眠用の敷《し》き布団《ぶとん》を持って、座敷《ざしき》席に二つ、たきなが敷いた。

即座に、千束《ちさと》が二つをくっつける。

「……何故《なぜ》です？」

「この方が楽しいじゃん！」

千束《ちさと》は制服姿のまますするりと布団《ふとん》に滑り込むと、隣の掛《か》け布団《ぶとん》を持ち上げる。

「さ、カモン！」

たきなは呆《あき》れつつ、サッチェルバッグから銃を抜く。

「うぉおおぉっと⁉　そんなに怒る⁉」

「何言ってるんです。枕元に置いておくだけですよ」

「あ、そっかそっか。じゃ、私も釘《くぎ》バット置いとこう」

本当は三時間交代で見張りをするつもりだったが、千束《ちさと》と言い合いするのも面倒だった。何より数時間前まで寝ていたので眠いわけでもないし、疲れてもいない。自分が布団《ふとん》の中で起きていればいいだけである。

たきなはシュシュで長い黒髪を軽くまとめ、肩に乗せると千束《ちさと》に誘われるがまま、布団《ふとん》に入る。制服がシワになりそうだが、ここで脱ぐのも違うだろう。

「先生達無事かなぁ」

「……一切の痕跡がありませんからね。心配ではありますが」

ミカとミズキはともかく、クルミが積極的にこの店舗を離れるとは思えなかった。ゾンビがいなくとも、普段から身の危険を抱えている子だ。しかも、彼女の最大の武器であるマシン類が電源を落としているとなると……。

二四時間、常に稼働《かどう》しているせいで店の電気代が一気に跳ね上がって一悶着《ひともんちゃく》あったぐらいである。少なくともたきなはクルミのマシンが完全に沈黙しているのは初めて見た程だ。

もし、この世界が夢のそれであるのなら……恐らくクルミは登場人物に入っていないのかもしれない。

「ねぇ、たきなって……好きな人、いる？　いるよね？」

「いきなり何言ってるんです？」

あまりにぶっ飛んだ話が来たので、たきなは隣に寝る千束《ちさと》を見る。……えらく近くに顔があって、たきなは思わず顔をのけぞらせた。

「年頃の女子二人が並んで寝るってなったら、そりゃ恋バナでしょうが！」

「…………店の外にはゾンビ、枕元には銃と釘《くぎ》バットがある中でする話ですか？」

「恋バナは人類が存在する限り続けられるのだよ？　ほらほら、正直にお姉さんに話してご覧なさいな！」

「特に話す事はないですよ」

「何かあるでしょ？　ないはずないよ？　ん〜？」

たきなは無視するように天井を見上げるも、千束《ちさと》が近すぎるせいで彼女の声と吐息が耳をくすぐる。

たきなはたまらず千束《ちさと》に背を向けるよう寝返りを打つ。

「……たきなの髪っていつも綺麗《きれい》だよねぇ。いい匂いもするし……」

囁《ささや》くような千束《ちさと》の声。そして、髪に触れて来る。無視した。するとそれを良《い》い事に千束《ちさと》はたきなの髪をまとめていたシュシュを取り去る。

「……千束《ちさと》、やめてくだッ、きゃッ！」

たきなの後ろ髪に千束《ちさと》は自らの顔を埋《うず》めて来る。うなじに感じた千束《ちさと》の鼻先と唇の感触に思わず甲高い声が出て、たきなは身をのけぞらせる。

「たきなもそんな声出すんだね」

くくくっ、と笑う千束《ちさと》は、たきなの背中をそっと抱きしめるようにして体を寄せてくる。明らかにこちらの布団《ふとん》の中に入られている。

たきなは蹴りの一撃で千束《ちさと》を吹っ飛ばそうと思った――と同時だった。

店中のガラスが一斉に砕ける音。大量のうなり声。店に満ちる腐臭。

窓という窓が破壊され、ゾンビが店の中へとなだれ込むようにして入って来る。

「しまったぁ‼　イチャついたら狙われるのは基本中の基本だったかぁ――⁉」

「何言ってるんです、対処しますよ！」

たきなは布団《ふとん》をはね除《の》け、銃を手に取る。店内に入り込んだのは現状八体。後続がいるにせよ、先陣は窓枠に足を取られて転倒し、地べたを這《は》っていた。恐れる事はない。

たきなは躊躇《ためら》う事なく発砲し、倒れるようにして店内に入ってきた者達の頭を撃つ。ゾンビといえば頭だ、という以上に確実に撃てる距離ならたきなは元からヘッドショットを狙う。

着弾時にゾンビは一瞬体をビクンと痙攣《けいれん》させ、そして這《は》うのをやめる。

効果があった。いける。倒せる。

たきなは一切の躊躇《ためら》いなく、次々に撃っていく。

「脱出します、千束《ちさと》、荷物を！」

リコリコのフロアなどさして広くはない空間だ、相手がでくの坊でも物量で来られれば最終的には押し負ける。

千束《ちさと》が持って来た工具があったのだ、板の一枚でも窓に打ち付けておくべきだった。たきなはそんな後悔を抱きつつも、明らかに自分達を狙っているゾンビ達に銃口を向け、トリガーを引いていく。

「え〜、マジでぇ……う〜」

千束《ちさと》が、バットを手にしたまま怖がるようにして店内に立ちすくんでいた。まるでか弱い乙女だ。

「千束《ちさと》、何してるんです⁉」

「いやぁ、やっぱりいざとなるとゾンビって言っても人っぽいっていうか、モロに人だなぁって思って……ぶん殴るのに抵抗が……」

「だったら戦わなくていいので荷物を持って脱出の──」

「あ、ミズキだ」

「え⁉」

たきなが千束《ちさと》の声に振り返れば、店内に入り込み、ゆったりと歩くゾンビの一体が紛れもなく、ミズキだったものだ。

目は白濁し、皮膚が腐り落ち、体のところどころに歯形らしき噛《か》みつかれた痕《あと》、肉がえぐれ──見るに堪えない姿だが、それでも、ミズキだった。

それはしまりのない口からよだれを垂らしながら、呪詛《じゅそ》のようなうめき声を垂らし続けながら、千束《ちさと》へと迫っていく。

「ちぃ〜……さぁ〜……と……ぉぉぉぉぉ……」

「あぁ、ミズキ、どうしてこんな姿に……あぁ、なんで、いったいどうして……死ねぇい!!」

千束《ちさと》、フルスイング。釘《くぎ》バットがミズキの体に突き刺さると同時にへし折れるも、彼女の体は壁に叩《たた》きつけられ、店の床にべちょりと転がった。

「あ、折れた⁉　折角作ったのに⁉」

「……や、やりましたね。っていうか、やるんですね？」

「いやぁ、やっぱほら、もうあそこまでゾンビってると大人しく死なせてあげるのが仲間としての務めかなって。ってか、ま、夢だしね」

千束《ちさと》は折れたバットの握り手をミズキの死体に投げつけると、サッチェルバッグを背負って早速愛銃を取り出し、薬室《チャンバー》に初弾を送り込む。

「脱出するよ、たきな」

「さっきからそう言っていますよ」

千束《ちさと》は床に〝く〟の字になって倒れているミズキの頭に一発撃ち込んでトドメを刺すと、ボストンバッグを担《かつ》ぎ上げ、外への扉へ駆け寄り、鍵を外す。

千束《ちさと》が扉を開く。待ち構えるようにして佇《たたず》む無数のゾンビ達。千束《ちさと》は構わず彼らに接近し、顔の前に斜めに構え——エクステンデッドポジションにて精密にゾンビ達の首を狙っていく。

恐らくミズキを撃って確認したのだろう。腐っているのだとしてもさすがに頭蓋骨は非殺傷弾のそれでは貫通が難しい。

それで、首である。柔らかな肉のそこに非殺傷弾を至近距離から撃ち込めば、普通の人間でも絶命の可能性がある。

それがゾンビ——すなわち腐肉で構成された者ならば、より容易《たやす》い。千束《ちさと》に撃ち込まれたゾンビはアッパーでも喰《く》らったかのように上を向いてのけぞり、ある者は腐肉を飛び散らせ、またある者は首をボロリと千切れ落とし……倒れ行く。

相手が動きの遅いゾンビとはいえ、敵意を持って迫り来る動く相手、しかも的《まと》としては頭部よりも小さい頸部《けいぶ》のみを狙って次々に当てていくというのは、かなりの難易度だ。

しかし、千束《ちさと》は当たり前にそれをやっていく。飽きる程に繰り返しやったゲームか何かのように。

五発で五体のゾンビをなぎ払うと、千束《ちさと》はリロードしつつ外へ出て行く。

「千束《ちさと》、マガジンは捨てずに！　無補給での長期戦を考慮してください！」

たきなは千束《ちさと》のマガジンを拾うとボストンバッグにねじ込み、追おうとするのだが……。

「ゲゲッ⁉」

飛び出した千束《ちさと》が後ずさりしてきたので、たきなと接触しそうになる。

「何です⁉　……あ」

普段は錦糸町駅からすぐだとは信じられない程に静かなエリアだというのに、今はまるで祭りか何かのように人が──ゾンビがおり、そしてそれらが皆、たきな達を見ているようだった。

停電で暗い街の中で、白濁した目だけがまるで光っているように見える様は本能的に震えが来そうになる。

「うひゃー、どうしよ、これ……⁉」

「道を開くだけです、どいてください！」

たきなは千束《ちさと》の前に立つと両腕を正面へ伸ばすようにして構え、足を軽く前後に開く。普段のウィーバースタンスはもちろん、アイソセレススタンスとも微妙に違う、俗に言うモディファイド・アイソセレスやコンバットスタンスと呼ばれる構えだ。

左右に広がる複数ターゲットを素早く狙い撃ちつつ、突発的な事態に備えるにはこちらの方がいい。

足は地面に突き刺すように固定し、上半身も半ば固定し、腰を使って文字通りに回転式砲台《ターレット》のように左右へと銃口を移動させる。

ゾンビ達が呻《うめ》き、一斉に迫り来る。

たきなは、撃ちに撃った。まさにシューティングレンジでの訓練のように、距離が近い相手から順に、次々に、ひたすらに。

先ほど千束《ちさと》にマガジンを捨てるなと言ったものの、拾っている余裕はない。たきなは空マガジンを足下に落とし、次のマガジンをリロードすれば、再び腕を突き伸ばしてフォームを作り、再び撃ちに撃つ。

それでわかったのだが、予想よりも……楽だ。ゾンビの体格にさほど極端に差がない事——即《すなわ》ち、ゾンビの頭は基本的に横一列でしかなく、左右に動かずにまっすぐに自分達へ迫って来てくれるので、自然と狙いはつけやすくなる。

弾さえあればいくらでもいける、と思った直後に……しまった、とたきなは気がついた。

隠れる必要がないと思ったのでサプレッサーを未装着だったが、こんなにも連射すると耳が痛むのはともかく、マズルフラッシュがバカにならない。瞳孔がマズルフラッシュに対応してしまう。近場はともかく、奥の暗闇が見通せない。

「千束《ちさと》、近くに車はありませんか⁉」

たきなは銃声にかき消されぬよう、大声で訊《き》く。

「えっと……あ、あそこ、織元《おりもと》さんトコのお店の前、配達用のハイエース《ワンボックスカー》がある！」

しめた、とたきなは思った。織元《おりもと》リサイクル店のハイエースは古いモデルだったはずだ。電子的なセキュリティを有する車だと、クルミ達のバックアップなしに掌握するのはかなりの手間だが、昔ながらの鍵なら手持ちの工具で数分とかからずエンジン始動まで持って行ける。

「道を開きます！」

構《フォーム》えをウィーバースタンスに切り替え、織元《おりもと》リサイクル店へと銃口を向ける。

立ち塞がる無数のゾンビ。多い。舌打ちしなくな――。

その時、爆音のような銃声。ゾンビが一斉に飛び散るようにして倒れていく。

たきなの隣で、千束《ちさと》がショットガンを構えていた。

「行こう、相棒」

3

ハイエースのエンジン始動。

運転席に潜り込んでいたたきなは工具をダッシュボードに放り出し、急いで座席に着くとシートベルトを装着し、ハンドルを握る。

「千束《ちさと》、行きますよ！」

あいよ！　と、頭上――ハイエースの屋上に上って迫り来るゾンビを払うように撃ちまくっていた千束《ちさと》が応じると、開かれたままの天窓《サンルーフ》からショットガンが落ちてくる。続けて千束《ちさと》本体が車内へするりと入――れない。

「ぐはぁ!?　胸ッ、痛ったぁあぁ!?」

穴に飛び込むようにして足から来たが、さして大きくもないサンルーフだ、大きな胸が引っかかったらしい。ドンという鈍い衝撃があったので、実質体重の全てを下胸に受けたようなものだろう。

足をばたつかせると千束《ちさと》本体もズルリと落ちてきたが、相当に痛かったらしく、後部座席に転がり落ちて胸の下を押さえ、藻掻《もが》いていた。

「出していいですか⁉」

「好きにしてぇ‼」

ライト点灯、ハイビーム。フロントガラス前いっぱいにゾンビの一団。

この程度、もう慣れたものだ。

たきなはサイドブレーキを解除と同時にアクセルを思いっきり踏み込んだ。ドドンという衝撃の後、絶妙に生っぽい何かを踏みつける嫌な揺れを感じながらも、ハイエースが発進する。

立ち塞がる連中は速度と質量で撥ね飛ばし、踏み潰し、突き進んだ。

千束《ちさと》が振動というより痛みの後遺症でよろめきながら助手席へとやってくると、シートベルトを締め……そして、また胸の下で腕を組むようにして呻《うめ》く。

ちらりと見やれば、涙目だ。本当に痛かったのだろう。

「取れるかと思った……。昔はスルッと行けた気がするんだけどなぁ……」

「はいはい、成長したんですね。……高速に乗ります。恐らくそちらの方がゾンビは少ないでしょうから」

錦糸町駅のすぐ脇にあるインターチェンジへと向かう。通行止めのバーが下りていたが、たきなは無視して突っ込み、へし折った。

　そうして高速に上れば、案の定だ。所々に車が停《と》まっていたりはするが、ゾンビ自体はほとんどいない。

　やはり正解だ。何より、見通しがいい。

「案外、静かなもんだねぇ。普通この手の状況って、至る所で火事が起こってるイメージだったけど……真っ暗かぁ」

「逆に一斉にゾンビになってしまったら……こんなものなんじゃないでしょうか。停電していれば、火事も起こりにくいでしょうし」

　話しながら発電所の状況に思い至ったが、さすがにそこまで気にしていたら何もできなくなる。自分の手に負える問題ではないとして、たきなは一旦無視した。

　しばし走っていると、ようやく胸の痛みが収まったのか、千束《ちさと》の顔に余裕が戻って来る。

「……ふーん。悪くない」

「何がです？」

「誰もいない世界で、相棒と二人、真っ暗闇な道をドライブし続ける……素敵じゃん？」

「ゾンビものの次はロードムービーですか。千束《ちさと》も好きですね」

「このまま二人でどこまでも……ってわけには、いかないか」

「物資も燃料もそう遠くない内に尽きますよ。……何故《なぜ》です？」

「いやぁ、たきなと二人っきりって結構いいんじゃない？　って」

千束《ちさと》の真意が読めず、たきなはしばし黙ってしまった。

「……それ、どういう意味です？」

「言葉そのまま」

「二人より集団、それも組織として機能しているならよりベター……そう思いますが」

「そういうのは、まぁ、わかるけどね。……たきなはどう？　私と」

「千束《ちさと》と……ですか」

「そう、ずっと二人っきり」

たきなは西へと進路を取りつつ、少しばかり考えてみる。

ゾンビが跋扈《ばっこ》する日本で二人っきり――。

その気になれば、二人だけでもある程度の区画のゾンビを退治し、安全地帯の確保もできるはずだ。食料はそこいらにある店や民家から保存食等を確保すれば当面は持つ。水も日本には湧き水の出る場所は多いし、井戸だって……。

だが、どれも限界は必ず来るだろう。そうなった時にやはり二人だけというのは厳しいものがある。専門知識と設備、そして何をするにしても人手がどうしても欲しくなる。

それに、自分達にはそこいらの人間が持っていない特殊技能があるのだ。これを活《い》かさないというのは日本にとって損失に……。

違う、そうじゃない。たきなはここでようやくわかった。

千束《ちさと》は、今、そうした実務的な生存プランを提案しているのではないのだ。

そもそも彼女はそんな事は気にしない。最善でなかろうとも、楽しければそれを選ぶ――自分の感覚と感情を最優先にするのが千束《ちさと》だ。日本の将来など考えもしないだろう。

だから、彼女が訊《き》いたのは……恐らく言葉そのまま、自分と二人っきりでいる事をどう思うか、という事だ。

これまでの事を思い、これからを想《おも》う。

ＤＡを追い出されてから、いろいろあった。多分、ゾンビ・パンデミックが起こらなかったら、もっといろいろあった事だろう。

日本ではなく、個人のためのリコリスとして活動し、喫茶店の店員として働きながら……ずっと千束《ちさと》の横にいたはずだった。

そんな生き方は、少し前までなら〝そんなもの〟と思った事だろう。

けれど、今は……。

「……まぁ、嫌じゃないですけどね」

かなりの間を置いてしまってから、たきなは一人呟《つぶや》くように、そう言った。

千束《ちさと》の質問からは数分、ヘタをしたら一〇分を超えていたかもしれない。質疑応答として成立していない。

だから、きっと、これはただの独り言。

それでいい。

自分の想《おも》いを伝えたいとも思わない。

質問されたから、それの回答を考えただけ。

「……じゃぁ、行っちゃう？」

千束《ちさと》の声。

見やれば、彼女は助手席側の窓を見ていた。しかしそれが、ゆっくりとたきなへと視線を移してくる。

視線が交わる――。

はにかむような微笑《ほほえ》みが、そこにはあった。

「どこか遠くに、二人だけでさ」

千束《ちさと》は、待っていたのだ。

この会話というにはあまりに長い空白の時間を。

ひたすらに自分の返事を。

「……あ」

よくわからない声が漏れると共に、ハンドルを握るたきなの手に、自然と力が入る。

そしてたきなは自分が何を握っているのかを意識し、何に乗って、何をしているのかを思い

出す。

車の運転中だ、しかも一〇〇キロ近い速度。よそ見なんて——。

たきなはいくつもの言い訳を持ち出して、千束《ちさと》から視線を外し、前を見すえた。

実際そうしなければ危なかった……と思う。

けれど、もし今が運転中じゃなかったら千束《ちさと》の瞳からどうやって自分が視線を外せただろうか。わからない。わからないと思ってしまう気持ちが、わからない。

たきなは、腹に力を入れる。足にもそれが及んだのか、車の速度が少し上がる。

「……ダメです。DAに行きますよ」

「え～なんでぇ～」

千束《ちさと》はぐずる子供のような声を出す。

「生きるためです。衰弱していくだけの生活は好ましくないですから」

「まぁ……うーん、そっかぁ～。まぁ、うん……。しょうがないかぁ。でも好きじゃないんだよねぇ」

「DAですか。かつて自分が捨てた場所だから……？」

「あ、違う違う。全然そういう意味じゃなくて。……いやほら、こういうポストアポカリプス的なゾンビものって、結局最後は人間対人間になるじゃん？　私さぁ、あれって正直どうかと思うんだよね。それまでの化け物と対峙《たいじ》するワクワクな物語が、急に恨《うら》み辛《つら》みや損得やら恋愛やらのベタな要素に乗っ取られてさぁ。こちとらゾンビが見たいんじゃ、ゾンビを見せろぉ！化け物と戦えぇってなる」

しばし、無言。

その間に、ふと、先ほどの千束《ちさと》の質問の本当の意味での真意がたきなにも見えてきた。

千束《ちさと》が言ったのはつまるところ、〝人がいっぱいいる所は仲間割れが始まるから、二人だけの方が良《い》いと思うが、それはどう思う？〟という事を言っていたのではないだろうか。

だとしたら自分はとんでもない勘違いを……。

たきなの背中に嫌な汗が湧き、何だか無性に恥ずかしさがこみ上げてくる。

顔が、赤くなりそうだった。いや、もうなっているかもしれない。

しかし今は夜、車の中……わかるまい。

何故《なぜ》自分はあんな事を考えてしまったのか。後悔と反省と恥ずかしさがこみ上げてきて……思わず奥歯を強く噛《か》みしめてしまう。

「どうかした、たきな？」

「……別に……何でもないです」

「変だよ、たきな。どうしたの？」

千束《ちさと》が体を寄せてくる。不意に来るその気配、かすかに感じる彼女の匂い。普段は何とも思わないそれが、妙にたきなの動揺を誘う。

「ちょ、ちょっと千束《ちさと》！」

千束《ちさと》の手がたきなの頬に触れる。

四五口径を容易《たやす》く扱うとは思えぬ柔らかで温かいその指先が頬に触れ、顎のラインをなぞり、耳に及んだ——その時、たきなは身をくねらせるようにして、無理矢理に千束《ちさと》から距離を取る。

「や、やめてください！」

「え⁉　たきな、何か熱くない⁉　熱あるんじゃ……⁉」

心配そうな顔をした千束《ちさと》が慌てた様子で、なおも近づこうとして来る。

「ないです！　全然そういうんじゃ——なっ⁉」

フロントガラスが明るくなった気がした。対向車——違う。そんなんじゃない。

ハイビームにしていたハイエースのライトが、正面に迫る横転した自動車の車体に当たって反射し、たきな達を照らしたのだ。

つまりは、時速一〇〇キロで——たきな達は盛大に事故った。

4

「まぁまぁ、そう気を落としなさんな。熱もなくて良かったわけだし」

千束《ちさと》は軽く言うが、なかなかたきなの受けたショックは大きく、しばらくは立ち直れそうになかった。

動揺していたとはいえ、よそ見に加えて操作ミス。プロとして弁解のしようがない。

まさか自分がこんなミスをするとは……。

今やたきなは横転したハイエースの車体の上で、抱えた膝に額を乗せるようにしてこの屈辱に耐えるばかりだ。

「まぁお互い怪我《けが》がなくて、良かったって事で！　いやー、やっぱりシートベルトとエアバッグってのは偉大だねぇ〜」

怪我《けが》は負った。たきなの心にだけ、だが。

千束《ちさと》は横転した車内からボストンバッグを引っ張り出すと、背負って車体を登ってくる。ゾンビ襲来への備えだ。高い位置にいるだけで、ゾンビの最初の一波は確実に防げるし、気がつかない内に接近されたとて、彼らが車体を登ろうとすればボコボコと音と揺れでわかるだろう。

千束《ちさと》はボストンバッグから携帯コンロとペットボトルの水、そして、小さな銀色のポットを取り出した。

「とりあえず、まぁ、ブレイクしようか」

ブレイクはした。たきなのプライドと車が、だが。

「……エスプレッソなんですね」

「うん。荷物減らすべきだってのに、ドリップセット持ってくのも違うかなーって。大丈夫、ちゃんと極細挽《び》きのを持って来てる。本当は豆のままでミルと一緒に持ってきたかったけどね」

それは、マキネッタと呼ばれる直火《じかび》式エスプレッソを作るための銀色の縦に長いポットだ。分解し、下部《ボイラー》に水を入れ、真ん中部分にある穴の空いたポケット《バスケット》にコーヒーの粉をたっぷりとぎゅっぎゅと押し込んで、火にかけると、蒸気圧を受けてお湯がせり上がって行き、通常のドリップとは違う、圧力を受けて抽出されたコーヒーがポット上部《サーバー》に溜《た》まる……という仕組みだった。

一般的なカフェでのエスプレッソは、大型のマシーンで高圧をかけてその名の通りに、超特急で仕上げ、濃厚な一杯とする。

だが、直火《じかび》式エスプレッソはその名の通りに、火にかけ、ゆっくりと時間をかけて抽出する。

喫茶リコリコのエスプレッソは、実はこっちで作る。

どちらがいいというわけではないのだが、たきなとしては、こちらの直火《じかび》式が殊の外好きだった。

火にかけて水が沸くと、コトコトという小さな音がする。振動なのか、お湯の気泡がはじける音なのかは知らない。ポットの中の世界は想像する他にない。

そして、この頃になると徐々に濃いコーヒーの香りが漂い始め、最初にジュジュッと水分が蒸発するような音がする。熱くなっている上部《サーバー》にエスプレッソが抽出され始めた音だ。

こうなると、香りが一気に辺りを包み始める。まさにコーヒーの領域。そこにいる者をホッとさせる魔法の力。

ボコボコと沸騰の音がし、蓋がカチャカチャと音を立て始める。こうなれば、もう完成だ。

千束《ちさと》はハンカチ越しにマキネッタの取っ手をつまむと、二つのマグカップに注いでいく。それぞれに入るエスプレッソは大した量はない。小さな缶コーヒーの半分程度。だが、これで十分に一人分だった。

そして最後に千束《ちさと》が角砂糖をそれぞれのカップにポンポン入れていく。

そういえば、とたきなは気づく。千束《ちさと》が持ってきたマキネッタは2カップ分、つまり二人用のものだ。店には1〜4カップまでの種類があるのだが……。

もしかして、あの質問は本当にたきなが想像した通りの——。

「はい、たきな」

そんなわけはない。たきなはそう自嘲するように胸の内で呟《つぶや》き、千束《ちさと》からカップを受け取る。

温かな湯気上がるそれ。まるで酒か何かのようにマグカップを軽く打ち合わせ、口に運ぶ。

重い味。苦み。それを覆うように砂糖の甘み。そして、ひたすらに濃厚なコーヒーの香りが口、喉そして鼻へと抜けていく。

ちょっとした量。だが、それでいい。この濃厚な味わいをがぶ飲みするのは間違っている。

それこそウィスキーか何かを飲むように、ちびりちびりとやるのがいい。

その少量が、しっかりと体に染《し》み渡《わた》っていくのを感じられる。

「ミルク、欲しかった？」

「いえ、これでベストだと思います」

余計なものにその香りが邪魔されたくはない。

特に今は、そう思う。

舐《な》めるように、飲んでいく。

ふぅ、と息が漏れる。自然と。緊張や嫌な気分が抜けていく。

「うん。……あはは、やっぱり先生ほどじゃないや。何が違うんだろうなー」

千束《ちさと》が苦笑する。

直火式《じかび》エスプレッソは手で淹《い》れる。だからなのだろう。同じ粉を使っても作り手の味の差が大きく出やすいとたきなは思っている。

どんなに同じようにやっても、ちょっとだけ違うのだ。

バスケットへ粉を詰める時の量や、押し込む際にどのくらいの力加減か、火の当て方……。

ほんの些細《ささい》な差で生まれる個性の味。

たきなはもう一口飲み、少しだけ微笑《ほほえ》んだ。

「でも、千束《ちさと》のも、私は好きですよ。おいしいです」

千束《ちさと》はきょとんとした後、じわりと、そしてニッコリと微笑《ほほえ》む。

「ホントに？　嬉《うれ》しい。……よっしゃ！　これで朝まで頑張れる!!」

「今飲んだら、当分眠れませんよ」

エスプレッソは飲む量も少なく、豆を深煎りにするとカフェインが抜けやすく、味の印象と違って実はカフェインの量は少ない——という話は、嘘《うそ》だ。

日本では当たり前にまかり通っている俗説なのだが、実はこれ、ネット記事が元ネタらしい。意図的なものだったのか、単なる勘違いか、それとも書き方の問題で誤って伝わったのかわからないが、その意外性から同様のサイトが次々に内容をパクって広告収入のために雑に記事にし、際限なく拡散して俗説となった、とされている。

普通のカフェで作られるエスプレッソマシーンのものでも、その少量の一杯でカップ一杯分のドリップコーヒーと同等程度のカフェインが含まれている。

そして、直火式《じかび》は恐らくそれよりもはるかに多い……と、リコリコのメンバーなら誰もが肌で感じていた。

これは単純に使用するコーヒーの粉が多い事に加え、水がその粉に触れている時間が長いからだと思われるのだが、詳細は不明だ。

何せ、このカフェイン量の事を言い出したのは漫画家の伊藤《いとう》と作家の米岡《よねおか》である。

二人曰《いわ》く、追い詰められた時に飲むと〝直火式《じかび》はかなり効く〟らしい。エナジードリンクや栄養ドリンクよりもずっと強力だという。

たきな達も夜に仕事をする際は、出る前に毎回のように砂糖たっぷりのエスプレッソを頂く。するとと糖質もあってエネルギーは持つし、朝まで眠くなる事は確かになかった。

だから深夜遅く、というよりもうすぐ夜明けであろう時間帯の今飲んでしまったら……いつ寝られるやら、たきなにはわからなかった。

だが、それもいい。

安心できる場所まで、そう簡単にたどり着ける状況ではないのだから。

「たきなも、ほら、食べて食べて」

千束《ちさと》はボストンバッグからチョコレート菓子を取り出す。ビスケットの上にチョコレートが載っている、それ。アルフォートだ。

口に放り込むとザクリとした心地よい嚙《か》み応え。溶けていくチョコレートも、いい。

上品な味わいだが、砂糖たっぷりのエスプレッソよりは普通のコーヒーの方が合いそうな気がするものの……しかし、その〝甘い〟と〝甘い〟の組み合わせも、今は悪くはない。疲れつつあった体に染《し》みる。

「これ、おいしいですね」

「でしょー⁉ 私、これ大好き♡」

いろいろと適当な千束《ちさと》だが、そのチョイスは――というか、舌のセンスは信用できる。

気がつくと、事故のショックはどこかへ行ってしまい、当たり前のようにお菓子を食べて雑談する時間になった。

　映画の話や銃、店の事……そして何故《なぜ》か土井《どい》の話もされた。

　そして、千束《ちさと》がよくわからない疑問を投げかけてくる。

「とりあえず、今後ピンチになったら袖を破って、ノースリーブにしようと思う」

「動きやすさのために？」

「うんにゃ、ノースリーブじゃないと力が出ない」

「……何の話ですか？」

「あれ？　たきな、知らない？　しまったぁ〜、たきなはまだ履修してなかったのかぁ〜！

どうりで……あぁ、なるほどぉ〜」

「だから、何の話ですか。履修って……」

「ノースリーブじゃないと力が出ないキャラクターが大活躍するゾンビものの海外ドラマがあるの。めっちゃイケメンの人でね？　ノーマン・リーダスが演じてるんだけど」

「あぁ、映画の『処刑人』に出てた役者ですね」

「そう！　彼！　よく覚えてた！　偉いぞ！」

「リコリコに来たばかりの頃に、いきなり千束《ちさと》に渡された映画セットの中にありましたからね」

「あんな感じでたきなと最高のバディになれたらな〜って、思って渡しました。アレはねぇ、お気に入りなの。カッコイイ、面白い、最高！　もちろん、私の方がお姉さんだから、ノーマン・リーダス役はたきなにあげちゃう」

「別に、それは……」

「でも私、あの作品で一番好きなのはFBIのスメッカー捜査官だけど♡」

お好きにどうぞ、とたきなは呆《あき》れつつも、笑って、エスプレッソを飲み干した。最後に溶け残った砂糖のじゃりじゃり感が、楽しく、甘く、たまらなくおいしい。

そして、ふと、思う。

こういう時間は、悪くない。

ゾンビだらけの世界でも、車を横転させても、未来が見通せない事態であってもなお……不思議と、そう思う。

おいしいエスプレッソの——コーヒーのせいだろうか。

それとも……。

「ん？」

千束《ちさと》がたきなの視線に気がつき、顔を向けてくる。

きょとんとした顔で小首を傾《かし》げる彼女。

何だか、とても素敵に見える彼女の姿に、車内での会話が蘇《よみがえ》る。

——どこか遠くに、二人だけでさ。

今、同じ台詞《せりふ》を言われたら真意など関係なく、頷《うなず》いてしまいそうな気分だとたきなは思う。

これはきっと夢。

ならば何をしたっていいじゃないか。

リスクとかデメリットとか、今後の事とか……どうだっていい。

全てはいずれ、儚《はかな》く消える世界。

この自分もまた、消えてしまうかもしれない。

ならば、心の赴くままに、したいようにすればいい。

そう、千束《ちさと》のように。

夢なのだ。

そう、夢だから。

夢なのだから……好きにしたっていいはずだ。

ただ、同時に、頭の片隅で、冷静な自分が言う。そんな無謀な事ではダメだ、と。

夢を言い訳にしてはいけない、たとえそうであったのだとしても、あくまで〝らしさ〟を貫くべきではないかとも思う。

そう、千束《ちさと》のように。

それが損する事なのだとわかっていても、あくまで自分らしくありたいとするその生き方は
——嫌いじゃない。

難しい。どちらも正解だと思うし、どちらも首をひねる要素がある。

揺れる天秤《てんびん》。迷う。落ち着かない。

背中を押してほしい、と心のどこかで思う。でもそれは他人に判断を任せる〝逃げ〟の行為だろうか。

いや、でも……二人しかいないこの場で背中を押してほしいというのは、つまり相手は千束《ちさと》で……彼女が望むのはきっと……だから、つまり……自分も〝それ〟を望んでいる……？

たきなは、自らの鼓動が、高鳴り出すのを感じた。

「どうかした、たきな？」

千束《ちさと》の顔がさっきより如実《にょじつ》によく見える。夜明けの時刻が近いのだろう、辺りも明るくなってきている。

「……何でもないです。それより、もうすぐ夜明けですよ。明るくなったら行動を開始しましょう。どこへ行くにしても……」

たきなは東にある破壊された旧電波塔を見て――啞然《あぜん》とした。

暁の空。そこに浮かぶ旧電波塔の姿……と、巨大生物のシルエット。

「あ、怪獣だ」

「は？」

当たり前のように千束《ちさと》は言うのだが……たきなとしては我が目を疑い、手にしていたマグカップを落としかけた。

朝日を背にするその姿は、デカイ。かなりデカイ。数百メートルはあるサイズである。しかもそれはシルエットだけで察しがついたが、形状は二足歩行するリスである。

——あんぎゃあああああああ〜〜〜。

リスが、吠《ほ》えた。リスが吠《ほ》えるとは思えなかったが、とりあえず吠《ほ》えていた。空気が震えるも……妙にかわいらしい声だ。というか、クルミの声そのままである。

それが街を破壊しつつ旧電波塔へと近づいていくと、そりゃっ、とばかりに殴りつける。プラモデルか何かのように簡単に、平和のシンボルはあっけなく崩れていった。

轟音《ごうおん》と大地から伝わる震動だけは一丁前で、大迫力である。

「あ〜……ゾンビの次は怪獣ものかぁ。そう来るかぁ」

「……何だか、一気に現実感が失《う》せたというか、その……なんでしょう。どうします？」

「どうしますって……どうしようね？　私達の銃で退治できるとも思えないし」

二人共に途方に暮れかけた時、ギャラギャラギャラギャラ……という異様な音と振動が伝わってくる。見やれば、高速道路の上を戦車が走って来ていた。

もはや何が起こっても驚かないな、とたきなは思う。

戦車が千束《ちさと》達の前に停止。そして、ハッチがバンッと開かれると、中から出てきたのは——ミカだ。

「あ！　先生！　もう登場しないかと思っちゃったよ〜！」

「真打ちは遅れて登場するものだ。……どうだ、千束《ちさと》、たきな。一緒に怪獣退治に行かないか」

「もちろん！　行く行く！　そういうの大好き!!」

千束《ちさと》は素早く携帯コンロとマグカップをボストンバッグに放り込むと、ポンポンッと二つとも戦車の上に放り投げ、続けて自分も戦車に飛び乗っていく。

「さぁ、たきなも、おいで！」

千束《ちさと》はそう言って戦車の上から手を伸ばしてくる。

ゾンビだらけの街から脱出したと思ったら、次は巨大怪獣退治……。忙しい事この上ない。

休んでいる暇なんて当分なさそうだ。エスプレッソを飲んでおいて良かった。

「わかりました……わかりましたよ。付き合いますよ、千束《ちさと》」

千束《ちさと》が笑う。たきなも呆《あき》れつつも笑った。そして、ジャンプ。

たきなが千束《ちさと》の手をつかむと、彼女はグイッと引っぱり、そして抱き留める。

「さぁ、出発するぞ。つかまってろ」

ミカが再び車内に戻り、パネルを閉める。

「さぁ、日本の平和は私達にかかってる！　出発だぁ!!」

巨大怪獣と旧電波塔へと向かう戦車の上で、千束《ちさと》に抱きしめられながら、たきなは思う。

あぁ、騒がしい事この上ない、と。

そして、そんな日々が日常になって、早数ヶ月。

案外悪くない、と思う。

そう思えるようになったのは、いつからだろう――。

5

「行くぞぉ……たきなぁ……」

耳元で囁《ささや》かれるだらけきったその声に、たきなはハッとした。

全身に緊張を走らせ、自分が今どこで何をしているのかを思い出すように辺りを見回す。

車内。だが、ハイエースじゃない。見慣れた車……ミズキが運転する彼女の車の後部座席だった。

窓の外を見ると高速道路の上。旧電波塔へ向かうルートである。旧電波塔と太陽の位置から予想するに、まだ昼前だろう。

「あら、起きた？」

バックミラー越しにミズキがたきなを見てくる。

「ＤＡへの引き渡しまで時間かかっちゃったから、結局徹夜だもんね。いいわよ、寝てて」

「……いえ……」

布に水が滲《にじ》むように、じわりじわりと自分の置かれている状況が思い出されていく。

そうだ、自分は違法薬物の密輸ルート解明のために……。それでターゲットを追って……。

今はその帰還の途中だ。

「どうせ店に戻ったら働かされんのよ？　千束《ちさと》みたいに休んでなさい」

千束《ちさと》……。たきなはその名を思い出すと、自分の体にかかる重みにようやく気がついた。

隣に座る千束《ちさと》がたきなへと寄りかかりながら、間の抜けた顔で眠っていた。

「……撃てぇ……撃てぇ……」

千束《ちさと》の体をドア側へ押し込むようにして、突き放す……が、手を離すとまたたきなにもたれかかってくる。舌打ちしたくなる。ダメだ、どうにもならない。

「バカそうな顔してる。楽しい夢でも見てるんでしょ」

「……でしょうね」

「あんたも、何か夢見てたみたいな顔してたけど？」

「……そうですか」

「何かたまに呻《うめ》いてた」

「……忘れてください」

なるほど、やはり全て夢か。予想通りだ。

ふぅ、とたきなは疲れを感じつつ、背もたれに体重を預けた。

「やっぱり疲れた顔してるわね？」

「夢のせいですよ」

「悪い夢だったかぁ」

たきなはそのミズキの言葉に、少しばかり考えてから応じた。

そうでもなかったです、と。

「撃てぇ……たきなぁ、撃てぇ……世界の平和は……私達二人の……」

千束《ちさと》の寝言と吐息が、耳にくすぐったい。

■イントロダクション5

徳田《とくだ》はリコリコのカウンター席に陣取り、ノートPCを開いていた。

仕事である。リコリコにはあまりそうしたものを持ち込みたくなかったが、致し方ない。

締め切りが近いのだ。カフェ特集の取材はひとしきり終わっているが、原稿としてのまとめがまだ手つかずに近かった。

そして〝素敵な店だ〟と思ったカフェは、紹介するために自分の身分を明かしてしまっている手前、目の前でその記事を書くわけにもいかない。

結果として、自分の仕事作業を許容してくれるカフェであり、かつ、居心地が良く、長期戦には必須のトイレへ気軽に行きやすく、かつノートPCを放置しても安心な店となると……もはやリコリコしか思いつかなかったのだ。

街を離れてしまえばいくらでもその手の店はあるのだが、取材漏れや最後の最後に何かふと気がつく事もあるかもしれない。何より、地元民が多いが故に〝ならでは〟の情報提供を期待もできる……。

そんな風にいくつも理由を付けて徳田《とくだ》はリコリコでノートPCを開かせてもらっていたが、実際のところは、単に自分のモチベーションが上がる場所で仕事がしたかっただけだ。

しかし、今日のリコリコにあらゆる気遣いは無用だった。

カウンターの隅では、徳田《とくだ》と同様にノートPCを開きつつ、親の通夜《つや》の如《ごと》き表情で固まっている作家の米岡《よねおか》、そして座敷《ざしき》席では目の下にアイシャドウでも塗ったのかというようなクマを付けた漫画家の伊藤《いとう》が液晶タブレットを持ち込んで単行本のカバーだというカラーイラストと格闘していた。

あの二人に比べれば自分はまだマシだな、と思う。締め切りは昨夜だったが、まだなんとかなるレベルだ。何より原稿の量自体がさほど多くないし、割り切ればすぐに終わる。問題は書きたい事が多すぎて割り切れないという事だけである。

腹が決まれば一瞬……と、そう信じているし、その気持ちがなければやっていられない。

「人間とは切ない生き物だな。望んでついた職業だろうに……苦しみを求めなければ食っていく事もできないとは」

ゲームかパソコンでもしていたのか、肩を回し、首をこきこきやりながら店内にふらりと現れたクルミはそんな事を言って、米岡《よねおか》と伊藤《いとう》のモニターをのぞき込んでいく。

「随分と白いな」

二人が轟沈《ごうちん》するが如《ごと》く俯《うつむ》いた。

最後に徳田《とくだ》のもとへやって来る。

「徳田《とくだ》も全然じゃないか」

「僕のは、ほら、取材内容をまとめるだけだから……やる気になれば一時間かそこらで……」

「徳田《とくだ》、いつから店にいる？」

「……三時間前から……」

「お前のやる気はいつ出るんだ？」

徳田《とくだ》も轟沈《ごうちん》した。正論ほど人を傷つけるものはない。

「クルミ、やめなさい。ほら、これを」

「ボクは休憩中だぞ。ようやく……」

「クルミ。頼むよ」

「……フム、仕方ないな」

キッチンからミカの声。クルミが向かうと、お盆を手に戻ってくる。

小さなエスプレッソ用のカップ四つとアイスクリームが一つ。クルミが徳田《とくだ》、米岡《よねおか》、伊藤《いとう》に配ってくれる。

モノカキ達はそれに適当に卓の上の砂糖を放り込むと、乾杯でもするかのように同志達を見やり、カップを掲げる。そして一息に飲み干した。

邪道にも程がある酷《ひど》い飲み方である。

コーヒーよりとろりとした印象の液体が舌を撫《な》で、喉を抜けると、グッと苦みが湧き起こる。しかし、口内に残る溶け切れていない砂糖の粒がじわりと甘さを滲《にじ》ませてくれ、後味はスイーツのようなそれになる。

これでいい。たっぷりとカフェインと糖質を摂《と》った。仕事が進む……はずだ。

「まったく。正気を疑うよ」

ミカがキッチンから出てくると、眉を八の字にして笑った。丁寧な仕事で淹《い》れてくれたエスプレッソをこんな雑な飲み方をするのは心苦しくはあったが、しかし、今だけは勘弁願いたいと徳田《とくだ》は胸の内で思う。

「ん？　残りのエスプレッソとアイスは誰のだ？」

「……あ、私です！　すみません！」

丁度トイレに行っていた、カナだ。

徳田《とくだ》が常連になり始めた前後で、彼女もまた常連になったらしい女子中学生である。今はその数が減ったとされるセーラー服を着た笑顔の明るい少女だ。

カナは慌てて伊藤《いとう》の隣の卓に座ると、そこにクルミがバニラアイスの入った皿とエスプレッソを置く。

徳田《とくだ》達がエスプレッソを頼んだ際に、カナが飲んだ事がないと言うので大人達が奢《おご》ってあげよう、となったのだ。

しかしながら苦いのがそれほど得意ではないという事で、ミカがサービスのバニラアイスを付けてくれたものである。

「これは……どうやって食べたら……」

伊藤《いとう》がペンを動かしながら、くすりと笑う。

「アイスにエスプレッソをかけるの。おいしいよ」

言われるがままに、カナはエスプレッソをかけようとするのだが……その手が止まる。冷たいアイスに熱いものをかける事に、罪悪感を覚えてしまうのだという。

大人達とクルミが、その微笑《ほほえ》ましさに、笑った。

「大丈夫。そういうものだ」

ミカの声。人を落ち着かせる大人の声。

カナは小さく頷《うなず》くと、恐る恐るというように白いバニラアイスに、黒いエスプレッソをかけていく。固形だった白が液体の黒と混じり合い、その表面が溶けていく……。

アフォガードだ。

実にシンプルなスイーツだが、うまいところのコレは本当にうまい。

熱さと冷たさの共演。アイスの一番うまいタイミングはとろりと溶けかけの瞬間だが、それを意図的に作り出すレシピだ。

エスプレッソのヘビーな苦みを、アイスの冷たさと甘さとまろやかさが包んでいくその味わいは他にはあまりない。

特にこの店のコーヒー豆とパフェなどに使うアイスはどちらも上等だ。ならば、アフォガードだって――。

「い、いただきますね」

皆が見守る中、カナのアフォガード初体験。

スプーンですくるりとすくえるアイスとエスプレッソ。スプーンの中でみるみる溶け合ってい
く。それを口へ。

最初に苦みが来たのか、文字通りに眉根を寄せて苦い顔をする。しかしそれがみるみる内に
普通の顔になり、そして今度はとろけていく。

その感想は、聞くまでもない。

「君達も、彼女のように楽しんでほしいものだね」

締め切りが終わったらね、と伊藤《いとう》はため息交じりに言い、米岡《よねおか》と徳田《とくだ》もまたそれに同意した。

「や、しかしアレだね。歳《とし》かな、俺も」

米岡《よねおか》が言う。

「ここ最近気づいたんだけど、若い子がおいしそうにものを食べているだけで、こっちまで嬉《うれ》
しくなるんだよねぇ」

わかる、と伊藤《いとう》と徳田《とくだ》は即座に同意した。

「それなら、いつでも、いくらでも奢《おご》ってくれていいんですよ？」

とろけた笑顔のままカナが言う。皆が、笑う。

「おー、言ったなぁ？　覚悟しろよぉ」

「伊藤《いとう》先生、楽しみにしてますね♪」

「しかし言うねぇ、カナちゃんは。中学生なのにそんなに世渡り上手じゃ、大人になった時には……怖いなぁ」

米岡《よねおか》がセクハラ一歩手前のような発言をするが、カナが笑っているので、誰も咎《とが》めはしなかった。

そういえばさ、と伊藤《いとう》がふと口にする。

「そのカナちゃんの制服って、確か木内川原《きうちかわら》中学のものだよね？」

ビクッと、カナが体を震わせ、目を見開いた。その姿に徳田《とくだ》は彼女の纏《まと》う空気が変わったのを察したが、液晶タブレットから視線を外さない伊藤《いとう》は気がつかなかったようだ。言葉を続ける。

「私、前あの学校の近くに住んでたからさぁ。……でもあそこって、結構ここから遠くない？都内じゃないし、錦糸町なら乗り換え必要でしょ？　カナちゃんって結構頻繁にリコリコに来てるけど、習い事やってるとか？」

「…………あ……はい。その……習い事で、それで……はい」

「カナちゃんかわいいから、案外表舞台に立っちゃう感じのかな？　ダンスとかボイストレーニングとか、あとは……案外、声優学校とかかな？」

「そ、そうですね。そういう感じので……その……」

「えー、なに？　どんなの？　教えてよ、今後のネタになるかもしれないし」

そこでようやく伊藤《いとう》は液晶タブレットから顔を上げ、青い顔になったカナを見、状況を理解したようだ。

カナは俯《うつむ》き、前髪が目にかかるようになり、表情はより一層暗くなる。

「たっだいま――‼」

ベルの音と共に、店の扉が開かれ、買い物袋を持った千束《ちさと》が入って来る。

「買い出し終了！　あ、締め切り間際《まぎわ》の皆さぁ～ん、進捗どうです～？」

看板娘達の登場で、それまでの異様な空気が吹き飛んだ。

助かった、と思ったのは徳田《とくだ》だけではないだろう。

「どうです、トクさん？　進んでます？」

「……まぁ、良くはないかな。いろいろとね」

徳田《とくだ》はカナを見る。

彼女のスプーンを持つ手は完全に止まり、カップの中でバニラアイスがゆっくりと溶け続けていた。

■第五話『ご注文は？』

本日のリコリコの営業も無事終了し、看板も仕舞われたが、それでも店内には客が残っていた。いつもならば、こういう時はアナログゲーム会が開かれるものだが……今日はそうではない。

単純に米岡《よねおか》、伊藤《いとう》、徳田《とくだ》の作業が終わらず、延長戦に入っていたのだ。

とはいえ、さすがに二一時を回る頃にはお開きの空気である。

伊藤《いとう》は線画が終わり、着色は時間と体力の都合からデザイナーに任せる事になったので一件落着。徳田《とくだ》もまた原稿を無事にまとめられたらしく、編集部及びデザイナーに送ったようだ。

そして米岡《よねおか》は「仮に今日一日どれだけ頑張ったとしてももはや物理的に間に合わない」として、先ほどから楽しげに誰彼構わず雑談していた。

伊藤《いとう》は彼のような人間を見て、思う。あぁなってはいけない、と。

「いきますよ～、そ～～りゃ」

「うっ、千束《ちさと》……っ！　くっ!!」

座敷《ざしき》席で、うつ伏せの伊藤《いとう》が呻《うめ》く。千束《ちさと》は彼女の背に座るようにして、顎に手をかけ引き上げる――いわゆる、プロレス技のキャメルクラッチだ。

これを千束《ちさと》はゆっくりとかけてくれる。一日作業して猫背になっていた伊藤《いとう》の体には殊の外、効く。メキパキボキと関節と筋肉が鳴いた。

「はーい、おしまーい」

千束《ちさと》はいい子だ。原稿を描く際のモデルにもなってくれるし、書いたネームに忌憚《きたん》のない意見を言いつつも必ず褒めてくれるし、締め切りがヤバい時はお願いする事なく応援して、元気付けて、そして手伝ってくれたりもするし……全て終わった時には、今のようにストレッチまでしてくれるのだ。

自分に息子がいたら、どんな手段を使ってでも千束《ちさと》と結婚させてしまう事だろう。

「千束《ちさと》ちゃーん、次は俺にもストレッチして〜」

米岡《よねおか》が大きなパフェを平らげつつ、セクハラ染《じ》みた事を言う。だが、当然相手にされない。

米岡《よねおか》も期待してはいなかっただろう。

「ダメでーす。当店のマッサージは仕事が終わった人だけへのサービスでーす」

千束《ちさと》はさらっと言ってのけ、荒れた胃を労《いたわ》るかのようにホットミルクを飲んでいた徳田《とくだ》のもとへ行くと、その肩を揉《も》み始める。

徳田《とくだ》は困ったように照れ笑う。確か二八歳だと言っていたが、まだまだ初心《うぶ》か。いや、単に絶妙に年下で照れてしまう、というヤツかもしれない。同世代かそこらなら嬉《うれ》しく、小さな子供ならただただ微笑《ほほえ》ましいが、二八歳の独身男と女子高生というのは、おいおい、という年齢差でありながらも、現実になくもない絶妙なラインと言える。それ故のリアクションか。

「……ちなみに、トクさん、例のブツは……？」

「あぁ、うん、ちゃんと入れておいたよ」

「ホント⁉　トクさん大好き！　ありがっとぅ〜‼　サービスしちゃう〜‼」

「あ、でも、最終的な判断は先方がするから保証はできないけどね」

……怪しい。

そう伊藤《いとう》は感じ、ちらりと米岡《よねおか》を見やれば、向こうも同様らしく、視線が交わる。そして、小さく頷《うなず》き合った。

「徳田《とくだ》さんもついに犯罪者の仲間入りかぁ。短い付き合いだったねぇ」

伊藤《いとう》が言うと、慌て出す徳田《とくだ》を無視して、米岡《よねおか》は腕を組みながら天井を仰いだ。

「知り合いを通報しないといけないとは……まったく辛《つら》いぜ。刑事の阿部《あべ》さんは知ってるよな？　先に自首するかい？」

「あの……何故《なぜ》僕を通報するんです？」

「ブツって言ってたから、銃とか……あとは最近若者の間で流行《はや》ってるっていうドラッグの類だろぅ？」

「そっかぁー、徳田《とくだ》さんが供給口だったかー。それで私達の千束《ちさと》ちゃんをおいしく買収しようなど……許すまじって感じぃ？」

伊藤《いとう》が笑うと米岡《よねおか》も笑う。徳田《とくだ》も苦笑いするが、千束《ちさと》だけが何故《なぜ》か動揺したような顔でいた。

「じょ、冗談はやめて、ほら、ね、楽しいカフェでする話題じゃないから。ね？」

初心《うぶ》か、コイツも。

「ま、そうねー。楽しい和カフェの喫茶リコリコに、怪しい話は似合わないか。……あ、そうそう、怪しいといえばさ」

伊藤《いとう》は、今日の女子中学生の常連客、カナについて触れる。自分の仕事がヤバすぎてそれどころじゃなかったが、終わった今ならば、どうしても思ってしまう。

あの子、少し怪しい、と。

「何故《なぜ》です？　カナちゃんは、全然……その、何て言うか、普通の子では？」

確かに徳田《とくだ》の言う通りではあるのだ。明るくて、人なつっこい。さらりと大人の会話に入ったりもするが、無理に喋《しゃべ》らずに耳を澄ませるにとどめ、話を振られた際はわからない事にはきちんとわからないと言える子……。

それぐらいなら、気にならない。そういう子なのだろう、と。少し良くできすぎている気もするが、まぁ素の自分を偽って、ちょっと無理して背伸びしたくなる年齢でもある。

だから、伊藤《いとう》が気にしていたのはそこではなく、もっと現実的な部分だ。

「あの子、お金ってどうしてるんだろ？」

喫茶リコリコは間違っても高い店ではない。しかしそれでもスイーツにドリンクを合わせると、安い組み合わせでも一〇〇〇円前後はいく。中学生が学校の帰りにスナック菓子を買うのと同じようには行かないだろう。

そして木内川原中学《きうちかわらちゅうがく》は東京の外、埼玉だ。そこまで遠くはないが往復するだけでも数百円はかかるし、移動時間も必要になる。

往復一時間以上、リコリコに来て帰るだけで二〇〇〇円弱だ。

その事を説明すると、米岡《よねおか》が首をひねる。

「飲食費はともかく、習い事しているなら交通費ぐらい親が渡してるでしょ？」

「にしては、来店する曜日も時間もバラバラ過ぎるんだよね。たまに、学校どうしてんだろって時にもいたりするし」

わかった、と米岡《よねおか》は手を叩《たた》く。

「家がこっちで、学校が埼玉だ。解決！」

「わざわざ木内川原中学《きうちかわらちゅうがく》なんて行かなくても、都内にはいくらでも学校があるって。大きいけど、別に進学校ってわけでもないんだ、あそこ」

いくつか気になる点はあったが、伊藤《いとう》が一番気になっていたのは最初に出したお金の件だ。

「単に、お金持ちというだけでは？　お小遣いがたくさんとか」

もっともな意見を徳田《とくだ》が言うが、伊藤《いとう》はやはり否定する。

「だったら、もう少しファッションにかけるよ。女の子なんだから」

東京に出てくるのに埼玉とはいえ地方のセーラー服のまま、靴など白スニーカーだ。それだけならまだしも、伸びて目にかかりそうになっている長いくせっ毛の前髪。色は当然のように黒。化粧はほぼなし。ネイルもない。勉強道具を入れているであろう鞄《かばん》はノーブランドのリュックサックである。わざわざ東京に出てきて遊ぶ女の子の持ち物としてはいささか野暮ったい。お金に余裕があるなら、コーヒーより先にかけるべき物が多々あるように、伊藤《いとう》は思う。そして三十路《みそじ》の伊藤《いとう》が思うという事は、今の若い子ならもっと思うという事だ。

「学校が厳しいからとか。それにさ、若いし、元がいいから化粧とか必要ないと思うけど。今で十分過ぎるほどかわいい子じゃない？」

「校則はともかく、実際にストレートパーマを禁止する学校なんてまずないよ。それにかわいいから化粧必要ないっていうのは、年寄りの意見だね」

四〇を迎えている米岡《よねおか》には思いのほか応《こた》えてしまったのか、シュンとして俯《うつむ》いてしまう。さすがに伊藤《いとう》も悪い気がしたし、同時にあと幾ばくもなく自分もあの世界に突入するのかと思うと恐怖を覚える。慌てて千束《ちさと》へ話を振った。

「千束《ちさと》はどう思う？」

千束《ちさと》は困ったような笑顔で、ひとしきり笑った後、米岡《よねおか》の後ろに回り、肩を揉《も》んでやっていた。

わかりやすく米岡《よねおか》が元気になっていく。それを若いと見るか、逆に歳《とし》を食っている――ゲスなオッサンだからなのか。……どちらだろう、と伊藤《いとう》は真剣に考えた。

「まぁまぁ、他人のプライバシーを漁《あさ》るのはその辺にして……どうです、解散前に何かゲームでも？」

店の奥からミカが現れると、千束《ちさと》がビシッと手を挙げる。

「はいっ、千束《ちさと》は『まっぷたツートンソウル』がいいと思います！」

最近、喫茶リコリコに導入されたアナログゲームである。千束《ちさと》はお気に入りのゲームを繰り返し遊ぶよりも、新しいものを好むタイプだ。特にこのゲームのような、頭を使って計算していくタイプではなく、感性で勝負するタイプが得意である。

「千束《ちさと》、お前は少し休んでいなさい。今は、本当なら休憩時間のはずだ」

「全然大丈夫！　むしろ遊んでた方が楽なぐらいだよ。……で、皆さん、どうです？　やりましょう!?　そうしましょ〜！」

よしやろう！　と、最初に米岡《よねおか》が応じる事に誰もが若干の不安を抱くが、反対する者は誰もいない。編集がいたら蹴りが飛ぶタイミングだ。

「遊ぶならクルミちゃん呼んであげないと。あと……たきなとミズキさんは……今日いなかったけど、休み？」

伊藤《いとう》の疑問に、千束《ちさと》がニッコリと微笑《ほほえ》む。

「別件の仕事をしてるんですよ。なので今回ここにいるメンバーだけで、しっぽりと楽しんじゃう感じで」

カウンター席に座っていたモノカキ二人がパソコンを片付け始め、ミカがゲーム中につまめるようにと、ドリンクとスナックを用意してくれる。

一足先にゲームの箱を持ってきた千束《ちさと》は早速中身を検《あらた》めつつ、小さな声で喋《しゃべ》り出した。

「そういえば伊藤《いとう》先生って、今度読み切りを描くって言ってませんでしたっけ？」

「うん、季刊誌が出るから、それで依頼来てるけど。どうかした？」

「それ、探偵、いや……推理ものって、どうです？」

「そういうの描いた事ないんだよねぇ。ネタも構成も難しいよ。……でもなんで？」

「伊藤《いとう》先生、意外と向いてるかもって思って」

なんのこっちゃ？　と、伊藤《いとう》は首を捻《ひね》った。

1

「マズイ……マズイマズイ……」

木内川原《きうちかわら》中学の制服を着た少女は、リュックを抱えるようにして俯《うつむ》き加減に夜の街を歩いていた。

喫茶リコリコにいた時とは、別人の姿である。

猫背で、俯《うつむ》き加減で、少し長くなってきていた前髪は完全に目を隠すかのように垂れ下がり、妙に暗い雰囲気を生み出していた。

だが、それこそが本来の彼女の姿。

「マズイ……油断した……マズイ……」

木内川原《きうちかわら》の制服など……いや、セーラー服などどこのものかなどわからないだろうと高をくくっていた。というより、私服で東京を歩き、リコリコに行く事などできないのだから、選択肢などありはしなかったのだ。そんなに服を持っていないし、その中で東京でも恥ずかしくないような服なんてほとんどない。あっても、同じ服《それ》ばかりでは必ず目立ってしまう、だから——。

でもまだ、大丈夫だ。伊藤《いとう》が昔住んでいたというだけ……あの人が様子を見に来たりする事はないはずだ。

仮に来られたとしても、素性を調べたりはするはずがない。

だから、大丈夫。

「……大丈夫、きっと……」

また行ける。落ち着いて、いつもみたいに話せば何も怪しまれる事はないはずだ。いつものように、カナとしてみんなに会える。

何せ……悪い事なんてしていないのだから。

強いて言えば少し嘘《うそ》を吐《つ》いている事ぐらい。

たとえば、名前。

カナと名乗っているが、本当の名前は堅香子《かたしきようこ》だ。

厳つい名字に、古くさい名前。嫌いな姓名。親が押しつけた最初のいらないプレゼント。

錦糸町駅から電車に乗って、家のある埼玉へ。

リコリコを逃げるように出てからも、錦糸公園でバカみたいに長時間座っていたので、すでに時刻は二一時を回っていた。中学生には遅い時間だけれど、埼玉ー東京間の電車には同世代の子も多少いる。東京の私立の学校に通ったり、わざわざ東京の有名塾に通っている子が少なくないのだ。

だから、カナはそれほど目立っていない……と、思っている。

電車の走行音に混じってかすかに笑い声が聞こえる。見やれば疲れた顔をした退勤者達の向こうに、女子高生が二人。

お洒落《しやれ》で、強そう。スタイルも良くて、化粧もしっかり、持っているものはカナでさえ知っているブランドもの。自分とは違う世界の住人だ。

彼女達が笑っている。周りのサラリーマン達など気にした様子もなく、楽しそうに。

彼女達がカナの視線に気づいたのか、ちらりと見てくる。そしてまた相棒に視線を向け、笑い合う。

リュックを抱くカナの腕に力が入る。笑われた気がした。バカにされた気がした。いや、多分実際にそうなのだろう。証拠はない、けれど確信はあった。

だから、いつものように嫌な気分になる。

でも大丈夫だ。今の自分は大丈夫。その気になれば、怖い物なんてないはずだ。

「……見逃してやる」

電車の走行音に消されるような小さな声で、カナは一人呟《つぶや》く。手はリュックの底をギュッと握っていた。

電車が走り行く。大嫌いな世界へと、カナを引きずり込んでいく。

リコリコにいる時間だけが……カナでいられる時間だけが、ちゃんと生きていると感じられた。

世界は、そのほとんどが息苦しい。

2

埼玉の片隅にあるマンション、そこが家。

二二時近い時刻での帰宅でも、家の人間は特に何も言わない。

どこで何をしていたのかなど訊《き》きはしないし、カナも訊《き》かれたくはなかった。

自室に入ると、カナは鍵代わりの板を立てかける。それで外からは中に入れない。

しかしこれは中にいる時はいいが、外に出て行く時は当然ロックなどできない。だから、大事なものは常に持って歩く他になかった。

制服を脱いでいると部屋の外に人の気配がした。あの女だ。

「……近所の人が帰りが遅いんじゃないかって、言ってきた。だから東京の塾に行ってるって事にしておいたから」

口裏を合わせておけ、という事だ。言われなくてもわかっている。むしろ、世間の目が気になるから早く帰れ、と言わないだけかなりマシである。

「……わかった」

カナが言うと、女は去って行った。

継母のような女だ。自分達を置いて母親が出て行ったのが三年前、彼女がやってきたのも三年前。家に居座り、いつの間にか同じ名字を名乗るようになっていたが、戸籍が実際どうなっているのかはわからなかった。

悪い人ではないのだと、頭ではわかっている。

カナを無視するが如《ごと》くに干渉を避けるだけで、それ以上はない。昼の弁当代及び小遣いとして一〇〇〇円を平日は毎日置いておいてもくれる。言うなれば良くも悪くも赤の他人として扱ってくれる。

恐らくカナが彼女に感じる程度にはカナを嫌っているだろうが、そこは割り切れているのだろう。大人だ。

だがカナはそうはいかない。何せ、母親が蒸発する前から父親と関係を持っていた女だ。好きか嫌いかでいえば嫌いだし、そんな奴《やつ》が家の中で息をして、風呂《ふろ》とトイレを使っている事が不快だった。

母親が恋しい。だが、母親は自分をそうは思っていないだろう。特に何かしたわけでもない自分を平然と置いて、自分だけ出て行くぐらいなのだ。

だが、もしいてくれたら……あの事を相談して、一緒に警察にでも連れて行ってくれたかもしれない。解決できたかもしれない。そう思うと、酷《ひど》く辛《つら》い。

そして、自分をそんな気分にさせる理由の一つが、今家にいるあの女にあると思うと……嫌わずにはいられない。

だから彼女は、リストの四番目に名を連ねているのだ。

そして父親は、五番目だ。

3

木内川原《きうちかわら》中学には、電車で通っている。

元々は地元の中学のつもりだったが、進学前に母親が出て行った事で周りの目がキツく、あえて少し離れた木内川原中学《きうちかわら》を選んだのだ。

木内川原中学《きうちかわら》は大きな学校で、カナ以外にも電車通学の子が多少いる。だから、知り合いとの遭遇による挨拶やその後の無言の辛《つら》い時間を避けるために、カナは他の生徒よりも早い時間帯の電車を好んだ。

いつものように空《す》いているので、座席《ロングシート》の端に座り、リュックを抱く。

胃が重い。学校になんて行きたくないのだ。

けれど、行かないと。

たまにならお目こぼしされるが、頻度が高いと〝生徒思い〟と自ら名乗る担任の石原《いしはら》が家まで来るのは、過去の経験から身に染《し》みていた。そして、複雑な家庭の事情ゆえの不登校であるが、担任として支えていきたい、学校が救いの場になるよう最大限の努力を……云々《うんぬん》と勝手なストーリーをレポートにまとめて教頭に提出するぐらいには頭がわいている元高校球児だ。

熱血教師を演じたいだけの人間だが、この手合いは割と面倒である。得てして自分は能力が高いと思い込み、かつ、無駄な行動力を持ち合わせているので手に負えない。

本当か嘘《うそ》か知らないが、過去に別の学校で暴力事件を起こして追い出されたという噂《うわさ》すらある。どうせ、熱血教師を演じるが故に、昔のドラマよろしく、不良達を並べて順番に平手打ちでも放っていったのだろう。

多分、悪い人間ではない。頭が悪いだけ、そして迷惑なだけだ。

生徒の味方だとのたまう石原《いしはら》に、今自分のクラスがどんな状況なのかをぶちまけたら、どんな顔をするのだろう。

「あー、こんな時間に乗ってるんだ。香子《きようこ》、おはよ」

ビクッと体が反応する。見れば……やはり、当然のように溝隠瑠璃《みぞかくしるり》が立っていた。

艶《つや》やかでしっとりとした黒く長い髪。清楚《せいそ》な雰囲気漂う顔。白い肌。中学二年なのに高校生に見えるモデルのような長身にスラリとしたライン。革の手提げバッグをお行儀良く両手で持つ彼女。

誰もが思い描く優等生のイメージそのまま……それが、溝隠瑠璃《みぞかくしるり》だ。

実際に頭もぶっちぎりでいい。家柄もいい。祖父が確か政治家だし、父親は地元ではみんな知っている不動産会社の社長だ。

彼女は座席《ロングシート》に座るカナの前に立ち、微笑《ほほえ》んで見下ろしていた。その細められた目の向こうにあるのは、悪意。

「おはよ？　香子《きようこ》」

返事などしたくない。無視したい。違う世界に行きたい。

けれど、逃がしてはくれないだろう。応じる他にない。

カナはリュックを抱く腕に力を入れ、身を縮こませる。虫が身を守る時のように。

「……お、おはよう、溝隠《みぞかくし》さん」

電車の走行音が妙に大きく聞こえる。空気が重い。

恐る恐る目線を上げてみれば、先ほどと何も変わらない微笑《ほほえ》みで溝隠《みぞかくし》がカナを見下ろしていた。

「あ、そうだ！　ここで会えたのもいい機会だし……ねぇ、香子《きょうこ》、今日って、ほら、学校早く終わるじゃない？　その後って、空いてる？　たまには一緒に遊びに行こうよ」

カナは自分が今どんな顔をしているのか、わからなかった。衝撃か絶望か。どちらにせよ、溝隠《みぞかくし》を面白がらせただけだったようだ。彼女は笑みを深くしていた。

「東京に遊びに行かない？」

「……今日は、用事が……」

カナは顔を伏せた。リコリコで別人を演じる時は簡単なのに、普段の嘘《うそ》はうまくない。

……いや、違う。

リコリコにいる時のカナこそが、自分の本当の姿だからだ。今が、偽りの姿。だから、あのお店ではいくらでも喋《しゃべ》れる。ここでは言葉に詰まる。

「どんな用事？」

「……どんなって……別に、その……」

「大事な用事なんだ。……ワタシと一緒に遊ぶよりも」

溝隠《みぞかくし》の声質がわずかに変わり、手にしていた鞄《かばん》を開け始める。

「……何て言うか、その、ちょっとした用事で……何で⁉」

溝隠《みぞかくし》がスマホを手にし、画面を見せてくる。そこに映っているのは裸で床に押しつけられているカナの姿。

思わずカナは座席から立ち上がる。空いているとはいえ、周りには普通に人がいるのだ。

クスクスと、溝隠《みぞかくし》が笑う。

体育の時間の着替えの際に、撮られたものだった。着替える姿をスマホで撮られ、それを奪って消そうとしたら逆に溝隠《みぞかくし》のオトモダチに取り押さえられ、下着を剝ぎ取られた上で、また笑いながら撮影されたものだった。

クラスメイトに暴力を振るおうとした罰だ、もう暴力を振るわせないための抑止力だと、彼女は言った。そして誰も彼女達を止めようとはしなかった。関わり合いを避けるように更衣室を出て行くか、遠巻きにクスクス笑っているだけ。

それまでのように、バカにされたり、笑われたり、小突かれたりするぐらいはどうでもいいと思っていた。嫌だったけれど、耐えられた。家にいる知らない女との生活よりは幾らかマシだ、と。

でも、涙目の顔がはっきりと写り、押さえつけられている裸の写真を撮られたのだけは、ダメだった。胸元や太ももにあるほくろでわかる人間はわかるだろうし、何よりも名前入りのジャージが見切れているのが最悪だった。

それを事あるごとに、チラリと見せてくる。そしてこちらのリアクションを見て、彼女は綺《き》麗《れい》な顔で笑うのだ。

今のように。

「あんまり退屈だと、この画像ネットに晒《さら》しちゃうかも」

溝隠《みぞかくし》の笑みが、濃い。化け物のよう。いや、化け物だ、この女は。

「やめて……」

「なぁに？　香子《きょうこ》？　聞こえないよ？　あ、パパ活のサイトに連絡先と一緒のがいい？」

「やめて……ください」

恐らくよっぽどの事がない限り、漏らす事はないというのはわかっていた。カナへの優位性を維持するにはその裸の写真を自分だけが持っている事が大事だし、外に漏らしてしまえば警察も動くだろう。そうなれば言い逃れができない証拠にもなる。

溝隠《みぞかくし》はバカではない。損得を計算できる女だ。だが、逆らえば誰かに見せたりするぐらいはするはずだ。もう、している可能性の方が高いし、何より本気で逆らえば……最後の最後で、どうなるかはわからないという恐怖は常につきまとっている。

彼女の彼氏は怖い人だ、という噂《うわさ》すら聞いた事があった。

「ごめんね、香子《きょうこ》が少し生意気だったから。……今日、遊びに行けるよね？　友達だもんね？　ね？」

カナにはもはや選択肢などない。リュックがくしゃくしゃになる程に抱きしめながら、頷《うなず》いた。

溝隠瑠璃《みぞかくしるり》は、リストの一番。自分を押さえつけた彼女の二人のオトモダチは二番と三番。

今、始めたっていい。だが、始めたら一気にやらなければ。

恐らくリストの五番《ラスト》までたどり着けない。

だから、今じゃない。今はまだだ。まだ我慢……。

カナはひたすら自分に言い聞かせ、爆発しそうになる心を抑えつける。

大丈夫。こういうのには、慣れてる。ずっと耐えてきたじゃないか。

つい先日まで、絶望的な中で、ずっとずっと……。

今は大きな希望がある。

「ワタシね、もっと香子《きょうこ》とは仲良くしたいと思っていたの。でもワタシって少し不器用なところがあるから……ほら、良く言うでしょ。好きな子についつい嫌がらせしちゃうって。あれ」

薄っぺらい嘘《うそ》。反吐《へど》を催すような言葉のチョイス。全てが醜悪。

俯《うつむ》き震えるカナと、微笑《ほほえ》む溝隠《みぞかくし》を乗せた電車は木内川原《きうちかわら》中学のある駅へと滑り込む。

「降りないの、香子《きょうこ》？　遅刻しちゃうよ？」

クスクスと笑いながら、溝隠《みぞかくし》は電車を降りていく。

俯《うつむ》き震えるカナを乗せたまま、電車は再び走り出す。もはや木内川原《きうちかわら》中学の生徒は恐らくどの車両にも乗っていないだろう。

息苦しい。

世界の圧力が、強い。自分を潰そうとするかのよう。

気を抜くとびちゃりと潰れたトマトになってしまいそう。

いっそその方が楽だと思う。けれど、世界は中途半端《ちゅうとはんぱ》で、潰しきってはくれないのだ。一番苦しいところでストップして、それを優しさだ、善意だ、とドヤ顔をしている。

ふざけるな、潰すなら潰せ。そう言いたい。けれど、誰に言えばいいのだろう。何を押しのければいいのだろう。この苦しさは、何なのだ。

カナはリュックを抱く。今や、それだけが命綱。自分を救うために垂らされた蜘蛛《くも》の糸。

けれどきっと、繋《つな》がっている先は極楽浄土なんかじゃない。地獄だ。けれど、それでもいい。この世界から脱出させてくれるなら。

吐き気を堪《こら》えて電車に揺られ続け、気がつけば何駅も来てしまった。けれど、最初に乗っていた時刻が早かったせいもあって、快速で戻れば何の問題もなく間に合うだろう。

気が重い。けれど行かなければ、石原《いしはら》が来る。仕方ない。

カナはリュックを抱きしめながら電車を乗り換え、木内川原《きうちかわら》中学へと向かう。

「おう、堅《かたし》、おはよう！　どうした、遅くまでゲームしてたのか？　遅刻ぎりぎりだぞ、ははははは！」

快活に笑う浅黒い肌で朝から汗臭い石原《いしはら》が校門の前で待ち構えていた。カナは頭を軽く下げて通り過ぎる。

「あら、おはよう、香子《きようこ》」

玄関の前でゴミ袋と火バサミを持った溝隠《みぞかくし》とそのオトモダチ二人が、カナを見て微笑《ほほえ》んでいた。

「堅《かたし》もゲームばっかりしてないで、たまには溝隠《みぞかくし》達みたいにボランティア活動でもしてみたらどうだ？　健康的だし、友達も増える、そして内申点も上げてやるぞ、はははは！」

ゲームなんてしていない。石原《いしはら》はいつだって低能な頭にある少ないカテゴリに他人を勝手に分類し、それで理解した気になっている。おめでたい。

カナは、彼ら全てに背を向けて校舎の中へと入った。

「……放課後、忘れないでね」

溝隠《みぞかくし》の囁《ささや》きがカナにまとわりつく。気持ち悪い。

4

昔から東京へ行くのは好きだった。

別に都会に憧れがあるわけではない。単に、自分を知らない土地というのが好きだった。田舎でもいいといえばいいのだが、あちらは余所者《よそもの》を目ざとく見つけてくる。だから、東京が好きだった。

東京に自分の居場所があるとも思わないけれど、誰がいても許してくれるような、そんな気がする場所だった。

お小遣いを兼ねる昼食代の一〇〇〇円を貯《た》めて、東京で使うのだ。

そのおかげで、カナは幸運にも喫茶リコリコと出会う事ができた。

あのお店は素敵だ。

本当に、素敵だ。

店長のミカは大人の理想像そのまま。優しくおおらかに、それでいていつも自分を見ていてくれるような、そんな気がする。理想の父親を描くとしたら、彼になるだろう。

ミズキは自分にこんな姉や従姉《いとこ》がいてくれたらと思わせてくれる。程よく雑な扱いをしてくれて、年上なのにこんなに気楽に会話ができる人はいない。本人もどこか大雑把な人ではあるが、リコリコの面倒なところを陰ながら一人で支えているしっかり者だと思う。

クルミは、不思議な子だ。年齢はどう見てもカナより下だが、かなり頭がいい。そのせいか、計算をするアナログゲームだと圧倒的に強いが、感覚や人の感情を読むようなゲームではミスを多発するのがかわいい。そしてそれ以上に、最初にリコリコに馴染《なじ》むように水を向けてくれたのは、彼女だった。「一緒にやるか？」と、ゲーム会に誘ってくれたのだ。感謝しかない。

そして、たきな。彼女はある意味でカナの理想像だった。しっかり者で、相手が誰であれ物《も》怖《お》じしない。仕事は的確。自分のようなくせっ毛でない、綺麗《きれい》な黒髪ストレートの美人。そのくせして誰かのように目の奥に邪悪さなんてこれっぽっちもない。まるで研ぎ澄まされた日本刀のような人。それでいて、たまに見せる笑顔の愛嬌《あいきょう》は、同性であっても胸がざわつく程だった。

みんないい人。素敵な人。けれど、極めつけは、やはり千束《ちさと》だ。

まるで子犬のような人。フロアに出ればとりあえず店内にいるお客全員に話しかけるし、話しかけられもする人気者だ。溌剌《はつらつ》と愛嬌《あいきょう》が服を着ているようなものだった。

美人なのだけれど、それ以上にかわいいという言葉が似合う人。彼女に出会うまで、こんな魅力的な人がいるんだというのをカナは知らなかった。

初めて会ったカナをまるで親戚の子か何かのように接し、帰る頃には友達のように接してくれた。それも仕事だからとか、憐《あわ》れなカナを想《おも》ってとかじゃない。

あくまで、本当に、ただの友達のように……。

——絶対また来てね！　待ってるから！

あんなに嬉《うれ》しい言葉は、ここ数年なかった。

それを真に受けて翌週に再訪すれば、自分の事をしっかりと覚えていてくれて、隣に座ってだらだらと世間話をしてくれたりもした。幸せな時間だった。

カナの方は嘘《うそ》が多く混じっていたけれど、それでも楽しい……本当に楽しい会話をしてくれる。人と喋《しゃべ》るのがこんなに楽しいのだと初めて知った。

もし、千束《ちさと》がクラスメイトだったら……毎日がきっと楽しくて楽しくて、自分の小さな腕と胸では抱えきれないほどの学校生活になった事だろう。

彼女は、周りの人を幸せにする力がある人だとカナは思う。

しかも自分を犠牲にしない。自分を優先させつつ周りの人をも一緒に幸せにするような……そんな人。

だから一緒にいて嫌じゃない。

何かしてもらった時に心苦しいなんて思わず、心の底から〝ありがとう〟と言えるのだ。

だから、彼女の周りには……喫茶リコリコに集まる人はみんなが幸せそうだ。笑顔ばかりで、心に余裕があって……自分なんかをも当たり前に受け入れてくれる。

お店に行けば、そこに自分の席がある……そう思わせてくれた。

だから、東京へ向かう電車はいつも心が弾んだ。またあのお店に行けると。そう思えば毎日昼食を抜くのも何ら苦ではないし、一度でも多く行くために余計なものを買わないよう我慢もできた。電車賃の節約だって構わなかった。

そんな楽しい東京への電車……の、はずなのに、今日は違う。

カナの座席の隣には溝隠瑠璃《みぞかくしるり》がすまし顔でいる。陰鬱な自分の横にいるのだ、さぞかし目を引くのだろう。乗り込んでくる人は全員が彼女を見る程だった。

東京への電車。今日は何て嫌な気分なのだろう。

数百円とはいえ、お金をドブに捨てる方がマシだと思えるような電車賃。辛《つら》い。キツい。苦しい。吐き気を覚える。

しかもこの後、何をするのかもわからないのだ。

東京に行ってその場で解散などはあり得ない。何かするに決まっている。

それはきっと嫌な事だろうし、お金も使うはずだった。溝隠《みぞかくし》が奢《おご》ってくれるとは思えない。奢《おご》らされる事はあるかもしれないと思い、財布に入れてあるお札はほとんど抜いて、大事なものを入れてあるリュックの二枚ある中敷きの間に——隠しポケットに入れておいた。

溝隠《みぞかくし》に促されるままに電車に乗り、そして降りる。するとそこは……錦糸町だ。

何で、と思わないわけにはいかなかった。

まるで自分の家に土足で上がり込まれたような、そんな気分だった。

「ワタシの彼がね、お店をやってるの。ついてきて」

溝隠《みぞかくし》が南口から出た事だけは、せめてもの救いだった。そちらはあまり縁がない。

夜の店が多いのだろう、まだ日暮れ前とはいえ、怪しげな雰囲気漂う雑居ビルの間を抜け、駅から少し離れたマンションへと溝隠《みぞかくし》は入っていく。

「……ここ、お店じゃない」

「知らない？　高級な会員制のお店って、看板を掲げてたりしないんだよ。……おいで」

エントランスで部屋番号を打ち込むと、中から「どうぞ」と男の声がして、ロックされていた自動ドアが開いた。

その先は薄暗く、どこか魔界の門という気がした。カナは背中のリュックを前にして、それを抱えるようにし、自動ドアを抜けた。

エレベーターで行き着いたのは一三階。最上階だ。やはり看板はない。その上、扉は二つしかない。一つは非常階段なので、ワンフロアに一部屋だけなのだ。

中は普通の玄関のようになっていた。スリッパが出されていたので、それを履く。

部屋は、確かにお店の雰囲気。ダイニングキッチンというには本格的すぎる、個人宅ではありえないような大きなカウンター。キッチン自体も綺麗《きれい》に整っているし、業務用の冷蔵庫や調理器具が並んでいる。そこでエプロンをした男が慣れた手つきで野菜を切っていた。

「彼はここのウエイター。気にしないで、いないのと一緒だと思っていいから」

室内の調度品も高そうなものが揃《そろ》っていたし、見るからにふかふかしている大きなソファがいくつも並んでいた。

何よりそこを開放的かつ非日常感を演出しているのが、壁一面のガラス張りで、その先がやたらと広いルーフバルコニーになっている事だ。そこにはパラソルが立ち、その下に卓とソフア、そしてスマホをいじっている男が一人。
カナ達が来た事に気がついたのか、二〇代そこそこ、長身の優しそうな笑顔の男がソファから立ち上がった。

東京の、錦糸町の夜の人間なのだろう。髪が金髪と黒のツートンカラーという大胆な色合いである。服装はジーンズにロックバンドのTシャツというシンプルな格好だったが、どこかお金の臭いのする男だった。多分、手や耳に付けているアクセサリーから漂う高級感がそう思わせるのかもしれない。

「あれが、ワタシの彼」

溝隠《みぞかくし》に促されるままに、カナはバルコニーへ。

「初めまして、堅香子《かたしきようこ》さん。瑠璃《るり》の彼氏をやってる門脇《かどわき》です。噂《うわさ》はかねがね。あ、どうぞ、ソファに座ってください」

ろくな噂《うわさ》ではないはずだった。何を聞かされているのか知らないが、彼は何とも優しげで……優しげ、すぎる。まるでペットショップで子猫でも見るかのような目だ。

ソファは、今まで座ったどのソファよりも柔らかい。沈み込みそうだ。ただ、暑くなってきた昨今では少し蒸れそうではある。

「……あの、ここは……今日、何を……」

「今日は香子《きようこ》さんと親睦を深めるためのお茶会をしようかと。ここはですね、夜は会員制バーなんですけど、このぐらいの時間帯からしばらくは、若い子メインで、カフェみたいな事もしてまして」

門脇《かどわき》が室内の方へ向けて手を挙げる。それで気がついたが、大きな窓だと思っていたそれはマジックミラーだったらしい。今や銀色の鏡のようになっていた。

銀色の壁のようなそれを開き、先ほどキッチンにいたウェイターがガラス製のポットとティーセットを持ってきてくれて、注いでくれた。

ハーブティーらしい。ポットの中に見た事のない花と草が浮いていた。

「とても高価なものなの。少しクセがあるけれど、どうぞ、飲んでみて。……きっと気に入るから。……………………あぁ、おいしい」

溝隠《みぞかくし》はまるで自分のもののように言って、一口。そして、ほっとした顔と吐息を漏らす。

下剤でも入れられているのかもしれないと思ったが、同じポットから出されたお茶に溝隠《みぞかくし》は平然と口を付けていた。愛想《あいそ》のないウェイターも淡々とキッチンに戻って行く。

多分、本当にただのお茶なのだろう。だが……。

「あ、失礼しました。香子《きょうこ》さん、荷物はそっちの棚にでも」

「あ、いや……いえ、ここでいいです」

カナは抱えっぱなしだったリュックを足下に置く。あまり遠くには置きたくない。今や、これだけが自分の支えなのだ。

カナは二人から促されるままに、カップへと手を伸ばす。変な匂いがしたが、ハーブティーとは得てしてそういう物だろう。コーヒーの方がいいな。そう言葉が漏れそうになる口に、カップを押しつける。

しかし、飲みはしなかった。

コイツらから出されるものを体の中に入れたくはない。体の一部になるのなんて我慢できない。だから、飲むフリだけ。

何故《なぜ》自分は呼ばれたのか、それがわからない。だから、怖い。けれど、溝隠《みぞかくし》と門脇《かどわき》はそんなのお構いなしによくわからない会話をしていく。

このハーブティーは本当に高価だという事。心身にとても良く、ダイエット効果すらあるのだという事。最近流通量が極端に減ってしまい、さらに値段が上がってしまった事。少し売り上げも心配だし、それもあってもう少しお客を増やしたいと思っていたのだという事。あの溝《みぞ》隠《かくし》のオトモダチ二人を始めとして、違う学校からも幾人もの中高生がここへ来ているらしい事……。

「それで、香子《きょうこ》。ワタシね、あなたにもここのお茶会のメンバーになってもらいたくて、今日誘ったの。……ほら、ワタシ達っていろいろ誤解があったりもしたし、ね、これを切っ掛けに仲良くできたらなって」

隣に座っている溝隠《みぞかくし》の視線が、嫌だった。綺麗《きれい》な顔で微笑《ほほえ》んでいるのに、どうしてこんなに蛇のような冷たい視線なのだろう。自分が嫌っているからそう見えてしまうのだろうか。

カナは耐えられなくて溝隠《みぞかくし》から視線を逸《そ》らす。それで、ふと、彼女の飲んだカップが目に入る。

もう、空《カラ》だった。あれ？　と、思う。彼女は最初の一口しか飲んでいなかった気がした。もしかして、一息に飲み干したのだろうか。喉が渇いていたにしたって、初夏の今、熱いハーブティーを？

一方で、門脇《かどわき》の方は喋《しゃべ》りながら何度か口に運んでいた気はしたが、カナと同じぐらい残っている……つまり、ほとんど飲んでいない。

何だ、この違和感。

カナは不意に地震でも起きたかのような恐怖を覚える。

「だから、ね、香子《きょうこ》……ワタシ達と一緒に、お茶会のメンバーになってくれるよね？」

「で、でも……私、そんな……」

「あ、そうだ！　この間の、あの画像、消しちゃおう。ね？　そうしたら……仲良くしてくれるよね？」

溝隠《みぞかくし》の笑みが濃い。

変だ。この女はそんなサービスをするような人間ではない。必ず自分だけの利益を求める。有利な条件を握れば、絶対にそれを手放すような事はしないはず。それなのに……。

「仲良くなろ、オトモダチに、ね？」

罠《わな》だ。何かはわからない、けれど、あからさまに罠《わな》だ。

カナは首を振った。

「私には……無理だよ。ほ、ほら、高いんだよね。お茶。だから……うち、お金ないし」

溝隠《みぞかくし》が怪しく微笑《ほほえ》む。

「——きゃっ⁉」

不意に対面に座っていた門脇《かどわき》がカナの髪に手を伸ばしてきた。

「おっとゴメン！　……でも、ちょっといいかな？」

門脇《かどわき》が言葉とは裏腹に遠慮なしにカナの前髪を上げ、顔をジロジロと見てくる。

「何だ、瑠璃《るり》が言うより全然美人だ。かわいいじゃない。美容院行って、化粧を少し覚えたらもっと……いや、でも、今の方がいいかな。純朴そうな感じで……うん、かわいい」

怖い。けれど、同時に家族でもない男に触られて容姿を褒められたのは初めてで、わけのわからない感情が胸に渦巻く。

「それで、香子《きようこ》さん、お茶会なんだけどね？　お金の心配なんていらないんだよ。むしろお小遣いがもらえるんだ」

「……は？」

「特に、初めてのか、い、の時はたくさんもらえるよ。良かったね」

何を言っているかがわからず、カナは溝隠《みぞかくし》を見やる。

彼女は……空《カラ》のガラス製のポットを傾けて、わずかに残ったハーブティーを一所懸命自分のカップに垂らしていた。そしてカップに注がれたティースプーン二杯分程度のそれを舐《な》めるようにして飲むと、またほっと……いや、恍惚《こうこつ》とした顔をする。

それで、何かが見えた気がした。

マズイ。ここにいるのは、絶対にマズイ。

「す、すみません、門限があるので失礼します！」

ソファから立ち上がると慌ててリュックを抱き上げる。

「……一万」

門脇《かどわき》の声。それまでと打って変わって冷たい声だった。

「君の分のハーブティーの値段。払ってから行ってね？　……飲み逃げはやめようよ。学校に連絡しないといけなくなっちゃうから」

ムカついてきた。カナは歯を食い縛りながら彼を見る。

「わ、私、飲んでません。飲むフリしただけです」

門脇《かどわき》がカップに目をやり、「あー……だからか」と頭を掻《か》く。

「だとしても、君の分だから」

「注文してもいいません！　勝手に出してきたんじゃないですか！」

「だとしても……払ってよ？　チャージ料って、言ってもわかんないか。まぁ、ここに来ただけで料金が発生する感じ？　それだから……え、なに？　犯罪者になりたいの？」

誰が、どっちが……！

「それが嫌なら、少しここでみんなとお茶会していこうよ。それだけでいいからさ」

「香子《きょうこ》、ね、そんな風に怒らないで。仲良くしようよ。ね？　お茶会メンバーになったらきっと楽しいから……ね」

笑っている溝隠《みぞかくし》が鞄《かばん》からスマホを取り出してきた。いつものやつが来る。画像を見せようというのか。

カナは反射的に自分のリュックの中に手を突っ込んだ。

今か。ここなのか。

ここここそが、その時か。

だが、今ここで始めてはリストの一番と予定になかったおまけだけ。

じゃあ、どうすれば……。

奥歯を嚙《か》みしめる。悔しさで頭がどうにかなってしまいそうだった。

だが、耐えるしかない。堪《こら》えるしかない。

今じゃない。まだ早い。だから——！

カナはリュックの底の二枚ある中敷きの間——隠しポケットの中に手を入れ、しわだらけの一〇〇〇円札を複数枚取り出した。

昼食を毎日抜いて、買わなきゃいけないものを買わずに頑張って少しずつ貯《た》めた――リコリコへ行くための、カナの全財産だった。

その内のほとんどをテーブルの上に投げ捨てる。

門脇《かどわき》が長ったらしいため息を吐く。

「……最近の中坊は金持ってるなぁ。チッ、もっとふっかけりゃ良かった。……瑠璃《るり》、おい、どうしようか。こいつ目当てのお客、もう来るのになぁ。どうしよう。お前が初めてのフリして相手する?」

「ね、ね、ね? 香子《きようこ》? ワタシ達、オトモダチでしょ? ね?」

笑っている溝隠《みぞかくし》だが、手はスマホをいじって急いであの画像を出そうとしていた。脅される前に、出て行きたかった。

「こっ……これでいいんですよね。それとも嘘《うそ》の値段を言ったんですか?」

「チッ……いいよ。もう行けよ」

海外映画のようにツバでも吐いてやりたかったが、喉はカラカラだった。

カナは急いでリュックを抱きしめながらその場を離れ、そしてマジックミラーのガラス戸を開け……そして、口を手で覆った。

いつの間にか人がいた。見知らぬ制服の女子中高生達と彼女らの体をまさぐる半裸の男達。

卓の上にはハーブティーと煙草《たばこ》と注射器。嗅いだことのない異様な臭いに吐き気が込み上げてくる。

カナは玄関に向かって走り出し、スリッパを投げ捨て、自分の靴をつかんでそのままエレベーターへ。

ボタンを押すと、ほとんど同時にエレベーターが到着し、扉が開く。

「おっと⁉ えっ？ あ、香子《きようこ》ちゃんだ‼ なに、お迎えのサービス⁉」

脂ぎった男がカナを見て声を上げ、金ピカの時計を付けた手を伸ばしてくる。

カナは反射的に後ずさる。

「香子《きようこ》、待ちなさいよ！」

開けたままだった部屋の扉から溝隠《みぞかくし》の声。

震える足を叱咤《しった》し、カナはエレベーターを諦め、非常階段へ続く扉を開け、靴下のままそこを一気に駆け下りた。

そしてそのままどこをどう走ったのかわからなかった。

気がつけば、夜。

古い雑居ビルの隙間に身を隠しながら、嘔吐《おうと》していた。

そして、胃の中のものをこれでもかというほどぶちまけながら、泣いた。恐怖と悔しさで頭がどうにかなりそうだった。

汚いものを見た、嗅いだ。そこに自分も加えられそうになっていた。

全部見えた。わかった気がした。

きっと自分のあの画像もいろんな人が見ている。少なくとも門脇《かどわき》も、あのエレベーターの男も。

いつかそうなるような気はしていた。けれど、それを目の当《まあ》たりにした。これでもかという程の証拠を前にしては、震えが来る。

だから吐き気が止まらない。

けれど、涙は違う。

涙は、リコリコへ行くために貯《た》めていたお金を失ったせいだ。

頑張って貯《た》めていたのだ。お腹《なか》が減っても我慢して、喉が渇いてもトイレの水道水を飲んで、足りなくなった文房具も人のをもらったり、リサイクル店にあった古くて安いものを探して、定期券を買わずに切符で電車に乗って遅くなってもいいからと帰りは何キロも歩いたりして……必死に貯《た》めたもの。

あのお店のおいしいコーヒーを飲むために、常連客達と笑い合うために、千束《ちさと》達とお喋《しゃべ》りするために……この世界で最後の自分の居場所へ行くための、当たり前の女の子である〝カナ〟でいられるための、お金だった。

それを、あんな事で失った。

それが、悔しくて、涙が止まらない。

あれは、我慢するべき時ではなかったのかもしれない。

あれは、始めるべき時だったのかもしれない。

だが、手は伸びなかった。

すぐそこにあったのに、つかみ取れなかった。

頭の中は酷《ひど》く混乱していたけれど、きっと、今突発的に始めてしまっては計画が半分も成し遂げられないとわかっていたからだろう。

だから、堪えた。

頑張ったのだ。そう、頑張った。だから――。

「あの～……大丈夫ですか？」

壁に額を付けるようにして前屈《まえかが》みでいたカナの体が、その声にバネ仕掛《じか》けのように直立した。

知っている声。大好きな声。

今、凄《すご》く会いたいけれど、絶対に会いたくない人の、声。

よりにもよって……の、声。

震えながら、カナは見る。

夜の錦糸町、その街の灯《あか》りを背に受けて、暗闇に浮かび上がるシルエット。学校の制服を着た少女の形。

それが、錦木《にしきぎ》千束《ちさと》だというのは、間違えようもなかった。

カナは「ひっ」と声を上げ、顔を隠して、ビル間の奥へと逃げる。

石を投げつけられた野良猫《のらねこ》のように、そこにあったエアコンの室外機を乗り越え、ゴミが散乱する狭いビルの隙間を走り抜け、裏路地へと逃げる。

「なんで……！　なんで……⁉」

今の自分の姿だけは、絶対に見られたくなかった。

こんな惨《みじ》めなのは自分じゃない。カナじゃない。

だから、走る。逃げる。

ひたすらに、逃げる。

何もかもから――。

5

胃が重い。学校になんて行きたくないのだ。

けれど、行かないと。

石原《いしはら》が家に来る可能性もあったが、今はそれより溝隠《みぞかくし》だった。彼女が今、何をしでかすかわからない。野放しになんてできなかった。

何かしようというのなら、こちらもあのビルの事を警察に言うぞと……。

言えるだろうか。わからない。警察に言えば、大ごとにはなる。それでも、溝隠《みぞかくし》の悪事が表に出る事はないかも知れない。親や祖父の力もあるだろうが、それより何より未成年だとして、加害者でありながら被害者という扱いになるかもしれない。

その時、自分がどうなるか……わからなかった。もし捜査があったりしたら、最悪の場合、今自分が抱えている秘密が露呈する可能性もある。

だから通報するとしたら、最後の最後だ。

けれど、交渉材料にはなるはずだった。

校門の前。今日は溝隠《みぞかくし》やオトモダチはいない。怯《おび》えながら、カナは教室へ——いた。

溝隠《みぞかくし》は今日もまたクラスの中心。綺麗《きれい》な顔で、オトモダチ達と会話していた。

彼女がチラリとカナを見てきて、目が合った。けれど、さらりと向こうが目を逸《そ》らして、会話の続きをし、微笑《ほほえ》んでいた。

まるで何事もなかったかのように。

昨日の全ては夢だったとでも言うかのように。

それが、逆に、怖い。真意が読めない。

お互いにジョーカーを握ったと認識し、干渉を避けようというのだろうか。それなら利口だと思う。だが溝隠《みぞかくし》は、そういうタマじゃない。引き分けを良しとするような女なら、逆らった相手をそのままにしておけるような女なら……カナはここまで憎しみを抱きはしない。

きっと、何かする。それは確信だった。

この平穏を装《よそお》った状況が怖い。何が起こるかわからないという状況というのは、本当に恐怖そのものだった。

だが、そんなカナの思惑とは裏腹に、当たり前の一日のように時間は流れていった。

違う事と言えば、徹底して溝隠《みぞかくし》がカナを無視している事だけ。イジメによるアクティブな無視ではなく、本当にただただ言葉通りの無視、意識しないかのような、それ。

ある意味では、楽でいい。だが、昨日からの流れのそれは、あまりに不気味。

溝隠《みぞかくし》が無視し、カナが逆に注視していたせいか、帰りのホームルームでは石原《いしはら》が何か感づいたらしく、やたらとカナの方を見てくる程だった。

「それじゃ今日はここまで。週末だからって夜更《よふ》かしするなよ？　それじゃ、起立！　礼！」

終わった。何事もなく。カナはそのまま席について、溝隠《みぞかくし》を目で追った。彼女は機嫌良さそうな笑顔のままで、平然と教室を出て行った。

「……何なの？」

「何なのって、何だよ？」

思わず呟《つぶや》いたカナの声に、返事が来た。驚いて危うく椅子から転げ落ちそうになった。きょとんとした顔の石原《いしはら》である。

「堅《かたし》、今日って放課後、何かあるか？」

「……いえ、特には……」

「じゃ、ちょっと生徒指導室……あ〜、この後ちょっと先生、他の先生とミーティングだわ。悪い。一時間ぐらいどこかで時間潰してから生徒指導室来てくれるか？」

「……何で、ですか？」

「あー……まぁ、家庭環境の調査みたいな？」

周りにまだ生徒がいたせいか、石原《いしはら》は小声で言った。

以前連続して学校を休んだ際に、彼が家に来て、あの女からある事ない事を吹き込まれている。恐らくそれがまだ尾を引いているのだろう。

さすがはリストの四番。いつものようにカナの足を引っ張る。

一時間後にカナは校舎三階の生徒指導室へ、そしてその誰もいない部屋でさらに三〇分待つと、ようやく石原《いしはら》がやって来た。

悪い悪いと彼はカナと机を挟んで、座った。そして、何故《なぜ》かよくわからない雑談をし、最近の学校はどうだ、楽しいか、などとこの世で有数のくだらない質問を並べ立てる。

曖昧に応じていると、ついには無言が部屋を支配した。

何だろう、この無駄な時間。気がつけば日も少し傾いてきている。

「あの、先生、そろそろ……」

「……あー、あんまり遅くなるとアレだよな。安心しろ、帰りは先生の車で送ってやるから」

それは、正直嬉《うれ》しかった。少しでも早くまたリコリコへ行くためのお金を貯《た》めるため、これから当面の間、帰りは歩くつもりでいたのだ。登校時は時間の都合があるが、帰りは幾ら遅くなっても構わないから。

カナが思わず笑顔になったせいだろうか。石原《いしはら》もまた少し嬉《うれ》しそうに笑った。

「それで、その……実はな。変な噂《うわさ》っていうか、話を……聞いたんだけどな、堅《かたし》、今、お金ないのか？」

「……はい？」

「お前、変な方法で……その……稼ごうとしてないか？」

「……な、何の、話ですか……？」

「その、な。実はある生徒から、その、お前の事を心配してるって相談されてな。……お前が……体を売ってるって」

「はぁ⁉」

カナは机を叩《たた》いて立ち上がる。石原《いしはら》も反射的に立ち上がり、落ち着けと示すように両手を持ち上げ、まぁまぁ、とやるが……落ち着けるわけがない。

「私そんな事してません！　何で……あ……」

思いつく事が、一つだけあった。

溝隠《みぞかくし》。報復にこのバカに何か吹き込んだのだ。だから……。

「アイツ!!」

もういい。始めてやる。アイツをこのまま野放しにするなんてできない。赦《ゆる》せない。

「待て待て待て待て、落ち着け」

石原《いしはら》が机越しに腕を伸ばしてカナの肩をつかむ。大きな手だった。片手で肩をつかまれただけで、身動きが取れなかった。

「ちゃんと座れ。まずは落ち着けって。まったく」

グッと押し込まれるようにして、カナは椅子に戻される。また走り出されると思われたのか、石原《いしはら》は机を回ってカナの方にやって来ると、背後に立った。

いわゆる、万引きとかの犯罪者が暴れたり逃げようとしたりするのを防ぐための、警備員などが立つポジションである。

「で、どうなんだよ、実際」

「……嘘《うそ》です。私、何もしていません」

「けどなぁ。思い当たるフシはある、って顔したぞ、お前」

「……それは……嘘《うそ》を言った犯人に思い当たるフシがあったってだけで……」

「まぁ、その、な。家庭の事情とかそういうのもあって、大変だってのはわかるんだけどなあ」

「家は関係ないです！」

「……お金が欲しいのか。それ、別に遊ぶ金じゃないんだろ？　お前が真面目だっていうのは、先生は知ってる。ずっと見てきたからな」

「だから違います、私、何も……！」

「そう言われても……その、何だ、お前を心配して先生に相談してきた生徒がな、出会い系のサイトを見せてくれてな、お前の裸の写真が……」

……クソ!!

やった、やりやがった。

カナは座ったまま、スカートをしわくちゃになるほど、握り締めた。

そっちがその気なら、こっちだって——!!

「堅《かたし》、困っている事があるなら先生に相談しろ。力になってやるから」

「……先生、じ、実は……！」

「堅《かたし》」

両肩に大きな手が置かれた。先ほどの押さえつけるようなものではなく、どこか優しく、柔らかく、そして……気色悪く。

「もうあんな事はやめろ。世の中には変なのがたくさんいるんだ。病気とかも……。だから、どうしてもお金が必要だっていうなら……なぁ、堅《かたし》、先生が——」

本能が警鐘を鳴らす。

カナが状況を理解するより先に全身に鳥肌が立つ。そして後頭部に石原《いしはら》の胸が当てられ、彼の手がゆっくりと胸の方へと降りて来る。男の汗臭い体臭がカナを包んでいく。

「やめっ……‼」

「大丈夫だ、先生が守ってやるから」

石原《いしはら》はいつだって自分の頭の中で他人をカテゴライズする。

今、カナは庇護《ひご》を求める憐《あわ》れな少女か。それとも弱みを握られた都合のいいオモチャか。

胸元をまさぐる石原《いしはら》の手をつかむ。だが、引き離そうとしても何もできない。相手の力が強すぎる。

椅子から立ち上がろうとしても、後ろから覆《おお》い被《かぶ》さるような石原《いしはら》の大きな体がそれをさせない。

膝が震え、冷たい汗が全身から噴き出した。力がうまく入らない。

「堅《かたし》……顔を少し隠したってな、先生はすぐにわかったぞ、お前だって」

「……な、なんで……！」

「何でってそりゃ、お前のほくろの場所は特徴あるからなぁ」

制服の下に太い腕が入り込み、見えないはずのほくろの位置を石原《いしはら》が撫《な》で回《まわ》す。

混乱しそうになる頭を必死に働かせようとするが、ダメだ、うまくいかない。

ただ、不意にわかった事がある。石原《いしはら》は過去に暴力事件を起こして飛ばされたという噂《うわさ》

――あれは、こういう事だったのではないか。

もしそうなら溝隠《みぞかくし》はそこまで読んで……。いや、考え過ぎか。何より今、溝隠《みぞかくし》は後回しでいい、先に考えるべきはこの状況を――。

「やめて、先生……助け……！」

「助けてやる、堅《かたし》。先生に任せておけ」

ようやく椅子から腰が浮く。立ち上がれた。そう思った直後に背後の石原《いしはら》がぐいっと体重をかけてきて、乱暴に机の上に押し倒された。

肺の空気が圧に押し出され、むせかえる。

服の下に腕が入り込み、体をまさぐられていく感覚に、涙が溢《あふ》れてくる。

「大丈夫だ、堅《かたし》、もう悩まなくていい。あとは全部先生に任せておけ」

ずっと、こんなのばっかりだ。

自分の人生は、ずっと、ずっと。

きっと、これからも、ずっと……。

そんなの――。

「ふざけんなッ!!」

「おいっ、大きな声出すな」

慌てた石原《いしはら》がカナの口を塞ぐ。その時、彼の指にカナは喰《く》い千切るつもりで歯を立てた。皮を、肉を、八重歯が貫き、彼の骨がゴリリッと音を立てるのが歯を通して聞こえた。

石原《いしはら》の低い悲鳴が上がる。カナの体を押さえつけていた彼の体重が消える。チャンス——と、思った直後、カナは吹っ飛ばされた。

カナは顔を強烈に平手打ちされ、壁際《かべぎわ》まで飛ばされ、床を転がった。目がチカチカする。痛すぎて、赤ん坊のような呻《うめ》きが口から漏れる。

「クソッ、お前……ふざけんなよ！」

指から血を垂らしながら、石原《いしはら》が近寄ってくる。顔は、いつものバカみたいな笑顔など微塵《みじん》もない。怒れる男の顔。

純粋な恐怖をカナは感じた。文字通りの身の危険。

リュック。リュックだ。リュックがあれば。

どこだ。さっき座っていた時は足下に……。

「……あっ」

今は、そこに石原《いしはら》が立っていた。彼の足下に転がっている。

カナは震える体のまま、必死にリュックへと飛びつく。だが、彼のつま先が腹部を襲った。

「何がしたいんだよ、お前は⁉　金が欲しいんだろ、少しは助けてやろうって思ったのに……

ふざけんなよ！」

蹴り飛ばされたカナはまた床を転がった。だが、その手にはリュック。つかんでいた。

もう、怖い物なんて何もなかった。

カナはリュックに手を突っ込み、二枚の中敷きの間、秘密の空間にずっと忍ばせていたそれを握り取る。

「動くな‼」

カナが握り、構えた。

手にあるのは小型のセミ・オートマチック拳銃。カナの小さな手にあつらえたかのように、ぴったりと収まる、グロック42。

「あ？　何だよ、オモチャ構えて、何してんだ？」

オモチャではなかった。正真正銘の、本物だった。

カナは素早くスライドを引いてチャンバーに弾薬を装塡し、即座に構え直す。

その時の金属音、カナの気配、目、そして小さいながらも銃から漂うオモチャではあり得ない存在感に、徐々に石原《いしはら》の顔から表情が消えていく。

カナは右手で握った銃を石原《いしはら》から外さず、左手で涙を拭う。気がつかなかったが鼻血も出ているようだった。手の甲でそれも拭い、そしてまたしっかりと構える。

右足を引き、伸ばした右腕で銃を握り、もう一方の腕はラフにしつつも、左手は右手を横から締めるように……ウィーバースタンス。喫茶リコリコで、漫画の手伝いとして寸劇をした際に、たきなから手取り足取り教えてもらった構え方だった。

間違いなく撃てる。殺せる。カナには確信として、それがあった。

「……だから、堅《かたし》、お前、何を……」

カナは応えない。喋《しゃべ》らない。必要ないからだ。

この生徒指導室の主導権は今、カナに完全に移ったのだ。

すでに、勝っている。だから、喋《しゃべ》らない。交渉などしない。

喰《く》い縛ったカナの歯の隙間から、フーッ、フーッと獣染《じ》みた吐息が漏れている。口に血の味がする。自分の鼻血かもしれないが、先ほど噛《か》んだ石原《いしはら》のものかもしれない。それを思うと不愉快で、机の上に吐き捨ててやった。

「……オモチャだろ、なぁ、おい」

長い沈黙の先に、石原《いしはら》は冷や汗と半笑いを浮かべながら、そう言った。

恐らく彼は、地味な女子中学生が鞄《かばん》の中に本物の銃を忍ばせているという目の前の事実が受け入れられなかったのだろう。

だから、〝オモチャの銃でイキっている子供〟というカテゴリに入れたのだ。

「お前、なぁ、堅《かたし》、ちょっとコレはさすがに看過できないぞ。先生に怪我《けが》させて、オモチャの銃で……なぁ、おい」

石原《いしはら》の中で状況の整理がついたのか、それとも単にもうオモチャだと信じる他になかったのか、彼は開き直った様子でカナへと近づいて来る。

カナは伸ばしていた人差し指をトリガーへと置く。

後少し、この指先を絞れば、石原《いしはら》は死ぬ。この銃の弾は380ACP。拳銃としては一般的な9ミリパラベラムと比べると若干弱い銃弾だという。

だが、きちんと狙えば一発で人を殺せる威力はあるのだ。

「……来るな!!　撃つぞ!!」

「オモチャを？　なめんなよ」

撃とうと思えば、撃てる。

だが、撃っていいのか。それが頭をよぎる。

こんな男は殺してしまった方がいいというのはわかっている。けれど、リスト——殺害予定リストに彼は入れていなかったのだ。

弾薬はたったの五発、つまりリストは五枠しかない。今、撃てば一人誰かをリストから外す必要がある。順番からすると父親が外れてしまう。

父親と石原《いしはら》、どちらを殺すべきなのか。

その疑問のせいなのか、トリガーに置いた指が石のように動かなくなる。

「堅《かたし》、お前、少し覚悟しろよ。なぁ……」

石原《いしはら》の手が迫る。もういい、考えるな、とカナは自らに言う。けれど、それでも指は動かない——。

——ジリリリリリリリリリリリリリリッ！！！

けたたましい音を立てて非常ベルが鳴り響いた。

カナも石原《いしはら》もわけのわからない状況に、固まったまま、音が聞こえる廊下の方へと視線を移す。

誰かが走って来る気配。その足音の主は近くにある空き教室の扉を片っ端から開けているようだ。そして、生徒指導室へと至る。しかしガチャリと音を立てるだけで、扉は開かない。いつの間にか鍵をかけられていたらしい。

「誰かいるんですか!?　急いで避難してください！　火事です！　火事ですよ!!」

石原《いしはら》はチッ、と舌打ちするとその鍵を開けた。石原《いしはら》の体で良く見えないものの、保健医らしき白衣の女が息を切らせていた。

見られるとまずいと思い、カナはリュックを拾い上げるとその中に握ったままの銃を差し込んだ。

「あ、石原《いしはら》先生！　早く校舎の外に避難してください！　外に、早く!!」

「ああ、はい。わかりました。どうしたんです？　……あれ、あなた……？」

「あ、石原《いしはら》先生、怪我《けが》なさってるじゃないですか!?　どうしたんですか!?」

「あ、いや、これは、その……ちょっと非常ベルに驚いてしまって」

「いけません、保健室で治療しましょう。早く！　さぁ！」

「いや、あの……」

しどろもどろになっている石原《いしはら》と保健医の脇をカナは走り抜け、廊下を駆ける。背後から石《いし》原《はら》の声が聞こえた気がしたが、全て無視した。

そして上靴のまま外へ出ると、校舎に残っていたらしい教師や部活をやっていた生徒達が困惑した顔で集まっているのが見えた。

息が切れてきた事もあり、カナは校庭の隅にある創立記念の石碑の陰に身を隠す。背後から石原《いしはら》は来ていない。

大丈夫、大丈夫だ、無駄に一発は使わなかった。良かった。大丈夫だ。大丈夫、大丈夫、大丈夫……。

乱れていた服を直しながら呼吸と精神を落ち着かせていると、不意にまた、涙が溢《あふ》れてくる。ボロボロと涙が垂れ、その場でしゃがみ込むと口に手を当て、声を上げずに、カナは泣いた。

「大丈夫、香子《きょうこ》？」

獲物に喰《く》らい付こうとする時の蛇のような笑顔で、溝隠《みぞかくし》が、いつの間にか脇に立っていた。

「クスクス……石原《いしはら》先生と何かあったの？　……クスクス……あのヘンタイと」

綺麗《きれい》な顔で、おぞましく、笑っていやがる。

考えるまでもない。わかる。彼女は、待っていたのだ。カナが石原《いしはら》と何かを話し、そして出てくるのを。もしかしたら襲われる事さえも想定した上で。

「お前……あの写真……!!」

カナは立ち上がった。

「大丈夫だよ？　ジャージの名前と顔の半分と、あとは押さえてる手とかは見えないように加工しといたから。……石原《いしはら》はそれでもすぐにわかったみたいだけど。ノゾキ常習犯は違うよね」

「お前ッ！」

「逆らったら、そのサイトに香子《きょうこ》の本名と連絡先載せちゃうから。二度と逆らわないで。……昨日、アンタのせいで大変だったんだから。これぐらい何よ」

今、殺してやろうかと思った。けれど、それを止めたのはサイレンの音。非常ベルに引き寄せられた緊急車両が次々に校庭へと入ってきたのだ。

消防車、救急車、そしてパトカー……それを見ては、さすがにカナも銃を取り出す勇気は持てなかった。

お茶会のオトモダチの二人が溝隠《みぞかくし》と同じような上品で醜悪な笑みを浮かべて寄ってくる。クスクスという耳障《みみざわ》りな声が、不愉快極まりない。

――瑠璃《るり》～。今日はお茶会どうする～？　――もちろん行くよぉ。彼が待ってるから。――今日はどのくらい来るんだろうねぇ。楽しみだねぇ。

カナはリュックを胸に抱きしめると、彼女達に背を向け、走り出す。

覚悟はできた。

今日、やる。必ずやる。殺す。リストを消化する時だ。

カナの足取りに、もう迷いなどなかった。

「すみません、担架を！　大怪我《けが》した人がいるんです！　もうとんでもなく酷《ひど》い怪我《けが》で……！

あ、今保健室にいまーす！」

校舎の方からの女性の声。それに反応して救急隊員が慌てて準備を始めていく。

そんな大人達のすぐ脇をカナは通り抜けていく。

誰も彼も止めはしない。制服を着た少女の事など意に介する者などいない。

その小柄な少女の鞄《かばん》の中に、五人を殺せる銃があるなど、思ってもいない。

彼女が人を殺す、殺人鬼になると覚悟を決めたなど夢にも——。

6

全ては、喫茶リコリコが導いてくれたようなものだった。

始まりは、約二週間前の事。

裸の写真を撮られ、溝隠《みぞかくし》からの嫌がらせが日を追う事に酷《ひど》くなっていく日々が続く……そんな、当たり前に繰り返される地獄のような朝。

胃が重い。学校になんて行きたくない。いっそこのままどこかへ……。

しかし、無理だ。石原《いしはら》が家にまた来るかもしれない。それは、嫌だ。

ルーチンワークのように、いつも思う事をカナは脳内で反芻《はんすう》しながら、いつものように早い時間帯の電車に揺られていた。

普段は空いているのに、この日に限っては部活の朝練の連中とかち合ってしまったので、最後尾の車両に移動して時間を過ごし、そして、木内川原《きうちかわら》中学のある駅に降り立ったのだ。

そんな時だ。

カナの耳が、あの声を捉えたのだ。

「この間のも良かったけどね？　うん、役者さんの演技がホント素敵だった……だぁ～けぇ～どぉ～ね？　昔のはともかく、最近の作品でさ、暗い画面のゾンビ映画って〝逃げ〟だと思わない？」

「……千束《ちさと》さん？」

振り返ると、カナが降りた車両の乗降口とは別の乗降口に見覚えのある二人の姿。

千束《ちさと》とたきなだ。

カナと丁度入れ替わるように、彼女達は車両に乗り込んだのだ。

何故《なぜ》、どうして、こんな時間に、こんなところに？　そんな疑問が浮かびこそしたが、カナはそんな些細《ささい》な事より何より、彼女達と話がしたかった。いや、その疑問を訊《き》くだけでもいい。挨拶して、笑顔を見せ合って、どうしたんですか？　と……それだけでいい。

地獄に伸びた蜘蛛《くも》の糸のよう。きっと彼女達と軽く挨拶するだけで、嫌な気分など吹き飛んでしまう事だろう。

少なくとも今日一日だけは……それだけで、耐えられる。

慌てて車両に戻ろうとしたが、無情にもカナの目の前で扉は閉まった。

なら、せめて、二人の顔だけでも……視線を交わすだけでも、窓越しに会釈《えしゃく》だけでも……！

カナは窓の外から手を振る。しかし、走り出した車両の二人はカナに背を向けるようにして、何故《なぜ》か先に座っていた男を左右から挟むようにして座ってしまった。もうこうなると振り返る事などありはしない。

「あぁ……なんで……」

車両が走り去っていくのを、カナは呆然《ぼうぜん》と見送る他になかった。

蜘蛛《くも》の糸が切れた瞬間のカンダタは、きっとこんな気持ちだったのだろう。そう思わせるような、気分だった。

絶望から希望を見せられ、そしてまた絶望へ。頭がおかしくなりそうだ。

愕然《がくぜん》としていると、電車の接近アラームが鳴る。それで、カナは思いついた。

——そうだ、今来る快速に乗れば三つ先の駅で追いつける。

それだ、とカナはホームに滑り込んできた快速電車に飛び乗ったのだ。

しかし、三つ先の駅で千束《ちさと》達が乗る各駅停車の電車を待ち、最後尾の車両に乗り込めば……

そこには、もう誰もいなかった。

失意のままに、カナは彼女達が座っていた辺りの座席に腰を下ろし、そのぬくもりの残滓《ざんし》を探すようにシートを撫《な》でた。泣きそうだった。

「……そういえば、あの男の人……千束《ちさと》さんかたきなさんの彼氏とかなのかな」

もしかしたら、二人は学校をサボってその彼とどこかに遊びに行ったのかもしれない……。

それなのに自分なんかが割り込んだら、きっと迷惑だったに違いない。だから、これでいい。

これで良かった。これで……。

じわりと、涙が出た。

嫌な事があった時、これまでもずっとそうしてきたように、納得しようとして、我慢して、何とか状況を受け入れようとしたけれど、悔しさが雫《しずく》となって溢《あふ》れ出《で》てしまった。

顔を押さえ、前屈《まえかが》みになる。この車両に誰もいなくて良かった。もしいたら変なヤツだと思われ——。

「……え」

ふと、お尻の先に何かが当たっている。硬い何か。子供のオモチャか何かかと思い、手を伸ばすと……座面と背もたれの間の隙間に妙な物がある。

指先でつまみ上げるようにして引っ張り出すと、小型の拳銃。オモチャにしては妙にリアルだった。昔、リサイクル店で触ったエアガンと似ていたが、明らかに何かが違う。スライドが金属で、小さいのに妙にずっしりと重い。そしてところどころが綺麗《きれい》じゃない。乱雑に扱われている工具のような趣がある。

テレビや映画で見たように、スライドを引いてみる。薬室《チャンバー》から弾頭の付いた薬莢《やっきょう》が飛び出し、床を転がった。

「え？」

スライドから手を離せば、グリップの中のマガジンから次弾が薬室へ装塡された。シャキンッ、という心地よい金属音。グリップ越しにもわかった精巧な金属の動き。

そして確信的に思うのだ。今、トリガーを引けば弾が出る、と。

銃の中で弓が引き絞られているような、そんな感じがある。

絶対に触れてはいけないもの。

この平和な日本で長く禁じられ続けている道具が、今、誰に知られる事もなく自分の手の中にある。

鼓動が高鳴った。

カナは床に落ちた弾薬を拾い上げ、それらを鞄《かばん》の中に慌てて隠した。半ば無意識に、そして、い、それがどういう意味を持つのかをゆっくりと意識しながら。

そして田舎の街へ降り立つと、スマホで適当に調べた森へと向かった。

キャンプ場へ続く道の途中にある、うっそうとしたそこで、カナは木に向かってトリガーを引き、確信を事実に変えたのだ。

カナの地獄に、光が差した瞬間だった。

「……あぁ……やったぁ……」

天からの蜘蛛《くも》の糸は目前で途切れた。

けれど、もう一本の蜘蛛《くも》の糸が垂れてきたのだ。

きっと繋《つな》がっているのは地獄。それでもいい。素晴らしい。

自分が嫌う五人の人間がいない地獄は、きっと、少しだけマシな世界のはずだから。

7

家に帰ると、仕事であろう父は当然として、女もいなかった。買い物にでも行ったのだろう。都合がいい。彼女と父は後半だ。

カナは前々から準備していたものを鞄《かばん》に詰め込むと、上履きのままだったのをスニーカーに履き替え、すぐさま家を出て、電車に飛び乗った。

来た。ついに来た。刻《とき》が、来たのだ。

地獄へと繋《つな》がる蜘蛛《くも》の糸を駆け下る刻《とき》が来たのだ。

全てに決着を付ける。ずっと待っていた。そして、ずっと思い切れなかった。

それが、今、あらゆる条件が整ったのだ。

今宵《こよい》、自分は人を殺す。嫌いな人間を、この世から消す。その決心は堅い。

電車で人がちらちらとカナを見ている気がした。学生、サラリーマン、子供まで、何故《なぜ》かみんな見て見ぬふりをしているような気がする。

今までだったら笑われているような気がして、心臓がきゅっとなっていた。けれど、今はどうでもいい。無視できた。

錦糸町駅に着くと、改札内のトイレに並んで入り、中で服を着替えた。以前、東京の古着屋で買ったサマーパーカーとジーンズ、髪はキャップの中にまとめてフードを被《かぶ》った。そして、それらと一緒に買ったトートバッグにリュックごと収める。

銃はジーンズの後ろポケットにねじ込んだ。パーカーはオーバーサイズ、尻まで覆ってくれるので外からは触られでもしない限りわかるものではなかった。

トイレの鏡の前、化粧を直している女達に並んで、カナは男のような姿になった自分の顔を見る。

それでようやく電車の中で注目されていた理由を知った。鼻血の跡だ。こすった際に横に筋になって伸びていた。

セーラー服でこんなのあったらそりゃ注目されるわ、と思わず噴き出しそうになる。

笑いをかみ殺しながら顔を洗い、袖で拭う。外へ出た。

荷物は駅のロッカーの中へ。これからする事を考えれば身軽な方がいい。

「あぁ、いいな」

足取りが、というより、体が軽い。気を抜いたら弾んでしまいそう。

肩の荷を下ろした、という言葉が頭に浮かんだ。荷物の事ではない。苦しかったこれまでと、苦しみしかないであろうこれからを捨てたせいだ。だから、こんなにも——。

今の気分はリコリコへ行く時のそれに、少し似ている。

家で邪魔者にされ、クラスメイトからは虐《いじ》められ、弱みを握られ、怪しげなお茶会に入れさせられそうになったりした、憐《あわ》れな生徒、都合のいいオモチャの堅香子《かたしきようこ》ではない。別の誰かになる感覚。

カナか、殺人鬼か、違うのはそれだけ。きっと、向かう先は逆方向。でも、真ん中で止まって苦しむだけの堅香子《かたしきようこ》でいるよりはずっといい。

「……溝隠《みぞかくし》達、もうビルの中かな」

まるで友達と待ち合わせするかのような声が出て、カナ自身が驚き、そしてまた一人で笑ってしまう。楽しくて仕方なかった。

逃げ帰った時はわけがわからずめちゃくちゃなルートを走っていたけれど、行きの時は怯《おび》えながらついていったおかげで、結構辺りを良く見ており、例の雑居ビルまでは簡単にたどり着けた。

しばらく待ってみると、やはり男達と、制服を着た女子中高生達が吸い込まれるように、中へ入っていく。そこから察するにお茶会は間違いなく行われている。だが、リストの一、二、三番は来ない。

一度家に戻って準備し、トイレで着替えていた時間を考えると、彼女達はもう中にいると見るべきだろう。

構わない。何時間でも待つつもりだった。

カナは近くのビル前にあった自動販売機に寄りかかるようにして、時間を潰す。場所柄、悪ぶった男に見えるかもしれないと思ったら、待ち時間すら楽しい。

しかしそんな高揚とて二時間もすれば、さすがに冷めてくる。

もう夜だ。それでもビルから出てくる人間はいない。何もする事がないので、たまらずスマホを見る。

そういえば学校の火事がどうなったのかと思って調べてみたが、特にニュースにはなっていなかった。ＳＮＳまで調べてようやく生徒と思《おぼ》しきコメントにたどり着く。

《結局、火事なんてなかった。つまらん》

《どうせ運動部連中のイタズラだろ》

《I原のバカが大怪我《けが》したって聞いたけど、何で？　階段から落ちたの？　ウケる》

I原……石原《いしはら》で間違いないだろう。弾に余裕があればリストの上位に入れてやっていたところだ。むしろ、二番、三番よりも……ただ、撃てなかった。

多分、あの状況でリストの入れ替えができる程の精神的な余裕はなかったのだろう。混乱していて、何がいいか悪いかなんてわからなかったのだ。だから……。

また、嫌な気分が戻ってくる。石原《いしはら》の事を思うと、決意する前の、弱いだけの堅香子《かたしきようこ》に戻ってしまいそうだ。

「……ダメだな」

考えないようにしようと思えば思うほど、考えてしまう。難しい。

とはいえ、アイツが今大怪我《けが》をしたというのは朗報だ。バチが当たったのだ。きっと担架を必要としていたのもアイツに違いな――。

「瑠璃《るり》はホント人気だよねー」

そんな声がして、ハッとして顔を上げた。

溝隠《みぞかくし》とそのオトモダチがビルから出てきていた。最高だ。三人セットだ。

カナは自動販売機の陰に隠れ、息を殺す。ジーンズのポケットにねじ込んでいたグロック42を抜き取り、握った右手ごとサマーパーカーのポケットに入れた。

「良く体持つなーって思うよ」

「これも彼氏のためだからね。頑張っちゃうよ」

クスクスと笑い合う三人の中学生。場所が夜の錦糸町南口側でもなければ、精神が邪悪でなければ、普通の中学生なら、微笑《ほほえ》ましく見える。

辺りはまだ夜の店が詰まった雑居ビル群。さすがにここではマズイ。暗くなるにつれて何気に人通りもそこそこ増えてきている。

まだだ、まだ。ここじゃない。

どこでだって始められる。勝つのは確定。だから、あとはどれだけスマートにできるかだ。

待ちすぎるのも良くはない。地元に帰られると少し厄介だ。できればここで殺し、自分だけ戻り、事件の衝撃が広がる前にあの女と父親を殺してしまいたい。

被害者のメンツが報道されれば、クラスメイトなら一発でカナに目星を付けるだろう。そうなれば女と父親は警戒するに決まっている。

……いや、どうだろう？　錦糸町でなら、大丈夫かもしれない。特に銃殺だとすれば、誰もカナが犯人だなんて……。

「これからどうする？　折角お小遣いいっぱいもらえたんだし、買い物してから帰ろうよ」

そう言って、溝隠《みぞかくし》達は駅の北口側にあるショッピングモールへと向かっていった。

マズイ。さすがにショッピングモール内での殺害は目立ちすぎるし、人も多いだろう。

カナは舌打ちしつつ、彼女らを追う。見失うのが一番マズイ。

彼女らのショッピングは、楽しげだった。年相応か少し上ぐらいの、お洒落《しゃれ》な服やアクセサリーを買い、ノートなどの文房具も買っていく。

冗談を言い合い、笑い合い、最近のドラマやアイドルの話をしたりして……。

友達と遊ぶというのは、きっとこういう事を言うのだろう、と思う。カナには縁の無い世界だった。

楽しそうに笑い合う彼女らを見ているのが辛《つら》い。どんどん自分が惨《みじ》めに思えてくる。

でも、大丈夫だ。明らかに優位にいるのは自分。彼女らが使っているのは汚れたお金。だから、だから、だから……。

「さぁ、帰ろうか」

溝隠《みぞかくし》が言う。そして三人はショッピングモールを出ると、公園の中を突っ切って駅に向かおうとする。

ここだ。ここしかない。周りに人はいない。照明も少なく暗い。三人は横一列。射撃の的《マト》以外の何だというのだ。

鼓動が激しい。口から心臓が飛んで行ってしまいそうですらある。

カナは三人の後ろへと近づいていく。だが、決して飛びかかられた時に手が触れられるような距離までは行かない。銃は、程よく中途半端《ちゅうとはんぱ》な距離こそが最大の効果を発揮する。

距離、五メートルほど。そこで、カナは歩きながらそっとポケットから手を抜く。握った銃。チャンバーに弾薬は装塡済み。トリガーを引けば、リストの消化が始まる。

そして、足を止めた。構える。

これまでの最低な世界にさようなら。そして、少しだけマシな地獄にこんにちは。

狙いは溝隠《みぞかくし》。その後頭部。

撃て。今だ。ほら——！

「——くっ⁉」

銃が、手が震えていた。

武者震い？　違う。

緊張？　かもしれない。

……恐怖？　それに近い。

「なんで……どうして……」

何度も死ねばいいと思った。銃を手に入れてからは殺してやると思った。心の底から。

そうするべき時がついに来たというのに、何を躊躇《ためら》う？

撃て。撃て。撃て。

トリガーを三回引くだけで、自分は救われる。ここは少しだけ明るい地獄になる。

そうだ、自分のため、世界のため。

これから彼女らに苦しめられる人達をも救うんだ。ヒーローだ。だから、撃て。

「……撃ってよ……なんで」

震える手。そこから伸びる人差し指はまるで自分のものではないかのように、動かない。

これが数センチ動くだけで、溝隠《みぞかくし》の頭に穴が開き、汚い汁がぶちまけられる。それはわかっている。それなのに、何故《なぜ》、どうして……。

石原《いしはら》を撃とうとした時も、こんな感じだった。

最後の最後で、指が固まる。何故《なぜ》、どうして……。

「殺したっていいんだ、あんな連中は……死んだ方が絶対に……いいんだ……だから」

また、涙が出てくる。悔し涙だ。臆病な自分が、悔しい。

殺せるはずなのに。殺そうと決めたのに。殺すしかないと思ったのに。

体が、それを拒絶する。できない、と。

臆病者。自分をなじっても、何も変わらない。今、撃たなきゃ明日からも今日みたいな日々がずっと続く。それは嫌だ。絶対に嫌だ。なのに何で、撃てない？　撃たない？　撃てよ。

「こんなに……殺したいのに……何で……」

殺しは良くない、何ていうバカみたいな言葉に自分は支配されているのか。

殺した方がいい人間なんてこの世界には幾らでもいるのに。その筆頭が目の前にいるのに、

それなのに、どうして——。

今までずっと耐えてきた。

悔しくても、哀《かな》しくても、誰にも何も言わず、たった一人で、耐えてきて……。

もう終わりにしたいのに、どうして……。

溝隠《みぞかくし》達が、離れて行く。駅へと向かって行く。公園を出、人混みの中へ。

もう、撃てない。撃っても、当たらない。

カナはその場で崩れるようにして、膝を突いた。

「臆病……臆病者！　臆病者だ‼　偽善者だ‼」

人一人殺せないで、何だ。これまでの苦しい日々はその程度だったのか。人を殺してはいけないなんていう欺瞞《ぎまん》に押し負ける程度の絶望か。違うだろ‼

何で撃てない。どうして撃てない。撃てば、楽になるのに……。

「……あぁ、あぁ……」

明日からまたあの日々が続く。石原《いしはら》はどうするだろう。怪我《けが》が治って、教室に来たら何もしないなんて事はないはずだ。彼にとってカナはまだ、そういう対象だ。

溝隠《みぞかくし》は当然あの画像を使って嫌がらせして来るだろう。石原《いしはら》の行動を読んで動いていたなら、他の人間をけしかけてくる事もあるはずだ。

家に帰れば当然のように赤の他人が居座って、父親は深夜のバラエティを見てビールを飲むだけの……。

撃てば、終われたのに。

もう一日だって経験したくない時間の全てを。

けれど、もう溝隠《みぞかくし》達は消えた。撃てない。終われない。最低な日々は――。

「……終わらせられる……」

不意に、答えが見えた気がした。

右手が誰かに操られるようにして持ち上がり、そして銃口は自らの側頭部に押しつけられる。

全部が嫌だった。耐えきれないと思っていた。弾は五発じゃ足りないとずっと思っていた。

それでもありがたいと思っていたけれど……そうか、五発どころか、一発で良かったんだ。

たった一発で、全て解決できたのだ。ずっと、チャンスはあったのだ。

この銃は蜘蛛《くも》の糸。繋《つな》がる先は地獄――そう、わかっていた。

答えは、こんなにも簡単で、当たり前にいつもそこにあった。

両膝を突いたまま、カナは空を見上げ、瞼《まぶた》を閉じる。涙がこぼれる。

瞼《まぶた》の裏に浮かぶのは、両親でも友達でもない。

コーヒーの香り漂う、あのお店――。

「もう一度、行きたかったな……」

お金はもうない。何より、こんな無様な人間が行くべき場所ではない。

あそこは天国のような場所。誰にでも居場所を与えてくれる場所。

けれど、そこに負け犬の犬小屋はない。絶望して、人を殺そうと決めて、殺せずにバカみたいに泣いて、自らの頭を吹っ飛ばそうとする奴《やつ》が行っていい場所じゃない。

あそこは綺麗《きれい》な場所。自分のような人間が――。

もう、終わりにしよう。

生きていると、それだけで無様で、憐《あわ》れで、惨《みじ》めだから。

自分の大嫌いな人間のいない、地獄へ。きっとそこはここよりもマシなはず。

だから――。

「……さっさとやれば良かった」

カナの石のようだった人差し指が、今は簡単に動く。

むしろ、そこだけが自分のような気がした。

トリガーを引く。

銃声が轟《とどろ》いた。

8

唇にまとわりつき、舌先に感じる粉塵《ふんじん》の不快感。

反射的に吐き出す。その際の動きで顔の側面がジャリッと削られるような感触、痛みに思わず声が出る。押さえようとして、今、自分がうつ伏せで倒れているのだと気がついた。

顔を押さえる右手。

「……あれ？」

そこにあったはずの銃がない。いや、それ以前に……生きている？　何故《なぜ》？

カナは、顔を上げる。キャップがどこかへと吹っ飛び、髪が出ていた。そこから砂でもかけられたかのように、パラパラと何かの粉末が落ちる。

——何だ、コレ？

ひょっとして頭に穴が開いていて、死にきれずにわけのわからない状態に……？

カナはスマホを取り出し、画面に自分の顔を映す。頭に穴は開いていないようだった。

しかし酷《ひど》い顔だ。涙の跡、土汚れ。ボサボサの頭。そして、そこからパラパラと落ちてくるのは……。

「赤い、砂？　……ゴム？」

消しゴムのような匂いがする、赤い粉末。

わけがわからなかった。けれど、自分は生きているらしいという事だけははっきりとわかってきた。

そして、グロック42がない。暴発、いや、爆発して吹き飛んだのか？　そんな印象だった。

まるでバットで殴られたかのような衝撃だった。

もう、何もない。哀《かな》しむ程の余裕も、涙の残りも。

死のうと思った人間というのはそういうものなのだろう。確か芥川龍之介《あくたがわりゅうのすけ》もそんなような事を言っていた気がする。

ただ、惨《みじ》めな肉がそこにあるだけ。望みも何もなく、ただ、あるだけ。

何も考えられず、カナはその場で放心するように、スマホを握った手を下げる。その時、ふと、指にカサカサと何かが当たる。

スマホの裏に何か紙切れが貼り付けてあった。見れば……。

《コーヒーセット無料券！　お気軽にどうぞ！　喫茶リコリコ》

手書きのそれ。まるで文化祭の券のような……学生が一〇秒で書いたようなもの。

カナは喫茶リコリコの文字を見て、紙切れを握り締めると、弱々しく立ち上がる。砂漠の遭難者が水を求めるが如《ごと》く、カナは駅に背を向けるようにして、よろよろと歩き出す。

果たしてたどりつく、リコリコ。

お洒落《しゃれ》な店舗。誰もが足を止めずにはいられない、そのお店。

普段ならこの時間はもう閉店。けれど、まだ窓から明かりが漏れている。ドアにはまだ、OPENの文字が掲げられている。

どうして？　そんな疑問を抱きつつも、カナはその扉を開く。

助けを求めるように。すがるように。

――カランカラン。

「いらっしゃい、カナちゃん」

赤い制服姿の千束《ちさと》が、一人で、そこにいた。

彼女はカウンターの椅子を引くと、カナをそこへ導く。

「あの……」

握り締めてくしゃくしゃになった無料券。それを千束《ちさと》は微笑《ほほえ》みながら、受け取った。

「ちょっと待っててね」

夜遅い時間。ボロボロの姿。それなのに、千束《ちさと》は何も訊《き》かない。ただ、当たり前のように、いさせてくれた。

サイフォンで淹《い》れるコーヒー。香りが漂い出す。

温かく、香ばしく、そして……底抜けに優しい香り。

「先生から聞いたんだけどね。おいしいコーヒーには魔法があるんだって。人を幸せにする、魔法。……私ね、思うんだ。夜に飲むコーヒーはさらにトクベツだって。強い魔力を持っていると思う。落ち着くし、ちょっと悪い事してる気分にもなるし、何よりすっごくホッとする。……あれ、一緒かな？」

ならば、この朽ちかけた心を包もうとするかのような匂いは、空間は……その魔法の力なのだろうか。

そうしてできあがる一杯のコーヒー、それを千束《ちさと》はカウンター越しではなく、隣に来て、出してくれる。

「まずは一口どうぞ。先生ほどうまくないかもだけど。どうかな？　魔法はかかってる？」

カナは、言われるがまま、飲む。ブラックは普段飲まない。けれど……そのコーヒーは、おいしい。熱いそれは、温かい。

体の力が抜けていくほどに、ホッとする。

「おいしい……」

呆然《ぼうぜん》と漏らした言葉に、千束《ちさと》はニッコリと微笑《ほほえ》んだ。

「さぁて、カナちゃん。さっきの無料券、気がついた？　あれ、コーヒーだけじゃないんだよ。コーヒーセットの無料券。だからもう一つ注文ＯＫなんだ。……どんなものでもね」

カナは千束《ちさと》を見る。妙に大人びた、それでいて小さな子供のような、そんな顔。

綺麗《きれい》で、かわいくて、そのくせして……甘えたくなるように、優しくて。

「どんな……ものでも……？」

千束《ちさと》が頷《うなず》く。

「そう。……さぁ、カナちゃん。ご注文《オーダー》は？」

その声に、カナの両目から涸《か》れたはずの涙がこぼれ落ちる。

そして、震える声で、言った。

「……助けて」

千束《ちさと》の目が細まる。

「おまかせあれ♪」

歌うように千束《ちさと》は言って、そして、カナを抱きしめてくれる。

優しく、温かく、そっと、ぎゅっと。

「今まで、辛《つら》かったね」

「何で……」

何も事情なんて知らないはずだ。カナの事なんて、何も……。

なのにどうして、彼女はそんな事を。

どうして……全てをわかっていると信じられてしまうのだろう。

「今まで、頑張ったね」

カナも震える手で千束《ちさと》の背に手を回す。力が入る。助けを求めるように。

「……はい」

「もう、大丈夫だよ。あとは私に全部任せて」

「はい！」

涙と嗚咽《おえつ》が止まらない。もう言葉にならなかった。

そんなカナを、服が汚れるのも気にしないというように千束《ちさと》は優しく抱きしめ、そして、頭を撫《な》でてくれる。

それが、ただひたすら、嬉《うれ》しかった。

9

深夜のリコリコには、二人の大人がいた。

ミカとミズキだ。珍しく二人はカウンターを挟んで、酒を飲んでいた。

「しっかし、面倒な仕事だったわねぇ。もう手間手間手間手間、とにかく手間暇かかった事といったらなかったわ。さっさと助けてあげれば良かったのに」

ミカがカラになったグラスを見つめつつ、微笑《ほほえ》んだ。

「かもしれん。だが、それではあの子は救えなかっただろう」

「救えるでしょうよ？」

わかってないな、と店の奥からノートPCを抱えたクルミが現れ、ミズキの隣に座った。

「カナが運悪く拾った銃を密《ひそ》かに回収、ついでに児童相談所と警察に通報で……おしまいだ。それで本当に救えた事になるか？　せいぜいイジメはいけませんとバカみたいなプリントが配られて終わりだぞ。……それでアイツが笑顔になるか？　千束《ちさと》が満足すると思うか？」

「クルミ、例の件は？」

「もう削除作業に入っている。あの溝隠瑠璃《みぞかくしるり》のスマホのオリジナルデータが手に入ったからな。ＡＩに学習させて、専用のウィルスを流した。明日にもネット上からあの画像は消えるだろうさ」

「アンタはいいわよね、ここでポチポチしてるだけなんだから。……こっちはしんどいのなんのって！　ず〜っと監視だもん！　しかもあの中学校で、たきなの奴《やつ》、カナちゃんを襲おうとした教師を撃ち殺そうとしたのよ？　殺すべきです、って。もうね、落ち着け、それはマズイ、ちょっと待ちなさいって。……で、カナちゃんが銃を抜いたら、今度はアイツ逆に黙るのよ⁉　信じられる？　それで言ったのが、わたしが撃った事にしましょう、そうすれば問題ないです、だって。もうね、お馬鹿って。大問題だっつぅの！　……そこから慌てて、アタシが非常ベル押して、白衣にヒールで爆走よ？　シンドイシンドイ、もぉ〜」

「ん？　結局、止めたのか？　確かあの教師、ボコボコになってなかったか？」

「殺すのはマズイって言っただけだもの。……バツは与えたわ。割とガチで。……もうね、火事だ逃げろって言ってんのに保健室に連れ込むってのが大変で。自分で言っててておかしいだろって、笑いそうでねぇ」

なるほど、とクルミも笑った。

「でも、やっぱり……そういうこっちの苦労を差し引いたとしても、さっさと助けてあげるべきだったんじゃないのってアタシは思うけどね。そうしたら苦しい日々を少しは減らしてあげられたじゃない」

「千束《ちさと》なりの計算だ。おかげで正規の依頼となった。しかも今回カナが持っていた銃は〝アジア人〟が残したもの。あの一件はＤＡが経費と責任を持つと約束していた以上、巻き込める」

ミズキには、そう言うミカがどこか自慢げな顔をしているように見えた。まるで娘の仕事を誇るような、そんな……。

何より、と、ミカが続ける。

「千束《ちさと》はリコリスとして人を助けたいと常々思ってはいるが、ルールを決めなければ際限がなくなるからな」

「ルールねぇ。あくまで依頼……助けを求められた場合のみ、か」

ミズキの言葉に、クルミがバカにしたような視線を向ける。

「全ての人間を救えるなんてうぬぼれる程バカじゃないって事だろ。……現実的だよ」

「だとしても、あの子、変に律儀《ちりぎ》っつぅか、真面目すぎよ」

確かにと同意しつつ、クルミが口を開く。

「だが、ミカが言ったようにギリギリまで待った事で、リコリコとしてだけでなく、ＤＡの超法規的な力もフル活用でカナを助けられる。子供相手のドラッグ売買ルートの一つも潰せたんだ、向こうとしても女の子一人を救うぐらい喜んでやってくれるさ」

潰したっけ？　と、ミズキが尋ねると、数時間前にＤＡのリコリスがお茶会メンバーに混じって突入し、全てを終えたのだとクルミは応じた。

「あ。DAの奴《やつ》ら、カナちゃんをリコリスになんて……しないわよね？」

「当然だ。リコリスにするには歳《とし》が行き過ぎている。本人が望んでも無理だろう」

冗談よ、と笑うミズキはミカのグラスに酒を注ぎ、自分のにも足し、そして一瞬クルミに差し向けたが……さすがに、そっと戻した。代わりにミカがホットミルクを出す。

「しかし、何だな。ミカ、ミズキ、今回の必要経費はDA持ちだとして……うちの報酬はどうなってるんだ？」

「さてね。まぁ、常連客の笑顔……いや、千束《ちさと》の友達の笑顔、ぐらいか」

価値があるんだかないんだかわからないわねー、とミズキは笑った。

「赤字だよ。……少なくとも、大人達には」

それならいいさ、とクルミが言った。

■アウトロダクション

暑い。夏、真っ盛りである。

たまらず徳田《とくだ》はやたらと元気な太陽が居座る空を見上げ、そして瞼《まぶた》を閉じる。

自然なんてそんなに残っていないだろうに、セミの声がうるさい。

「さっさと、行くか」

徳田《とくだ》はフォルダを小脇に抱え、いつものカフェ——喫茶リコリコへと向かった。

——カランカラン。

心地よいベルの音。涼しげな店内の空気。

そして店員達のいらっしゃいませの声が……迎えてくれない。

「……え？」

カウンターの端の席で久方ぶりの土井《どい》が、壊れた笑い袋か、ロバート・デ・ニーロの泣き笑いのマネをするように笑い続け、その脇で千束《ちさと》が何故《なぜ》か土下座をしていた。カウンターのミカや他の常連客は沈痛な面持ちで俯《うつむ》いている。

千束《ちさと》の脇で苛立《いらだ》たしげな表情のたきなが、首だけ動かし、徳田《とくだ》を見る。

「あ、いらっしゃいませ」

「……なに、今日は？」

「別に何でもありませんよ。いつものでいいですか？　水出しのアイスですか？」

「……アイスで」

「はい、店長。アイス一つ」

「あ、あぁ、わかった。……あ、徳田《とくだ》さん、席へ」

徳田《とくだ》は恐る恐るカウンター席に着く。何が起こったかわからないというのは、いささか怖いものがある。

寝ていたらしいボサボサ頭のクルミが店の奥から現れると、笑い続けている土井《どい》を睨《にら》む。

「土井《どい》、うるさい。寝てられないぞ」

それで土井《どい》が黙り、俯《うつむ》いた。

店の奥からミズキが出てくると、土井《どい》を黙らせた褒美《ほうび》とでも言うように、かき氷をカウンターに置き、当たり前にクルミが喰《く》らい始める。

「あの……さ。何かあったの？　この店」

「いや？　ここのところはあたりきしゃりきな毎日さ。良くも悪くも平常運転だ」

クルミはさらりと述べ、チラリと千束《ちさと》を見やる。アレも平常運転だ、という事らしい。

きっと何か大きなミスをやらかしたのだろう。ならば、いいタイミングだ。彼女を元気にさせられるかもしれない。

「千束《ちさと》ちゃん、例のブツができたよ。通《とお》ってた」

「トクさん、ホント!?」

土下座からジャンプするようにして千束《ちさと》が立ち上がると、ズダダダと徳田《とくだ》のもとへ。

その様子になんだなんだと常連客達も——土井《どい》を除いて、集まってくる。

「ホントは関係者以外にはダメなんだけど……まぁ、いいか。ホラ」

今朝方刷り上がったばかりの女性向け雑誌。錦糸町・亀戸《かめいど》特集だ。そのメインが、徳田《とくだ》のカフェ特集である。

ようやく完成したのだ。

ミズキがキッチンから顔を出す。

「でもそれ、うちは写ってないんでしょ？　何でそんなに？」

「実は……写真に仕掛けが」

早速カフェ特集を開く。すると、周りの人間が一斉に声を上げた。特に千束《ちさと》のそれは大きい。

カフェの写真の多くに、千束《ちさと》とたきなが写っているのだ。

「めっちゃ綺麗《きれい》に写ってるううううううう!!」

「……あー、あの写真って、こういう感じに使われるんですか」

二人でテーブルを囲んだり、コーヒーを飲んだり、パフェを食べたり、ホットケーキを食べさせたり、洒落《しゃれ》た店の前で佇んでいたりする数々の写真。もはや彼女達のグラビアである。

クルミが脇から覗《のぞ》いてくる。

「こんなの、よく許可が出たな」

「若い女の子達だけでも遊べる街だってアピールするのが目的でしたから。多分いけるかなって思ったら、案の定で」

「最高だよ、トクさん！　ありがとう、宝物にしちゃう！」

「喜んでもらえて嬉《うれ》しいよ」

ページをめくる。皆が、おぉ、とその都度声を上げるのが嬉《うれ》しい反面……誰一人として徳田《とくだ》の書いた文章を読まないのが悲しい。そんなものだとはわかっていたのだが。

雑誌は座敷《ざしき》席の方に持ち込まれ、カウンターには徳田《とくだ》とミカだけが残った。あと、土井《どい》。

「まったく……目立つのは良くないと言っているのに」

「お店の取材がNGじゃなければ、もう少し地味な登場のさせ方になったかと思うんですが」

「恨みでも買いましたかね」

「あ、いえ、今なら……わかりますから。いや、何と言うか、今はもう、前みたいに無理してまで紹介したいとは」

本心だった。

そして、そう思えるようになった事こそ、自分がこの店の本当の常連になった証《あかし》だという気がした。

この店は、いい店だ。いつも賑《にぎ》やかで、新規にも常連にも愛される。

お洒落《しゃれ》な店構え、明るく素敵な店員、おいしいコーヒー。

そして、どんな人間でも店を訪れれば、落ち着ける、楽しめる、そこにいていいと思える。

そんな不思議なカフェ。

自分が見つけた、自分が世間に紹介した……そう胸を張りたいとする子供っぽい欲求は失《う》せている。……いや、少量は残っているが、その程度だ。

自分がこの店にとって特別でありたいとは思わなくなった。

自分にとって、この店が特別であれば、それでいい。

だから、ヘタに紹介して大行列にでもなろうものなら、この今の幸せな世界《カフェ》が壊れてしまうかもしれない。

それが嫌だ、と本気で思えるぐらいに、今自分はここが特別な場所になったのだ。

徳田《とくだ》は座敷《ざしき》席で店員も客も交じって賑《にぎ》やかに笑い合っている様子を見ながら、それをミカに告げた。

「そうですか。……ありがとうございます。私も、こんな当たり前の日常が続けばいい、と思っています。……水出しコーヒーです」

グラスに入った氷の浮いた、それ。氷が黒い。氷までコーヒーというやつだろう。漆黒の一杯だ。

口にすれば、爽やかに苦く、軽く、するりと胃に流れ込んでいく。

今日のような暑い日には、たまらない。

——何、もう二人ともプロのモデルみたいじゃない！　——でしょでしょ⁉　でしょおぉぉう⁉　——このホットケーキ食べさせてるの、いいですね、かわいいです！　——あ、コレ、撮影はもう終わりって言った後のやつじゃないですか……。——オフショットってやつか。油断した顔してるもんね、かわい〜い。——二人の笑顔とすまし顔のバランスがいいよな。——あ、この店のここの席、俺の特等席。——えー、ここの感じいいなぁ、行きたくなっちゃう。——今度みんなで一緒に行きましょうか！　——カフェ店員が他の店に誘導すんなよ！

そして起こる大笑い。賑《にぎ》やかなカフェ。普通じゃないカフェ。大好きな場所。楽しいのに、穏やかで、それでいて……燃え尽きている土井《とい》を見るまでもなく、時折ちょっとした事件が起こる。

そんな非日常が日常の、特別な店。

——カランカラン。

ベルが鳴る。扉が開き、新たなる客が来訪する。

常連客か、それともこれから常連客になる客か。

「ほら、たきな、行くよ！」

千束《ちさと》とたきな、看板娘の二人が慌てて客を出迎えに行く。

「喫茶リコリコへ、ようこそ！」

あとがき

どうも皆さん、『リコリス・リコイル』原案のアサウラです、こんにちは！

いやぁビックリです。何がビックリって、このあとがき、実は修正版だっていう事です。

実際に起こったちょっとアレな話を書いたら、何かよくわからない内に偉い人達の間で大ごとになってしまったらしくって、あ、うそうそ、何もないです。楽しい冗談です、冗談。

だって日本人は規範意識が高くて、優しくて温厚。法治国家日本で出版される本には危険などない。だから平和で安全、綺麗なあとがきしかない……そう思える事が一番の幸せ、それを作るのが私達、モノカキの役目……なんだってさ！

……ま、一番ビックリしたのは書くのが決まってから締め切りまでの短さでしたけどもね。

え？　発売は九月？　詳しくないけど、他の九月に本を出す作家さん達の締め切りが今ぐらいじゃない？　っていうのが、スタート地点でした。いやぁ……何とかなるんですね……。

さて、本作は小説として多少調整こそしてあるものの、アニメでは触れられなかった要素の一部を出しつつ、アニメでもっといろいろ描きたかったよね、という想《おも》いから喫茶リコリコでの日常とそこでの仕事の様子を執筆させていただきました。

あと、監督の足立《あだち》さんが多分ノリで書いたっぽい、最初期の、ガンアクション要素を全部隠して書いた嘘（？）の宣伝文を作品にしてみるってのを、コンセプトにしていたりします。

なので、構成的にはお菓子のバラエティパックみたいな感じですね。甘いのや、しょっぱいの、酸っぱいのから、辛いのまで……いろいろまとめて一つに！　って感じです。

実際リコリコ及び千束《ちさと》達は、どんなジャンルのお話でもやれる地盤の強さがあるので、好き勝手やらせていただきました。楽しんでいただけていたら幸いです。

さて、そろそろ謝辞の方をば。

まずはどう考えても無茶なスケジュールだったのにイラストを担当してくださった、いみぎむる大先生、まことにありがとうございます！　素晴らしいです！　そしてギリまで締め切りを調整してくれた担当の宮《みや》さん、尽力してくださった出版関係の皆様、監督の足立《あだち》さんを初めとした最高の作品を作られたアニメ関係の皆々様……心より感謝！

あと、柏田《かしわだ》Pをはじめとしたと大きな会社の偉い立場の皆様……何と言うか、いろいろ含めて……お手間を取らせてしまい申し訳ございません。ただの笑い話程度のつもりで……ぇぇ。

ともかく！　最後になりましたが、本文そしてあとがきをここまでお読みいただいた読者の皆々様、本当に本当に、本当にありがとうございました！

今後もまたどこかでお会いできる事を祈りつつ、今回はこの辺で。それでは、また！

アサウラ

■ボーナストラック

「はーい、撮影は以上です。お疲れ様でしたー」

徳田《とくだ》が言うと、それまで背筋を伸ばしてすまし顔でいた千束《ちさと》が、途端に溶けたアイスのように、くたり、となって、椅子の背もたれに寄りかかった。

「あー、緊張したぁ――――！」

彼女の隣に座るたきなは、不思議そうな顔で千束《ちさと》を見やる。

「普段通りでいいって言われてたじゃないですか。何で緊張しているんですか？」

「だって、君ぃ、本だよ？　しかも全国出版されるって事は日本国民誰もが目にする可能性があるわけ！　緊張しない方がおかしいって！」

「錦糸町《きんしちょう》・亀戸《かめいど》の特集ですよね。……全国で売れるタイプの本じゃないですよ」

「あー、差別！　差別だぁ〜！　たとえ見てくれる人が一人でも一〇人でも一〇〇万人でも、常に最高のパフォーマンスを見せるのがプロってもんでしょうが！」

「……プロじゃないですよ、わたし達」

「だとしても！　だいたいね、この日本って国には国立国会図書館ってのがあるの！　日本で発売された本は未来永劫そこで保管される……つまり、私達の写真を未来人達が見る可能性があるってわけ！　想像してみて？　数千万、数億の人々が〝やっべ、この時代のこの子、めっちゃかわいいわー、どこのアイドルだろ？〟って思うかもしれない！　思わせてあげたい!!」

「思ったから何だって言うんですか」

「嬉しい」

「……………………………………そうですか」

「クール過ぎる！　冷え冷えじゃん！　元気出していこう！　ほら、想像してみて？　未来すぎて何かもう、人型じゃないような未来人が、私やたきなの写真を見て恋しちゃう……そんなはるか未来で行われる素敵な展開を!!」

「絶対死んでるんですからどうでもいいです」

「んもぉ〜〜〜〜〜〜」

「牛ですか？」

「ちゃうわ！」

「冗談です」

くすりと小さく笑うたきなと、未だわーわーわめく千束《ちさと》。そんな二人の様子を微笑ましく徳《とく》田《だ》が眺めていると、背中に視線を感じる。興味津々にこちらを見ていたカフェの店長だ。

徳田《とくだ》は彼に軽く会釈して、こちらの店の撮影は無事に終わった事と感謝を告げた。

デジタル一眼を手にしていた馴染みのカメラマンが撮った写真を確認しつつ寄ってくる。

「徳田《とくだ》さん、どこであんな子達を見つけてきたんです？」

「実は、別の店の、行きつけのカフェの看板娘なんだよ。……どうしても出たいって言うからさ。その店自体は取材拒否だったんだけどね」

「そうかぁ、プロじゃないんだ。いやまぁ、っぽくはないな、と思っていましたが」

「何かあった？」

「レンズ通して見てたら、インナーマッスルか何か鍛えるのかなーって思って。妙にサマになるっていうか、絵になっちゃうっていうか。普通の素人の子とはちょっと違ったんで」

彼が言わんとしている事はわからないでもない。あの二人は何をしていても絵になると徳田《とくだ》は前々から思っていた。背筋を伸ばしている時はもちろん、だらけていても不思議とサマになっている。それはひょっとしたら、カメラマンの彼が感じたもののせいなのかもしれない。

「ともかく、いい写真にはなりましたから。そこは保証しますよ」

それを聞いて安心した、と徳田《とくだ》は笑う。

千束《ちさと》にお願いされてこうして承諾したものの、果たしてモデルでもない素人の女の子達の写真が通るかどうか、未だに不安ではあった。最終的には編集部が企画内容を鑑みた上で判断するが、何にしてもまず写真が良くない事には話にならない。

「あ、トクさんトクさん。このホットケーキ、冷める前に食べちゃっていい？」

「意地汚いですよ、千束。撮影用なんですから」

「だって、ほら、見てよ！　めっちゃおいしそうだよ⁉　シロップたっぷりで、それがじわじわって染み込んでいってる真っ最中！　まさに絶妙なタイミング……!!　コレを逃すのって、罪だよ！　罪!!　大罪!!　地獄行き!!」

「いいよいいよ、食べちゃって」

やった！　とはしゃぐ千束の前にあるホットケーキは、この店自慢のホットケーキだ。

ふっくらとしたそれを三つも重ねた大ボリュームにシロップたっぷりというそれは、〝SNS映え〟はするものの、女子一人では食べきれないサイズである。

最高においしそうだが、大きいせいで二人に一つずつでは大食いの写真みたいになるので、今回の撮影では二人で一個をシェアするというコンセプトで撮影していた。

「あはぁ～……これ、おいしい！　ふっかふかぁ、こんな名店近くにあったんだぁ」

千束《ちさと》のとろけるような表情と漏れる感想に、遠巻きに見ていた店長はニッコニコである。

「ほら、たきなも食べてみなよ。めっちゃうまい、めっちゃ」

「わたしは別に……」

「はい、どうぞ」

断りそうな言葉が出かけたたきなの前に、千束が切り出した一口大のホットケーキが差し出される。たきなはそれで言葉を飲み込み、素直に千束のフォークへと口を寄せた。

その様子を見て、徳田はわかった気がした。この二人が絵になると思えたのは、別に体のデキがどうとか顔がいいとか……そういうものじゃないのだ。

この子達には何か特別な力がある。人を引きつけるような、近くにいるだけでこちらの気持ちまで楽しく、笑顔に……幸せにさせてくれるような、そんな——。

——カシャッ。

小さなシャッター音。カメラマンが徳田に隠れるようにしてカメラを構えていた。

「……撮った？」

「プロですからね。間違いなく今日イチですよ。……見ます？　ほら」

確かに自然な様子でじゃれている二人は、どんなすまし顔よりも魅力的だ。それをフレームに収める事ができたのなら……確実に雑誌に掲載されるだろう。

だから、懸念があるとすれば、一つだけ。

徳田《とくだ》が書いたカフェの特集記事より、二人の写真にばかり注目が集まってしまうのではないか……という事だけだ。

「……まぁ、負けちゃうだろうなぁ」

徳田《とくだ》は写真を見て、ため息交じりの苦笑いを漏らしたのだった。

ご飯なの
でしゅっ!
にへへへへ—

◉アサウラ著作リスト

「小説が書けないアイツに書かせる方法」（電撃文庫）
「リコリス・リコイル Ordinary days」（同）

本書に対するご意見、ご感想をお寄せください。

ファンレターあて先
〒102-8177　東京都千代田区富士見2-13-3
電撃文庫編集部
「アサウラ先生」係
「いみぎむる先生」係

本書は書き下ろしです。

電撃文庫

リコリス・リコイル
Ordinary days

アサウラ

2022年９月10日　初版発行
2022年12月15日　８版発行

発行者　山下直久
発行　株式会社KADOKAWA
〒102-8177　東京都千代田区富士見 2-13-3
0570-002-301（ナビダイヤル）
装丁者　荻窪裕司（META＋MANIERA）
印刷　株式会社 KADOKAWA
製本　株式会社 KADOKAWA

●お問い合わせ
https://www.kadokawa.co.jp/（「お問い合わせ」へお進みください）
※内容によっては、お答えできない場合があります。
※サポートは日本国内のみとさせていただきます。
※ Japanese text only
※定価はカバーに表示してあります。

ISBN978-4-04-914618-9　C0193　Printed in Japan

電撃文庫　https://dengekibunko.jp/

電撃文庫創刊に際して

文庫は、我が国にとどまらず、世界の書籍の流れのなかで〝小さな巨人〟としての地位を築いてきた。古今東西の名著を、廉価で手に入りやすい形で提供してきたからこそ、人は文庫を自分の師として、また青春の想い出として、語りついできたのである。

その源を、文化的にはドイツのレクラム文庫に求めるにせよ、規模の上でイギリスのペンギンブックスに求めるにせよ、いま文庫は知識人の層の多様化に従って、ますますその意義を大きくしていると言ってよい。

文庫出版の意味するものは、激動の現代のみならず将来にわたって、大きくなることはあっても、小さくなることはないだろう。

「電撃文庫」は、そのように多様化した対象に応え、歴史に耐えうる作品を収録するのはもちろん、新しい世紀を迎えるにあたって、既成の枠をこえる新鮮で強烈なアイ・オープナーたりたい。

その特異さ故に、この存在は、かつて文庫がはじめて出版世界に登場したときと、同じ戸惑いを読書人に与えるかもしれない。

しかし、〈Changing Times,Changing Publishing〉時代は変わって、出版も変わる。時を重ねるなかで、精神の糧として、心の一隅を占めるものとして、次なる文化の担い手の若者たちに確かな評価を得られると信じて、ここに「電撃文庫」を出版する。

1993年6月10日
角川歴彦